Impressum

©2018 – Klaas Kroon

autor@klaaskroon.de

Alle Rechte vorbehalten

Lektorat: Cornelia Brammen

Cover Design: Melanie Nix

Coverfoto: LosLarsos/iStock

Herstellung & Verlag: BoD – Books on Demand,
Norderstedt

2. Auflage

ISBN: 9783748152217

Der Autor im Internet:
www.klaaskroon.de

DIE TOTE VON DER STRANDPERLE

Thriller
Von Klaas Kroon

»Dass Menschen durch das AK-47 sterben, liegt nicht an seinem Erbauer, sondern an der Politik.«
Mikhail Kalaschnikow

Prolog

Das Kopfkino hat Paavo nicht unter Kontrolle. Es startet ohne Vorwarnung. Heute zeigte es den Film *Die Kellertreppe*. Es war einer der Filme, die dort immer und immer wieder liefen. Die Filmauswahl war zufällig. Paavo hatte schon lange aufgegeben, herauszufinden, nach welchem Plan sein innerer Filmvorführer das Programm auswählte. Und er musste die Filme ertragen. Es nützte nichts, wenn er die Augen schloss und sich die Ohren zuhielt.

Die Kellertreppe ging so:

Erstes Bild: Paavos Vater, in ihrem schäbigen, kleinen Haus in Kylmäluoma, Finnland. Ganz allein steht es am Waldrand direkt an der Landstraße. Es ist dunkel draußen. In der nordfinnischen Provinz Oulu, wo der Film im Winter 1991 spielt, ist es fast immer dunkel. Paavo sollte erst Jahre später erfahren, dass es Gegenden auf der Welt gibt, in denen das anders ist.

Vater ist besoffen. Wie immer. Das wenige Geld, das ihm das Sägewerk für sein Herumlungern im Büro noch zahlt, reicht gerade für den billigen Vodka, den die Russen über die nahe Grenze schmuggeln. Paavo ist dreizehn und fast so groß wie der Alte. Paavo sieht gut aus in dem Film. Männlich. Die blonden Haare stehen wild vom Kopf ab, man kann buchstäblich zusehen, wie die Muskeln unter dem verblichenen Flanellhemd wachsen. Schwankend steht der Vater vor ihm, auf seine Krücken gestützt, das linke Hosenbein baumelt schlaff auf den verdreckten Dielenboden. Wenn der Alte so blau ist, schafft er es nie, die Beinprothese anzuschnallen. Das

Bein ist vor vier Jahren im Wald geblieben, als der Alte, wieder besoffen, mit der Kettensäge Mist gebaut hat. Ein Baum fiel falsch um. Das Bein war hinüber. Und da hatte er noch Glück gehabt, der Tjark Virtanen. Sein Kollege Veikko, der so gut singen konnte, hatte weniger Glück. Er lag unter dem Baum. Platt wie ein Eichhörnchen auf der Landstraße nach Taivalkoski. Weil der Alte betrunken war, hat die Versicherung auch kaum was bezahlt. Er bekam dann aus Gnade diesen Bürojob, damit Frau und Kind nicht verhungern mussten.

Der Alte steht also in diesem Film vor Paavo, das spärliche Licht der Küchenlampe fällt auf sein unrasiertes graues Gesicht. Es ist kalt. Dezember. Man sieht es an den Eisblumen an der Küchenscheibe und am leeren Brennholzkorb neben dem Kachelofen.

Der Alte brüllt ihn an. Paavo kann die Worte nicht verstehen. Als wäre der Film in einer fremden Sprache ohne Untertitel. Aber was soll er schon brüllen? Dass Paavo eine faule Sau ist, dass nie was Gescheites aus ihm wird, dass er endlich das Holz hinter dem Haus hacken soll und dass er, Paavo, Schuld daran hat, dass es seine Mutter nicht mehr aushielt und vor zwei Jahren in irgendeinen der vielen Seen der Umgebung gegangen und nie wieder aufgetaucht ist.

Diese Szene war eine Wiederholung aus vielen anderen, älteren Filmen. In diesen Filmen war es dann regelmäßig so weiter gegangen, dass der Alte ein paar Schläge austeilte, um irgendwann heulend zusammenzuklappen, Paavo in seine knochigen Arme zwängend.

Doch diese Filme stehen nie auf dem Programm in Paavos Kopfkino. Es läuft immer nur dieser eine.

Und da kommt nun die Szene, in der Paavo zurück-brüllt. Halt die Fresse, du versoffenes Wrack, du hast Mama auf dem Gewissen, dich hat sie nicht mehr ausgehalten. Ich hasse dich, du sollst verrecken. Irgendwas in der Art.

In der nächsten Einstellung holt der Alte mit der rechten Krücke aus und schlägt nach Paavo. Der reagiert zu spät und kriegt das Aluding voll an den Hals. Es tut höllisch weh. Er schreit auf. Der Alte ist in Rage, stürzt sich auf Paavo und drischt weiter mit der Krücke auf den Jungen ein. Paavo hat in den Jahren, seit seine Mutter fort ist, viel einstecken müssen. Er hat es immer vermieden, sich zu wehren, gar zurückzuschlagen. Zu groß war seine Angst davor, dass es noch schlimmer werden könnte.

Doch in diesem Film ist das anders. Showdown liegt in der Luft. Vielleicht, weil Paavo seine Muskeln spürt, stärker und mächtiger als je zuvor. Vielleicht, weil ihn der Geschmack des Blutes, das ihm aus seiner aufgeplatzten Lippe in den Mund läuft, so wütend macht. Er packt die Krücke, die gerade über seinen Kopf zischt und reißt sie dem Alten aus der Hand. Und dann schlägt er auf ihn ein. Erst noch etwas verhalten. Dann immer stärker und entschlossener.

Der Alte schreit, beschimpft ihn weiter. Auf die ihm noch verbliebene Krücke gestützt, versucht er, zu fliehen. Paavo wird immer wütender, bearbeitet mit voller Wucht den krummen Rücken, der da vor ihm weghumpelt. Der Alte reißt die Kellertür auf, die einzige Fluchtmöglichkeit, die ihm bleibt. Der Weg heraus aus der Küche und aus dem Haus ist durch Paavo versperrt.

Das muffige Loch da unten, in dem sie früher geräucherten Lachs gelagert hatten, als der Alte noch nicht zu fertig gewesen war, welchen zu fangen, tut sich auf wie ein gieriges, kaltes Maul. Kurz dreht sich der Alte um, sieht Paavo mit angsterfüllter Visage an.

Die Szene läuft verlangsamt ab. Man hört die Worte nicht, die der Alte spricht, es liegt nur eine dumpfe Orchestermusik in der Luft. Schnitt auf Paavo, wie er mit der Krücke ausholt. Schnitt auf die Fratze des Alten, der die Krücke voll auf die Stirn bekommt. Haut platzt, Blut spritzt. Wieder Paavo, noch ein Schlag, wieder der Alte.

Immer noch in Zeitlupe stürzt der dürre Körper rücklings hinunter. Die Treppe ist so steil, dass er fast im freien Fall ins Dunkel rauscht. Schließlich schlägt, nun wieder mit normaler Geschwindigkeit, der Schädel auf eine leere Gasflasche, die unten im Weg steht.

Der Alte liegt mit unnatürlich verbogenen Gliedmaßen auf dem Boden. Blut läuft ihm von der Stirn in die Augen. Ängstlich sieht er zu Paavo hoch, sagt etwas Unverständliches, jammert, fuchtelt mit der Hand. Paavo schließt die Kellertür.

Das Licht ging an. Der Film war aus.

Kapitel 1

Janine
»Bist du noch wach?«

Jule
»So halb.« (Gähnender Smiley)

Janine
»Juni ist vorbei. Du wolltest mir dein Geheimnis verraten.«

Jule
»Morgen = Juni vorbei.«

Janine
»Ach komm, ich platze.«

Jule
»Joshi.«

Janine
»???«

Jule
»Mein Geheimnis heißt Joshi.«

Janine
»Bescheuerter Name. Japaner?«

Jule
»Quatsch. Eigentlich Joshua.«

Janine
»Und? Mehr. Ich will alles wissen. Woher kennst du ihn?«

Jule
»Von der CM-Demo.«

Janine
»CM???«

Jule
»Critical Mass. Diese Fahrraddemo.«

Janine

»Und weiter?«

Jule

»Hat mich angequatscht. Fand mich wohl gut. Voll süß.«

Janine

»Und süß reicht?«

Jule

»Nein. Auch klug, sensibel. Kann mit ihm voll gut reden.«

Janine

»Traumprinz also. Aussehen? Schick Foto.«

Jule

»Nee. Aber sieht gut aus. Und knuffig.«

Janine

»Knuffig? o_O.«

Jule

(Drei Herzen)

Janine

»Hat also deine 4 Wochen Probezeit überstanden.«

Jule

(Daumen hoch)

Janine

»Und jetzt Sex?«

Jule

»Gestern.«

Janine

»Weniger als 4 Wochen, oder?«

Jule

(Zwinkersmiley, Herz)

Janine

»Wie war´s?«

Jule

(Feuerwerk)

Janine

»Wow. Wann lerne ich ihn kennen?«

Jule
»Bald. Mein Dad hat ihn leider schon gesehen.«

Janine
»Wieso leider?«

Jule
»Ist voll ausgerastet. Joshi ist ihm zu alt.«

Janine
»Wie alt denn?«

Jule
»39«

Janine
(Entsetzter Smiley) »Drei? Neun?«

Jule
»Na und?«

Janine
»Könnte dein Vater sein.«

Jule
»Hat mein Dad auch gesagt. - Bin bei meiner Mum. Die will was. Muss Schluss machen.«

Janine
»Wie geht´s ihr?«

Jule
(Weinglas und Flasche) »Wie immer.«

Janine
(Trauriger Smiley) »Ciao, Süße.«

Jule
(Drei Herzen)

Kapitel 2

Hauke wachte mit rasenden Kopfschmerzen und einem trockenen, fauligen Geschmack im Mund auf. Für jemanden, der seit über zwei Jahren keinen Alkohol mehr angefasst hatte und sich nur vegetarisch ernährte, war das ein ungewöhnliches Gefühl. Seit er die Sechzig überschritten hatte, tat immer irgendetwas weh. Alter, so hatte er gelernt, ist ein permanenter Zustand des Unwohlseins. Mit oder ohne Alkohol. Es war die Hitze. Hamburg stöhnte seit Wochen unter einem Bilderbuchsommer mit über dreißig Grad.

Und Hauke nun in dieser Studenten-WG. Dort hatte er für einen Monat ein Zimmer gemietet. Einer der Bewohner war auf Südamerikareise und hatte über AirBnB sein Zimmer angeboten. Die drei Jungs und das Mädel, die hier auch noch wohnten, hatten Hauke verwundert angesehen, als er nach einem kurzen Telefonat an einem Samstagmorgen in der Wohnung in Ottensen erschienen war. Schöner Altbau, etwas heruntergekommen. Erst siezten sie ihn und hielten das Ganze für einen schlechten Witz. Was will so ein alter Knacker in ihrer WG? Warum hat der keine Eigentumswohnung in Eppendorf und trinkt Single Malt?

Aber mit seiner wahren Geschichte konnte er bei den jungen Leuten erst Interesse und dann Sympathie wecken: Frührentner, nach Spiel- und Alkoholsucht geschieden, insolvent, lebt von ein paar hundert Euro im Monat und schlägt sich irgendwie durch. Mit diesem einen Satz, den er in den letzten zwei Jahren so oft ausgesprochen hatte, packte er sie dann: »Seit ich nichts mehr besitze, fühle ich mich freier als je zuvor.«

Und so wohnte Hauke nun seit einer Woche zusammen mit Eli, Floh, Jackie und Pfeife in der schmuddeligen Bude und fragte sich, warum die jungen Leute sich nicht der schönen Namen bedienten, die ihnen ihre Eltern vor kaum mehr als zwanzig Jahren gegeben hatten. Was war so falsch an Anton, Emil, Jasper, Marie oder wie sie alle wirklich heißen mochten?

Hauke empfand das WG-Leben vielleicht nicht als das pure Glück, aber wenigstens als eine wertvolle Erfahrung. Was er bei aller Wahrheitsliebe seinen neuen Freunden, die alle jünger waren als seine Tochter Annika, verschwiegen hatte, war sein früherer Beruf. Kriminalhauptkommissar hätte ihn sofort wieder auf die Straße befördert. Also hatte er Beamter in der Innenbehörde angegeben und es kamen keine weiteren Fragen. Das war den Studenten zu langweilig.

Für alle außer Hauke, für den immer Sonntag war, stand Montag im Kalender. Auch für die Studenten, die merkwürdig diszipliniert ihre Stundenpläne abarbeiteten. Darum war Hauke allein in der Wohnung und konnte das Klingeln nicht mehr ignorieren, das ihn vermutlich auch aus dem Träumen gerissen hatte. Er zog eine Jogginghose über, ein T-Shirt war so schnell nicht zur Hand, und schlurfte zur Tür. Sicher wieder nur ein Paketbote, der ein Paket für den vierten Stock hatte, wo er aber lieber nicht klingelte, sondern es der Einfachheit halber gleich im Parterre abgab.

Hauke öffnete die Tür einen Spalt und dachte: Scheiße.

»Hallo Hauke.«

»Nenn mich nicht Hauke, du weißt das ich das hasse.«

»Hallo, Papa, hast du unsere Verabredung vergessen?«

»Ja. Aber sie fällt mir gerade wieder ein.«

Er schlurfte den Gang entlang in die große, unaufgeräumte Küche. Annika folgte ihm.

»Ich habe eine halbe Stunde im *Café Mikkels* auf dich gewartet. Ich wollte dich zum Frühstück einladen. Das lässt man sich doch in deiner Situation nicht entgehen.«

»Einladen? Vom letzten Geld, das deine Mutter und der Insolvenzverwalter aus mir rauspressen, damit du dich bald Frau Doktor nennen kannst?«

»Genau.«

Sie umarmte ihn und gab ihm einen sanften Kuss auf die Wange.

»Mmmm. Dieser männliche Duft. Als du noch gesoffen hast, war's nicht so schlimm.«

»Gab's im *Mikkels* heute Clown zum Frühstück?«, fragte Hauke genervt.

Annika sah sich in der Küche um. Möbel vom Sperrmüll, Geräte aus Haushaltsauflösungen, bunt gemischtes Geschirr, ungespült. In einer Ecke stapelten sich leere Getränkekästen und Tüten voller Leergut.

»Hübsch hast du es hier, Papa. Du musst mir bei Gelegenheit die Nummer von deinem Innenarchitekten geben.«

»Ist jetzt mal gut, Mädchen? Willst du einen Kaffee? Dann musst du aber aufhören, deinen alten Vater zu verarschen.«

Er spülte die alte Alu-Espressokanne aus und setzte Kaffee auf. Im Kühlschrank suchte er nach Essbarem und fand Margarine, Marmelade und Toastbrot. Besser als nichts. Für Annika würde es reichen. Er hatte sowieso keinen Hunger.

»Gut, im Ernst, wie geht es dir denn hier in deinem neuen Zuhause?«

»Das ist nicht mein Zuhause. Bin nur noch drei Wochen hier. Und dann suche ich mir was Neues.«

»Willst du dir nicht doch mal was Festes suchen? Dieses Nomadenleben ist doch nichts für nen alten Spießer wie dich.«

Sie lächelte ihn schelmisch an und sein Herz glühte. Das war der Mensch, den er am meisten liebte. Vielleicht der einzige Mensch, den er überhaupt liebte. Und sie liebte ihn. Ihre kleinen Boshaftigkeiten waren der beste Beweis.

»Du hörst dich schon an, wie deine Mutter. Lasst mich, ich komme klar.«

»Sind deine Teenies hier denn nett zu dir?«

»Die sind in Ordnung. Wenn ich mit ihnen abends die Bierkisten leeren würde, hätten wir noch mehr Spaß, aber das lasse ich lieber. Und bei dir?«

»Darüber wollte ich mit dir reden.«

Jetzt schaute Annika ernst, konzentriert. Und mit ihrem hübschen, schmalen Gesicht, den wachen braunen Augen und der frechen, spitzen Nase sah sie aus wie eine achtundzwanzigjährige Version ihrer Mutter Claudia, mit der es Hauke so gründlich vor die Wand gefahren hatte.

»Ich bin gespannt.«

Er goss Kaffee in angeschlagene Tassen und stellte Milch auf den Tisch.

»Ich werde die Promotion nicht abschließen. Ich breche ab.«

Hauke sah sie an. Sie hielt seinem Blick stand, wurde aber zusehends unruhig.

»Na los, sag schon: Mach das nicht Kind, das war dir doch so wichtig, kneif nicht, wenn es mal anstrengend wird, du hast doch das Potenzial und was sagt Mama überhaupt dazu. Sag schon.«

»Muss ich ja nicht. Hast du ja schon gesagt, Ich habe dem nichts hinzuzufügen. Nur so viel: Ich brauche keine Tochter mit Doktortitel, weiß auch so jeder, dass du zehnmal klüger bist als ich. Und ich bin ganz nebenbei froh, wenn ich nicht mehr zahlen muss.«

»Wenn ich dir nicht mehr auf der Tasche liege, bekommt der Insolvenzverwalter das Geld. Das habe ich doch richtig verstanden. Also, du hast gar nichts davon.«

»Okay. Und wieso nun dieser Sinneswandel?«

Er schlürfte seinen Kaffee. Er war kalt und schmeckte wie hier alles roch: muffig.

»Ich gehe zur Polizei.«

Nun sah Hauke sie wieder an. Sicher noch eindringlicher als zuvor, wie er vermutete. Nun konnte Annika seinem Blick nicht standhalten. Verlegen sah sie auf ihre Tasse. Sie hatte noch nicht daran getrunken. Auch Toast und Marmelade waren unberührt. Im *Café Mikkels* war das Frühstück zweifellos verlockender.

»Und, Annika, was sage ich jetzt? Weißt du doch bestimmt.«

»Nee. Nicht so genau. Also, sag schon.«

Sie war nun sehr unsicher, ein Zittern in der Stimme. Sie hatte keine Angst vor ihm. Nie gehabt. Er war immer liebevoll zu ihr gewesen. Nie besonders streng. Sie hatte ihn immer respektiert, zu ihm aufgesehen. Bis er besoffen und pleite am Boden lag. Da war sie ratlos und traurig gewesen. Verachtet hat sie ihn, im Gegensatz zu ihrer Mutter, auch in dieser Zeit nicht.

»Also, Annika, ich sage«, er machte eine Pause, sprach dann ruhig und langsam weiter, »bist du total bescheuert?«

Sie schaute immer noch in ihre Tasse, schluckte, wie ein Kind, das dem Vater eine versemmelte Mathearbeit gestehen muss.

»Hast du nicht am eigenen Leib erfahren, wie dieser Job eine ganze Familie zerstören kann?«

Hauke blieb ruhig, auch wenn er sie gerne angebrüllt hätte. Nun richtete sich Annika auf dem Stuhl auf, schaute ihm in die Augen.

»Ich habe einen Master in Psychologie. In meiner Masterarbeit ging es um delinquentes Verhalten posttraumatischer Kinder. Es ging um Jugendliche, die aus Krieg und Terror gekommen sind und hier, wo sie doch endlich in Frieden leben könnten, gewalttätig und straffällig werden. Das ist doch schon mal ein guter Anfang, oder?«

»In der Theorie, meine Liebe. In der Praxis hauen dir deine traumatisierten Kinder in die Fresse und wenn du sie endlich aus allem rausgehalten hast, wenn sie noch mal mit einem blauen Auge davonkommen, geraten sie an den nächsten Arsch, der sie zu noch Schlimmerem anstiftet. Ein ewiger Kreislauf. Und wir Polizisten, liebe Psychologin Annika, sind in dem

Spiel nicht die Therapeuten oder die Heiler. Nein, wir sind die, die den Dreck aufwischen. Tag für Tag und damit nie fertig werden.«

Hauke sah ihr an, wie sie über das Gesagte nachdachte. Das hatte sie immer getan. Schon als kleines Kind. Die meisten Menschen hatten ihre Erwiderungen schon parat, noch bevor ihr Gegenüber etwas gesagt hatte. Sie feuerten nur Meinungsbrocken ab und hofften darauf, den anderen damit zu treffen. Annika reflektierte wirklich. Sie ließ sich auf den anderen ein. Das war bewundernswert.

»Das klingt mir so, als würdet ihr dringend gute Psychologen brauchen«, sagte sie schließlich.

Hauke lachte sarkastisch.

»Die Polizei braucht Psychiater für die eigenen Leute und deren Wahnsinn.«

»Vermutlich eher Psychotherapeuten«, sagte Annika und war nun wieder ganz die Coole, »aber den Unterschied erkläre ich dir nicht schon wieder.«

Ihr Entschluss schien festzustehen. Und sie hatte sich bereits über ihre Möglichkeiten informiert. Hauke wusste, dass ihr mit ihrem Abschluss eine gehobene Laufbahn offenstand und die erforderlichen Kurse und Weiterbildungsmaßnahmen würde die kluge Annika mit Bravour meistern.

»Und was sagt deine Mutter zu deinem Berufswunsch? Die ist dir doch bestimmt vor Freude um den Hals gefallen.«

Nun sah sie wieder schüchtern in die Tasse, in der der Kaffee inzwischen ein fleckiges Grau angenommen hatte.

»Der habe ich noch nichts gesagt, ich dachte, dass du vielleicht ...«

»Dass ich ihr das sage?« Hauke schlug mit der Hand auf den Tisch und lachte. »Das macht es doch nur noch schlimmer. Ich bin doch der lebende Beweis dafür, dass der Polizeidienst die Vorhölle ist.«

»Nein. Nicht du. Johanna.«

»Johanna?«

»Ja. Johanna soll dabei sein, wenn ich Mama das sage. Sie ist eine super Polizistin und weder Alkoholikerin noch Spielerin und eine tolle Frau. Oder?«

»Johanna ist eine tolle Frau, klar. Und eine super Polizistin. Aber vielleicht darf ich dich daran erinnern, dass sie auch die Frau ist, mit der ich ein Verhältnis hatte, als ich mit deiner Mutter noch verheiratet war. Sie ist als Leumund vielleicht nicht die ideale Besetzung.«

»Mama und Johanna haben dich letztes Jahr zusammen rausgehauen, als dieser Rockerboss, dieser Panther, seine Spielschulden eintreiben wollte. Das hat Mama mir erzählt. Da war sie von Johanna sehr beeindruckt.«

Was sie dir nicht erzählt hat, dachte Hauke, dass es nicht ihm an den Kragen gegangen wäre, wenn die Scheißkerle nicht verhaftet worden wären, sondern ihr, Annika. Die wollten sie sich schnappen, weil sie wussten, dass Hauke seine eigene Haut viel weniger wert war, als die seiner Tochter. Aber das hatte er nie jemandem erzählt. Claudia nicht, Johanna nicht und Annika erst recht nicht.

»Gut, Annika, dann ruf Johanna doch an. Sie kennt dich, sie mag dich. Kein Problem.«

»Kann ich machen, aber nicht ohne dich. Johanna würde mich nie in der Sache unterstützen, wenn du dagegen wärst. So loyal ist sie sicher noch, obwohl du es auch mit ihr versaut hast.«

Hauke schüttelte den Kopf. Er wollte sauer sein, konnte es aber nicht. Sie hatte ja recht.

»Wer gibt dir kleinen Klugscheißerin eigentlich das Recht, über einen Mann, der fast vier Jahrzehnte mehr auf dem Buckel hat, so hart zu urteilen.«

Sie lächelten sich an.

»Jetzt noch einen richtigen Kaffee und frische Croissants im *Mikkels*?«, fragte Annika schließlich.

Hauke nickte.

»Gut. Ich gehe vor. Und wenn du gleich geduscht und angezogen wie ein Erwachsener nachkommst, lade ich dich ein.«

Kapitel 3

Paavo schloss die Tür zu seiner kleinen Kabine von innen ab und atmete tief durch. Endlich Ruhe. Es waren zwar keine Besatzungsmitglieder an Bord, die würden erst in drei Wochen, kurz vor dem Auslaufen Anfang August, kommen. Aber er schloss trotzdem ab, man wusste nie, wer sich hier herumtrieb, während das Schiff im Dock lag.

Die *Lady Bird* lag bei Blohm & Voss in Hamburg, weil ein paar Schäden an der Außenhaut repariert werden mussten. Der Rumpf hatte irgendwo in der Biskaya etwas abbekommen. Vermutlich durch einen treibenden Container.

Der Schaden machte den Zweihundertfünfzigmeter-Frachter mit einer Kapazität von sechstausend ISO-Containern lange nicht manövrierunfähig, aber der Eigner wollte die Gelegenheit nutzen, gleich weitere Arbeiten durchführen zu lassen. Überholung der Querstrahlruder, Integration von Dampfventilen, Überholung der Seeventile, Reparatur der Ankertasche und was sonst noch auf der langen Liste stand. Das war nicht Paavos Sache. Der Eigner hätte die Reparatur lieber in Jakarta oder Manila machen lassen, billiger und schneller, aber Hamburg, der Sitz der Reederei, war in der Nähe. Wichtiger noch: Es gab für Anfang August reichlich Fracht aus Hamburg und so konnte die *Lady Bird* gleich gut beladen wieder in See stechen.

Paavo war's recht. Hamburg war seit vielen Jahren seine Heimat, wenn er so etwas überhaupt hatte. Die Offiziere waren nach Hause geflogen, die überwiegend philippinischen Seeleute hatte man auf andere Schiffe verteilt. Denen stand kein Heimflug zu. Nun war das Schiff leer. Nicht, dass es einen großen Unterschied gemacht hätte. Die volle Besatzung bestand auch nur aus zwanzig Leuten. Man konnte sich auf dem Schiff in eine Ecke hocken und wochenlang niemandem begegnen. Aber das taten die Filipinos nicht. Die hingen lieber den ganzen Tag aufeinander, rauchten, spielten und stritten. Sie würden auch ständig saufen, wenn Paavo nicht immer wieder ihre Alkoholverstecke finden würde.

Paavo war Bootsmann auf der *Lady Bird* und seine Aufgabe war es nun, täglich auf dem Schiff nach dem Rechten zu sehen und die Wachleute zu bewachen, die die Reederei bezahlte, damit niemand auf das Schiff ging. Dafür lungerten die Wachleute nun an Bord herum und klauten alles, was nicht festgeschweißt war.

Er legte sich auf das schmale Bett und starrte an die Decke. Ein Stündchen schlafen, wäre nicht schlecht.

Aber der Filmvorführer in Paavos Kopf hatte andere Pläne. Er hatte den Film *Kalles Schmerzen* eingelegt:

Ort der Handlung: Ein Jugendheim in der finnischen Einöde sieben Autostunden nördlich der Hauptstadt. In der Hauptrolle: Paavo Virtanen, sechzehn Jahre, Vollwaise. Er lebt seit einem Jahr in diesem Heim. Es ist sein drittes, nachdem er vor drei Jahren durch einen tragischen Unfall seinen Vater verloren hat.

Es ist Sommer. Mittag. Man muss auf die Uhr sehen, um das festzustellen, denn es wird den ganzen Tag nicht richtig dunkel. Aber Paavo hat keine Uhr.

Noch nicht. Aber die wird er bekommen, wenn er hier fertig ist.

Paavo steht im Wald, weit genug weg vom Heim, um nicht gehört oder gesehen zu werden. Bei ihm ist Kalle, ein vierzehnjähriger, schmächtiger Junge. Der steht nun an einen Baum gelehnt und lächelt Paavo erwartungsvoll an. Er hat noch keinen Bartwuchs, sieht aus, wie ein Mädchen. In der Szene zuvor sind die beiden Jungen lachend immer tiefer in den Wald gelaufen. Dazu spielte fröhliche Klaviermusik. Kalle ist überglücklich, dass Paavo ihn angesprochen und zu dieser Verabredung eingeladen hat. Ausgerechnet Paavo, der sonst nie die Sachen macht, die die anderen Jungs machen. Paavo war begehrt, besonders bei den Jüngeren. Seine große, muskulöse Gestalt, sein kantiges Gesicht, die strohblonden Haare erregten sie. Und sein großer Penis, den alle in der Dusche verstohlen beäugten.

Jetzt lässt sich Kalle am Baumstamm heruntergleiten, ohne Paavo aus den Augen zu lassen. Es ist warm, mindestens zwanzig Grad. Die Sonne strahlt durch das Blattwerk und verursacht immer wieder Blendeffekte. Die Jungen tragen abgeschnittene Jeans und enge T-Shirts. Paavo trägt ausgelatschte Sneakers, Kalle Treckingsandalen.

Paavos Gesicht in Großaufnahme. Er lächelt. Freundlich. Wer ihn besser kennt, kann dieses Lächeln aber auch für bedrohlich halten. Seine Haut ist leicht gebräunt, die weißen Zähne leuchten in der Sonne. Gegenschuss. Kalle beißt sich auf die Unterlippe. Er ist aufgeregt. Erregt. Paavo geht näher. Jetzt steht er ganz dicht vor dem Jungen. Paavos Schritt berührt fast Kalles Gesicht.

Na, Kleiner, bist du scharf? Willst du es, sagt Paavos Stimme aus dem Off, während man Kalles errötetes Gesicht sieht. Dann hebt der Junge zaghaft eine Hand und legt sie auf Paavos Hose. Er fingert nach dem Reißverschluss.

Nun Paavos Gesicht. Immer noch freundlich lächelnd sagt er: Du bist ständig scharf, du kleine Schwuchtel, oder? Kalles Gesicht in Großaufnahme. Er kichert verlegen. Klar. Man sieht seine Hände, wie sie sich an Paavos Reißverschluss zu schaffen machen. Aus dem Off Paavos Stimme, während Kalle den Reißverschluss langsam herunterzieht: Du bist auch auf Tuuhonen scharf, oder?

Kalle versucht sich durch den Hosenschlitz und die Unterhose zu Paavos schlaffem Penis vorzufingern.

Ja, manchmal vielleicht, wieso? Paavo geht einen Schritt zurück, Kalles Hände bleiben ohne Ziel in der Luft stehen. Nun wieder Paavos Gesicht: Tuuhonen ist doch viel zu alt für dich.

Kalles Gesicht, er sieht zu Paavo auf.

So alt ist der doch gar nicht. Fünfunddreißig oder so.

Paavo geht noch einen Schritt zurück, man sieht nun seinen Körper bis zu den Knien. Er schließt seinen Reißverschluss.

Tuuhonen gehört Mika. Und Mika will nicht, dass sich ein Küken wie du bei den Erziehern einschleimt.

Schnitt auf Kalle, der sich, immer noch am Baum hockend, zusammenkrampft. Angst im Blick, verlegenes Grinsen: Wieso? Sind die verlobt, oder was? Während er das sagt, zoomt die Kamera auf sein Gesicht.

Plötzlich schießt von rechts rasend schnell Paavos Sneaker ins Bild und trifft Kalle mit Wucht an der linken Wange. Es zeigt sich sofort eine Platzwunde. Ob es am Hinterkopf, der gegen den Baum geknallt ist, auch blutet, sieht man nicht. Und schon kommt von links noch ein Fuß. Kalle schreit auf.

Die Kamera schwenkt hoch in die Baumkronen und fängt die zwischen den Blättern oszillierenden Sonnenstrahlen ein. Ein paar Vögel flattern auf. Aus dem Off hört man minutenlang das Geräusch der Schläge und Tritte, begleitet von Kalles leiser werdenden Wimmern.

Die nächste Einstellung zeigt Paavo von hinten, der langsam fortgeht. Er sagt:

Also Finger weg von Tuuhonen. Aber so will er dich sowieso nicht mehr. Mit Zahnlücke.

Dann dreht sich Paavo um und sagt: Und wenn jemand fragt, du bist beim Schwimmen am See auf die Felsen gesprungen, blöd, wie du bist.

Aus dem Off vernimmt man Kalles Stöhnen.

Nächste Szene: Paavo bekommt von Mika, einem dicken, pickligen Kerl in seinem Alter, eine russische Marineuhr überreicht. Gute Arbeit, Paavo, sagt Mika.

ENDE

Paavo erhebt sich wieder von seinem Bett. Das wird nichts mit dem Nickerchen und damit nicht gleich der nächste Film anläuft, muss er sich beschäftigen.

Seit zwei Jahren hatte er immer wieder diese kleinen Nebenjobs. Meistens nicht besonders schwer oder gefährlich, ab und zu wurde es aber schwieriger. Dann waren die Umschläge mit Fünfzigeuroscheinen, die von Zeit zu Zeit in seiner Kabine landeten, erheblich dicker.

An diesem Tag war nun der zweite Auftrag der schweren Kategorie für ihn eingetroffen. Die verschlüsselte SMS, die er vor zwei Stunden erhalten hatte, musste er nun entschlüsseln.

Dazu nahm er den E-Reader aus seinem Rucksack und folgte dem vorgegebenen Ritual. Es dauerte, er tat sich schwer damit. Wort für Wort kritzelte er auf einen Zettel.

Die Anweisung, die er schließlich vor Augen hatte, war unmissverständlich. Die Zahl vor dem Eurozeichen in der Botschaft auch. Es sollte sein bisher härtester Job werden, aber auch sein einträglichster.

Er öffnete das Geheimfach in seinem Spind und nahm die Pistole heraus, die er vor Jahren einem Gangster im Hafen von Tokio abgekauft hatte. Ein Päckchen Patronen hatte er auch noch. Er wollte die Waffe nicht benutzen, das musste anders laufen, aber sicher war sicher.

Paavo verließ die Kabine und sah sich um. Keine Wachleute in der Nähe. Er stieg hinunter in die Werkstatt und suchte einige Sachen zusammen: ein paar Meter eines nicht mehr neuen, orangen Tampen, zwei Stahlgewichte von je zehn Kilo, ein Schiffsmesser, einen Kuhfuß.

Es war fast dunkel, als er das Schiff verließ. Einer der Wachleute stand in einiger Entfernung an der Reling und rief:

»Brauchst du Hilfe? Hast ja schwer zu schleppen.«

»Nein, ist nicht schwer. Geht schon, danke.«

Besser wäre gewesen, wenn dieser Typ ihn nicht gesehen hätte, aber was sollte der schon denken. Er wusste ja, dass Paavo hierhergehörte und vom Schiff schleppen durfte, was immer er wollte.

Als er im Auto saß, einem Kleinwagen der Reederei, kam die nächste SMS. Wieder verschlüsselt. Es war ein Name und der Hinweis: Facebook. Er prägte sich den Namen ein und rief das soziale Netzwerk über sein Smartphone auf. Er erschrak, als er das Foto seines Opfers sah. So jung. So schön. Aber er hatte seine Befehle. Und es ging ihm nicht nur ums Geld.

Kapitel 4

Es war ein sonniger Mittag. Hauke saß an einem kleinen Tischchen vor einer Pizzeria in Ottensen und aß Spaghetti mit Pesto. Dazu trank er Wasser. In seinen letzten Dienstjahren hätte er um diese Zeit eher ein Steak und einen Rotwein bestellt, aber ohne Fleisch und Alkohol ging es ihm inzwischen besser. Er dachte über den Besuch seiner Tochter am Vortag und ihren Berufswunsch nach, darüber, was sie wohl für eine Polizistin werden würde. Da klingelte sein Handy. Wenger stand auf dem Display. Der Senator. Der hat sich doch bestimmt verwählt.

»Guten Tag, Herr Siebold, Wenger hier. Wo störe ich Sie?«

»Einen Taugenichts wie mich, den stört man doch nie, Herr Senator«, sagte Hauke und der alte Mann lachte.

Er kannte den Senator seit letztem Herbst, als er ein paar Wochen seine Villa an der Alster gehütet hatte. Das war der beste Job, den er je über seine gelegentlichen Inserate im Wochenblatt als Housesitter bekommen hatte. In den letzten Monaten hatte sich diese ebenso komfortable wie lukrative Möglichkeit, der Obdachlosigkeit vorübergehend zu entkommen, nicht mehr ergeben.

»Herr Siebold, wie geht es Ihnen? Immer noch ...«, der Senator stockte.

»Immer noch pleite und obdachlos, ja, Herr Senator. Immer noch frei wie ein Vogel.«

Hans-Peter Wenger entstammte einer alten Reeder-Dynastie und war ein paar Jahre Hamburger Innensenator gewesen. Nun, mit über Siebzig, genoss er sein Geld und reiste mit seiner Frau durch die Welt. Seit Haukes Job als Hüter der Villa hatten sie keinen Kontakt mehr gehabt.

»Ja, das ist gut. Ich habe da vielleicht etwas für Sie. Ein Bekannter von mir braucht Hilfe.«

»Hat der auch so ein schönes Haus wie Sie? Dann halte ich mich da gerne ein paar Wochen auf.«

»Nein. Es ist etwas, nun ja, delikater. Haben Sie jetzt sofort Zeit?«

»So delikat? Damit wir uns richtig verstehen, Herr Senator, ich schleiche keinen untreuen Ehefrauen hinterher.«

»Nein, nein. Keine Sorge, Herr Siebold.«

»Wo soll ich hinkommen?«

»Wo sind Sie gerade? Ich hole Sie ab.«

***

Keine Viertelstunde später hielt vor der Pizzeria ein schwarzer Maserati Quattroporte. Der Wirt staunte nicht schlecht, als Hauke einstieg, er passte nicht zu dieser rassigen Limousine. Der feine alte Herr in Bundfaltenhose und Poloshirt hinter dem Steuer aber auch nicht.

Sie fuhren von Ottensen über die Elbchaussee Richtung Blankenese. Der Senator plauderte munter von seiner letzten Reise, erzählte von seinen erfolgreichen Kindern, von seinen Enkelkindern und fragte Hauke nach seiner Tochter aus. Wann immer ein Stück Straße frei war, gab der alte Herr dem Achtzylinder Zunder. Kaum zu glauben, dachte Hauke, dass dieser Verkehrsrowdy mal der oberste Chef der Hamburger Polizei gewesen ist. Während der gesamten Fahrt erwähnte der Senator mit keinem Wort, worum es bei dem Auftrag seines Freundes überhaupt ging.

An einer für Blankeneser Verhältnisse eher mittelgroßen Villa am Baurs Park hielt Wenger den Maserati an.

Sie gingen einen Natursteinweg zu einem säulengesäumten Portal hinauf. Wenger klingelte und ein livrierter Butler, wie ihn Hauke nur aus klischeehaften Filmen kannte, öffnete die Tür. Er begrüßte den Senator mit Namen und ließ die beiden Männer eintreten.

Sie wurden durch eine kleine Halle in den Wohnbereich geführt. Von dort kam ihnen ein kleiner Mann entgegen. Glatze, Bauch, gepflegter Vollbart. Viel jünger als der Senator und auch jünger als Hauke. Er schätzte den Mann auf Anfang Fünfzig.

Der Hausherr trug einen weinroten seidenen Hausmantel und hielt eine Zigarre in der Hand. An einem Donnerstagnachmittag. Die Reichen verstehen zu leben, dachte Hauke.

»Hallo, Hans-Peter, mein Lieber«, sagte der Mann mit krächzender Stimme und umarmte den Senator, der fast einen Kopf größer war als er. Dann gab er Hauke die Hand.

»Und Sie sind dann sicher der Super-Cop, von dem mir mein Freund erzählt hat. Herzlich willkommen. Ich bin Andreas Dethleffsen.«

»Hauke Siebold, freut mich.« Er war etwas verlegen. Dethleffsen? War das nicht diese Reederei? Eine der letzten Hamburger Reedereien, die noch im Familienbesitz war und nicht Teil irgendwelcher Konzerne?

»Kommen Sie rein, Herr Siebold. Cognac, Whiskey oder lieber einen kleinen Champagner?«

Dethleffsen wirbelte herum, als ob er hier gleich eine kleine Party starten würde. So groß konnte sein delikates Problem ja nicht sein.

Sie betraten einen weitläufigen Wohnbereich. Die Einrichtung bestand zu einer Hälfte aus Design-Klassikern, die Hauke kannte, weil seine Ex-Frau Claudia einen Faible, aber nie Geld dafür hatte. Die andere Hälfte waren Antiquitäten. Sicher teuer.

Der kleine Mann bot ihnen Platz in den Le Corbusier-Sesseln an. Er drückte einen Knopf. Der Butler erschien und Dethleffsen orderte Tee und Kaffee.

Dann kam er endlich zur Sache.

»Ich nehme an, der geschwätzige Senator hat Ihnen mein Problem bereits eindringlich geschildert.«

»Nein, hat er nicht. Ich habe keine Ahnung, worum es geht.«

»Gut. War ein kleiner Test. Du hast bestanden, Hans-Peter.«

Der Senator kicherte.

»Meine Tochter wurde entführt.«

Hauke war froh, dass der Kaffee noch nicht eingeschenkt war, er hätte sich jetzt daran verschluckt. Dethleffsen sprach diesen Satz in einem Tonfall, wie man sagt, mein Fahrrad hat einen Platten.

»Äh«, Hauke hatte kurz den Gedanken, dass sich die beiden gelangweilten Millionäre vielleicht nur einen Spaß mit ihm erlaubten, eine Wette laufen hatten oder etwas in der Art. »Entführt? So richtig entführt?«

»Ja. Hören Sie zu. Das hatte ich letzte Nacht auf meiner Mailbox.«

Er tippte auf sein Handy und über die Lautsprecher seiner Anlage ertönte im ganzen Raum eine blecherne, verzerrte Stimme. Es klang wie ein Roboter.

Wir haben Ihre Tochter. Wenn Sie überleben soll, halten sie einhunderttausend Euro in bar bereit, gebrauchte Scheine. Weitere Anweisungen folgen.

Hauke pfiff durch die Zähne: »Hunderttausend.«

Der Butler brachte Tassen und Kannen, stellte sie fast lautlos ab und goss ebenso lautlos ein.

Dethleffsen sah den Senator an. Der beugte sich vor und wandte sich an Hauke: »Damit Sie das richtig verstehen, Herr Siebold. Sie wissen sicher, wer Herr Dethleffsen ist. Einhunderttausend Euro sind jetzt nicht wahnsinnig viel Geld für die Familie. Bitte, Andreas sieh mir diese Bemerkung nach: bei den Dethleffsens ist erheblich mehr zu holen.«

»Und das heißt?«

»Alles Quatsch!«, rief Dethleffsen fast vergnügt. »Ein Kleinmädchenstreich, kein Grund zur Sorge.«

»Das heißt, Ihre Tochter ist gar nicht verschwunden?«

»Verschwunden. Was heißt bei einer Einundzwanzigjährigen schon verschwunden? Dann lebt sie wieder bei meiner Frau, dann wieder bei mir, dann ist sie wieder auf Reisen. Ich kann unmöglich ständig wissen, wo sich Jule herumtreibt.«

»Die Stimme ist digital verfremdet, dafür gibt es billige Apps, aber haben sie eine Absendernummer?«, fragte Hauke.

»Unterdrückt.«

»Kommt ihnen an der Stimme, oder an der Art zu sprechen, Betonung, Wortwahl, irgendetwas bekannt vor?«

»Nein. So viel sagt die Stimme ja auch nicht.«

»Sie haben doch sicher versucht, ihre Tochter anzurufen.«

»Sie geht nicht ran. Ich habe schon den Senator gefragt, ob man das Handy nicht orten kann, aber der Angsthase meint, das sei in unserem Fall illegal.«

»Ist es ungewöhnlich, dass sie nicht ans Handy geht? Also als meine Tochter so alt war ...«, sagte Hauke.

»Nein, das ist nicht ungewöhnlich. Wir verstehen uns ganz gut, so lange wir uns nicht zu sehr auf die Nerven gehen. Ich respektiere ihre Privatsphäre. Sie ist erwachsen.«

»Dann würde ich eine Entführung aber auf keinen Fall ausschließen, Herr Dethleffsen«, sagte Hauke. »Und dafür bin ich der Falsche. Ob echte oder Fake-Entführung, das ist Polizeiangelegenheit. Ich bin Rentner und«, er sah den Senator vielsagend an, »ein erstklassiger Housesitter. Wenn Sie da mal Bedarf haben. Ansonsten danke ich für den ausgezeichneten Kaffee und empfehle ihnen gerne ein paar Kollegen im Dezernat, die sich mit Entführungen auskennen.«

»Die kennt mein Freund Wenger auch und die hätte ich auch längst angerufen, aber ich will in der Sache ganz bestimmt keine Polizei.«

»Und warum nicht? Es geht vielleicht um das Leben Ihrer Tochter. Wie können Sie da so entspannt sein?« Hauke musste sich zusammenreißen, nicht aufzubrausen. »Haben Sie Angst vor der Klatschpresse, oder was?«

»Nein!«, unterbrach ihn der Reeder, »die Presse ist nicht mein größtes Problem. Mein Problem ist, dass meine liebe Jule sich selbst entführt hat. Und wenn ihre Kollegen das herausgefunden haben, wird sie deswegen sicher verurteilt. Vortäuschen einer Straftat, das kann teuer werden. Oder, Hans-Peter?«

Der Senator nickte.

»Verstehe. Und deshalb soll ich nun die kleine Jule einfangen, zum Papa zurückbringen, damit es Stubenarrest und Handyverbot gibt statt Jugendknast und Vorstrafe.«

»Jetzt haben sie es kapiert.« Dethleffsen schlug sich vor Freude auf die Schenkel.

Hauke schüttelte den Kopf. Er trank einen Schluck Kaffee und sah Dethleffsen an.

»Bei allem Respekt, aber Sie haben Nerven. Die vorgetäuschte Entführung ist nur eine Möglichkeit. Wie kommen Sie überhaupt darauf?«

»Es ist der Betrag. Einhunderttausend. Das klingt für mich, als ob sie mich schonen wolle. Und dann hat sie auch einen komischen Umgang seit einiger Zeit. Ein Typ, der sie sicher auf diese Idee gebracht hat.«

»Wer ist das?«

»Ich weiß nicht viel über ihn. Ich habe die beiden vor zwei Wochen hier mal erwischt, als ich früher nach Hause kam. Da saß sie mit dem Kerl auf dem Sofa, trank Champagner und knutschte rum. Sie wollte mir den bestimmt noch nicht vorstellen.«

»Wieso nicht, was ist mit dem?«

»Er ist viel zu alt für sie. Ich schätze den auf Vierzig. Und so ein Hippie-Typ, Bart, Lockenmähne, ungepflegte Klamotten. Joshi heißt er, wie weiter, weiß ich nicht. Dieser Joshi ist nicht unbedingt der Traum von einem Schwiegersohn, wenn sie wissen, was ich meine. Er ist dann abgehauen, ich bin wohl etwas zu laut geworden. Jule ist gleich hinterher.«

»Und seitdem haben Sie sie nicht mehr gesehen?«

»Nein. Sie ist dann wohl zu meiner Ex-Frau. Aber ich habe vorgestern noch mit Jule telefoniert. Sie war stinksauer und hat was davon gefaselt, dass sie jetzt auf eigenen Beinen stehen will und so einen Unsinn.«

»Und Sie vermuten, dass sie über die Entführung das Startkapital dafür liefern sollen?«

»So ähnlich. Warum fragt sie mich nicht einfach?«

»Hätten Sie ihr Geld gegeben?«

»Nicht, wenn da so ein Windhund im Spiel ist.«

Hauke dachte an Annika und konnte Dethleffsen gut verstehen. Sie hatte gerade keinen Freund, aber in der Vergangenheit hatte er schon den einen oder anderen Kerl kennengelernt und war nicht immer begeistert gewesen. Seine Ansprüche an den Mann an der Seite seiner Tochter waren hoch. Und die des Reeders sicher noch viel höher. Hauke beschloss, die Geschichte von der vorgetäuschten Entführung vorerst zu glauben.

»Ich mache Ihnen einen Vorschlag, Herr Dethleffsen. Ich suche jetzt bis Sonntag nach Jule. Wenn ich dann immer noch keinen Hinweis auf eine vorgetäuschte Entführung oder sonst etwas Harmloseres habe, schalten wir die Kripo ein. Und Sie rufen mich sofort an, wenn der Entführer sich wieder meldet.«

Dethleffsen nickte fast unterwürfig. Ihm schienen für einen Moment auch Zweifel an seiner Theorie zu kommen. Doch dann hatte er sich wieder im Griff. Er stand auf.

»Einverstanden. Und was Ihre Vergütung betrifft. Fünfzehn Prozent der Lösegeldforderung als Finderlohn, wenn Sie das kleine Biest wiederbringen. Ist das in Ordnung?«

Hauke nickte. Fünfzehntausend Euro. Geld, von dem sein Insolvenzverwalter nichts erfahren würde. Geld, mit dem er das ein oder andere Problem aus der Welt schaffen könnte. Er war hochmotiviert.

Er ließ sich von Dethleffsen Jules Zimmer zeigen. Der Senator war im Wohnzimmer geblieben und sicher auf dem Sofa eingeschlafen. Natürlich war Jules Zimmer viel größer als das seiner Tochter Annika früher in der elterlichen Wohnung. Bodentiefe Fenster, ein Balkon, ein eigenes Bad. Die Einrichtung war speziell. Ein rundes Bett in der Mitte des Raumes. Sitzkissen im Raum verteilt, bunte, indische Tücher an den Wänden. Es roch nach Räucherstäbchen. Salzlampen, Poster von eigenartigen Fabelwesen, vermutlich aus irgendwelchen Computerspielen. An der Innenseite der Tür hing ein Poster von Greenpeace, das die Rettung der Wale anmahnte. An dem Poster war mit einer Büroklammer ein Bild befestigt: Ein ausgedrucktes Selfie, das zwei hübsche Mädchen lachend vor einem Greenpeace-Schiff im Hamburger Hafen zeigte. Beide hatten ihre blonden Haare zu Rastalocken gestylt.

»Ist Jule Umweltaktivistin?«, fragte Hauke Dethleffsen.

»Sympathisantin würde ich eher sagen. Sie hat da nicht an Kampagnen teilgenommen. Jule hat ein großes Herz. Sie setzt sich für Umweltschutz, Frieden, Gerechtigkeit ein. Geht auf Demos, unterschreibt Petitionen, informiert sich. Das ist in Ordnung. Junge Menschen müssen das tun.«

»Hat Sie da kein Problem mit Ihrem Geschäft? Die Schifffahrt steht bei Umweltschützern nicht gerade hoch im Kurs.«

Dethleffsen lachte.

»Klar. Da haben die Kids mal was von Schweröl in unseren Schiffen gehört und schon sind wir die Bösen. Die glauben, das wäre alles ganz einfach zu lösen. Aber, wenn wir europäischen Reeder beschließen, nur noch teuren, vermeintlich sauberen Treibstoff zu verwenden, würden uns die Asiaten das Geschäft komplett abnehmen. Dann wäre Schluss mit dem allen hier.« Mit einer Handbewegung deutete er auf das Zimmer und vermutlich auch auf sein Haus, sein ganzes reiches Leben. »Im Ernst Herr Siebold, die weltweite Schifffahrt ist mal gerade für drei Prozent der Kohlendioxidemmissionen verantwortlich. Die größten Dreckschweine sitzen doch in den USA in ihren SUV.«

»Wer von den beiden ist Jule?«

»Die linke. Die Rechte ist ihre Freundin Janine. Die sind wie Schwestern, seit der Grundschule. Ich gebe Ihnen die Telefonnummer. Meinen Anruf hat sie nicht angenommen. Ein weiteres Zeichen dafür, dass die Entführung ein Fake ist. Wäre Janine arglos, würde sie ans Telefon gehen, wenn ich anrufe. Wir verstehen uns gut, sie geht hier ein und aus. Wenn sie ein paar Tage keinen Kontakt mit Jule gehabt hätte, würde sie sich Sorgen machen und mich anrufen. Das ist offensichtlich: Janine ist eingeweiht in den grandiosen Plan.«

Hauke setzte sich auf eines der Sitzkissen und ließ den Blick im Raum schweifen. Irgendetwas fehlte hier.

»Fehlt Kleidung? Ein Rucksack oder Koffer?«, fragte er.

»Keine Ahnung. Sie hat viel Zeug und schleppt es immer zwischen hier und der Wohnung meiner Ex hin und her. Ich habe da keinen Überblick.«

»Hat sie ein Auto?«

»Um Gottes willen. Sie hat nicht mal einen Führerschein. Sie fährt brav mit Fahrrad, Bussen und Bahnen, meine grüne Tochter.«

»Was würde sie denn mit einhunderttausend Euro machen? Was meint sie damit, auf eigenen Füßen zu stehen?«

»Keine Ahnung. Für die Rettung der Welt wird es nicht ganz reichen. Sie wollte Umweltingenieurwesen studieren. Ihr Abischnitt ist aber nicht gut genug. Und auf eine Privat-Uni, oder Bonzen-Uni, wie sie sagt, geht sie nicht. Dann wollte sie mit Janine ein veganes Restaurant eröffnen. Wenn das Hand und Fuß gehabt hätte, wäre ich ja vielleicht eingestiegen. Aber für einen seriösen Businessplan sind die Damen dann auch wieder zu bequem. Ach, Herr Siebold, die Mädels haben doch jede Woche einen neuen Masterplan im Kopf. Die müssen ja auch nicht mehr kämpfen heute.«

Musstest du auch nie, als Reederspross in vierter oder fünfter Generation, dachte Hauke.

»Und was hat der neue Freund damit zu tun? Vielleicht hat der einen Plan?«

»Keine Ahnung. Drogenhandel, Surfschule auf Lanzarote, der todsichere Börsendeal? Der ist mit Sicherheit für ein paar neue Flausen gut. Wenn sie den Typen noch in die Flucht schlagen können, ist mir das einen Bonus wert.«

Hauke lachte.

»Das ist nun überhaupt nicht mein Kompetenzbereich. Hat bei meiner eigenen Tochter auch nie funktioniert. Und ermorden oder verprügeln ist nicht im Preis mit drin.«

Tatsächlich mussten sie den Senator im Wohnzimmer wecken. Dethleffsen bot hartnäckig Drinks und Speisen an, doch Hauke drängte zum Aufbruch.

Dethleffsen griff in seinen Hausmantel und holte eine dicke Rolle Fünfzigeuroscheine heraus, die mit einem Gummiband zusammengehalten wurde.

»Hier. Für Ihre Auslagen. Rechnen wir dann später ab.«

Hauke musterte die Rolle. Das waren sicher zwanzig Scheine. Tausend Euro.

»Schicken Sie mir bitte auch noch die Kontaktdaten Ihrer Ex-Frau«, sagte Hauke, als Dethleffsen sie durch die Halle zum Ausgang führte.

Der Reeder erschrak.

»Mensch, Siebold, machen Sie keinen Quatsch. Die weiß natürlich nichts davon. Die darf das auch nicht erfahren. Carmen ist ein echtes Sicherheitsrisiko.«

»Warum?«

Dethleffsen druckste herum. Der Senator machte hinter seinem Rücken eine eindeutige Geste.

»Sie ist Alkoholikerin?«

»Ja. Und völlig therapieresistent. Die hat alles durch. Und ihr Realitätssinn ist auch nicht immer von dieser Welt. Wenn Carmen von der Entführung hört, läuft sie sofort zur Polizei.«

»Verstehe. Aber wenn sich die Entführer auch bei Ihrer Frau melden? Sie sollte vorbereitet sein.«

»Ja. Sie haben Recht. Ich rufe sie an. Gehen Sie bitte erst morgen zu ihr.«

Sie waren schon an Wengers Wagen, als Hauke endlich einfiel, was er in Jules Zimmer vermisst hatte. Er lief zurück zu Dethleffsen, der noch in der Tür stand.

»Sagen Sie, hat Jule einen Computer? Ich habe in ihrem Zimmer keinen gesehen.«

»Klar, was denken Sie? Ein MacBook, neuestes Modell.«

Kapitel 5

Hauke ließ sich vom Senator am Bahnhof Altona absetzen. Er wollte auf keinen Fall mit dem Maserati vor seiner WG vorgefahren werden. Floh, Pfeife und die anderen würden ihn sicher für einen Dealer oder Schlimmeres halten. Er ging zu Fuß durchs sommerliche Ottensen. Die Straßen waren voll, die Straßencafés auch. Ottensen, zwischen Altona und dem eher bürgerlichen Othmarschen gelegen, hat sich zu einem Stadtteil mit ganz eigenem Charme entwickelt. Urban, hoher Ausländeranteil, viele Studenten, es herrscht eine entspannte Multikulti-Atmosphäre. Aber auch hier schreitet die Gentrifizierung voran. Die Restaurants und Cafés werden schicker, die Altbauwohnungen teurer. In jede noch so kleine Lücke werden moderne Häuser mit Eigentumswohnungen gezwängt. Hauke holte sich an einer Eisdiele ein Eis und schlenderte die Ottenser Hauptstraße entlang. Ein Gefühl, fast wie Urlaub. Er war sich sicher, dass er die kleine Jule schnell auftreiben würde. So eine Prinzessin versteckt sich nicht lange vor dem Vater und Versorger. Spätestens, wenn sie gemerkt hat, dass der Lover auch nur scharf auf ihre Kohle ist, wird sie in ihr Tausendundeinenacht-Zimmer zurückkehren und ganz im Sinne des Vaters etwas Anständiges machen. Leicht verdientes Geld für Hauke. Fast schon peinlich, so ein Auftrag. Nicht weit entfernt vom Beschatten untreuer Ehefrauen.

Als er um die Ecke in die Donnerstraße einbog, sah er vor seinem Haus einen Mann. Er war nicht der einzige Mensch auf der Straße, aber er verhielt sich seltsam. Er stand da, rauchte und sah abwechselnd in beide Richtungen die Straße entlang. Er wartete. Hauke hatte in über dreißig Jahren Polizeiarbeit ein Gefühl für schräge Typen entwickelt. Der da, dünn, um die Dreißig, unrasiert und schlecht gekleidet, wartete nicht auf sein Date oder ein Taxi. Der wartete ...

In diesem Moment erblickte der Mann Hauke und rannte los. In seine Richtung. Gut fünfzig Meter lagen zwischen ihnen. Hauke drehte sich um und lief rechts in die große Brunnenstraße. Er überquerte die dichtbefahrene Straße, ohne auf den Verkehr zu achten. Autos hupten, zwei bremsten scharf. Sein Verfolger kam nicht so schnell über die Fahrbahn. Hauke bog links in die Arnoldstraße ein und rannte weiter.

Seit er nach Alkoholentzug und Frühpensionierung ein neues Leben begonnen hatte, war er erheblich fitter geworden. Er hatte Idealgewicht, Herz und Kreislauf waren stabil, aber nun kam er doch ins Japsen. Er rannte noch mal über die Straße und steuerte den Spielplatz an der Boninstraße an. Dort waren große Bäume, die dem Verfolger die Sicht versperren würden. Doch Haukes Hoffnung, dass er ihn abgehängt hatte, wurde enttäuscht. Am Eingang zu dem großen Spielplatz bremste der Kerl neben ihm und drückte ihn gegen das Stahltor. Der Spielplatz war gut besucht und einige Mütter und Väter sahen irritiert in ihre Richtung.

Der Mann lachte Hauke an, wie einen Freund, mit dem er sich kumpelhaft balgt. Die Eltern schien das zu beruhigen. Sie widmeten sich wieder ihren Kaffeebechern.

»Du bist Hauke, korrekt?«

Der Kerl hatte schlechte Zähne und stank aus dem Mund nach Alkohol, Zigaretten und Verwesung.

»Wer will das wissen?«

»Der Panther.«

Na klar, der Panther. Das wäre ja auch zu schön gewesen, wenn er den los wäre. Der Panther war mal Boss der berüchtigten Rockergang Hanseatic Rebels gewesen. Drogen, Prostitution, Schutzgelderpressung, Körperverletzung. Die Bande hatte jahrelang die Hamburger Unterwelt beherrscht. Hauke hatte den Panther und einige seiner Mitarbeiter 2012 in den Knast gebracht. Das war der heldenhafte Teil der Geschichte. Zu diesem Zeitpunkt hatte Hauke aber bereits ziemlich tief im Alkohol- und Pokersumpf gesteckt und war in einer legendären Nacht mit dem Panther am Spieltisch gelandet. Bei Sonnenaufgang hatte er bei dem Gangster zwanzigtausend Euro Schulden.

Als der Panther wenige Monate später zu fünfzehn Jahren verurteilt wurde, waren die Schulden Geschichte. Das hatte Hauke jedenfalls damals gedacht. Doch als er 2016 frühpensioniert wurde und einen Entzug gemacht hatte, meldete sich der Panther plötzlich wegen der Rückzahlung. Er steuerte aus dem Knast eine Schlägertruppe, die Hauke massiv unter Druck setzte. Sie drohten damit seiner Tochter Annika etwas anzutun. In letzter Minute konnte Haukes Ex-Kollegin Johanna die Gang stoppen und verhaften.

Es war sicher naiv, zu glauben, dass damit alles ausgestanden war. Der Panther lebte und hatte immer noch Kontakte diesseits der Mauern von Santa Fu, der Justizvollzugsanstalt in Hamburg.

»Was du im Rücken spürst, lieber Hauke, ist nur der Griff. In dem stecken vierzehn Zentimeter rasiermesserscharfer Stahl. Ich schlage vor, wir setzen uns da drüben auf die Bank und plaudern ein wenig.«

Hauke ließ sich von dem Kerl zu einer Bank drängen. Der Druck des Messers in seiner Nierengegend wurde stärker.

»Und wer bist du? An dich hässlichen Vogel würde ich mich erinnern, wenn du zu den Rebels gehört hättest.«

»Nenn mich Devil. Ich habe eine Zeitlang mit dem Panther eine Suite geteilt. Und nun bin ich wieder ein anständiger Bürger.«

»Ganz sicher. Und was willst du, Devil?«

»Ich soll das Geld für den Panther abholen. Da ist letztes Jahr bei der Übergabe wohl was schiefgelaufen.«

»Was für Geld?«

Wie sie da saßen, zwei Männer ohne Kinder, erweckten sie wieder das Misstrauen der Spielplatzeltern. Devil schien das nichts auszumachen. Was würde passieren, wenn eine der besorgten Mütter nun die Polizei riefe. Perforiert Devil ihm noch schnell die Niere, bevor er abhaut? Der Typ war dumm und brutal, kein Zweifel, da war alles möglich.

»Wie hast du mich überhaupt gefunden?«

»Das war nicht so schwer. So Typen wie du, die keine Wohnung haben, aber auch keine Penner sind, haben ein Postfach.«

»Das ist dir doch nicht selbst eingefallen.«

»Und dieses Postfach haben sie im Umfeld ihrer letzten Meldeadresse. Darf man vermuten.«

»Du bist ja ein ganz Schlauer.«

»Und da kam bei dir nur das Postamt auf der Hoheluftchaussee in Frage. Dort habe ich auf dich gewartet. Ein paar Tage.«

»Echt? Du hast da tagelang herumgelungert? Klingt verrückt.«

»Es gibt Leute, die für deutlich weniger Kohle herumlungern. So verrückt ist das gar nicht. – Als du dann eines Tages da hineinspaziert bist, musste ich mich nur an dich dranhängen. Gut, dass du kein Auto hast. Das hätte die Verfolgung schwerer gemacht. Und so bin ich auf deine Kinder-WG gestoßen. Echt erbärmlich, dein Leben, Alter.«

»Sagt einer, der gerade aus dem Knast kommt.«

Der Druck des Messers wurde wieder stärker. Mit der freien Hand fingerte der Kerl eine Zigarette aus der Brusttasche seines Hemdes und zündete sie an. Hauke brannte der Qualm in den Augen.

»Lass uns jetzt nicht lange labern. Besorg das Geld, sonst wird′s unangenehm. Und keine Tricks mehr. Ich weiß, wie du Erkan letztes Jahr reingelegt hast. Der kommt in zwei, drei Jahren wieder raus. Der freut sich schon auf dich. Mit mir machst du das nicht.«

»Ich habe auch keine Lust mehr auf den Scheiß. Du bekommst das Geld. Lass mir eine Woche Zeit.«

Bis dahin würde er Jule gefunden und ihren Freund in die Flucht geschlagen haben, für den Bonus. Dann wäre er zwar wieder pleite, aber den Panther für immer los. Es konnte ja nicht so weitergehen. Diese Typen bedrohten ja nicht nur ihn, sondern auch seine Familie. Und wenn er nun Johanna und die anderen Ex-Kollegen aktivieren würde, konnte das schief gehen. Was, wenn der Kerl noch Komplizen hat?

»Eine Woche? Das ist ganz schön lang.«

»Lang? Ich bin Frührentner in Privatinsolvenz. Das hat dir der Panther doch bestimmt gesagt. Also erwarte keine Wunder. Ich habe das nicht auf dem Sparbuch.«

Nun kamen zwei Frauen auf sie zu. Sie gingen langsam, klammerten sich an ihre Kaffeebecher. Offenbar hatten sie allen Mut zusammengenommen.

»Entschuldigen Sie bitte«, sagte die eine, um die Dreißig, dick, in rosa Leggings, »das ist hier ein Spielplatz, für Kinder. Sie haben ja gar keine Kinder. Vielleicht suchen Sie sich einen anderen Platz.«

Die andere Frau, etwas schlanker, in kurzen Hosen, fügte hinzu: »Und rauchen darf man hier auch nicht.«

Hauke versuchte, aufzustehen, doch ein heftiger Druck des Messers ließ ihn von diesem Vorhaben Abstand nehmen. Devil schien sehr erbost über die Zurechtweisungen der Mütter.

»Hör mal, Miss Piggy, das ist hier öffentlicher Raum. Als Bürger und Steuerzahler dürfen wir uns hier aufhalten. Ob euch das passt, oder nicht. Geht mal schön wieder zu euren Hosenscheißern und lasst mich und meinen Kumpel hier plaudern.«

Hauke bemerkte, dass sie von anderen Müttern beobachtet wurden. Auch ein Vater sah zaghaft rüber. So ein Feigling, dachte Hauke.

Eine Frau etwas abseits nahm ein Handy ans Ohr. Devil sah das nicht, weil er damit beschäftigt war, die Frauen vor sich böse anzufunkeln.

Wenn die Polizei jetzt mit großem Getöse anrauscht, wird dieser Devil so schnell abhauen, wie er angekommen ist. Aber was, wenn es anders kommt? Was, wenn dieser Vollidiot mit seinem Messer herumfuchtelt, vielleicht eine Frau als Geisel nimmt. Hauke hatte genug Erfahrung, um zu wissen, dass die Sorte Gangster wie Devil einer war, zu allem fähig ist. Die spielen in der Bandenhierarchie in den unteren Rängen. Sie sind für die Drecksarbeit zuständig. Ihr Hang zu irrationaler Gewalt konnte manchmal ganz nützlich sein. Die Bosse, wie der Panther, waren anders, intelligenter. Der Panther war sicher nicht weniger brutal als Devil, aber er setzte seine Gewalt überlegter ein. Er wog Risiko, Kosten und Nutzen einer Straftat sorgfältig ab. Typen wie Devil kamen in den Knast, weil sie sich ununterbrochen dämlich anstellten. Leute wie den Panther musste erst einer verpfeifen. Und so war es damals ja auch gekommen.

»Hey, Dieter, mach den netten Muttis hier mal keine Angst«, sagte Hauke fröhlich zu Devil. »Ich hab noch nen Zwanni. Gehen wir einen trinken, ist doch lustiger. Wir sind doch viel zu groß für den Spieli.«

Devil hatte offenbar einen hellen Moment und verstand. Sie standen auf. Hauke nickte den Frauen freundlich zu.

Hauke und Devil waren gerade um die nächste Ecke gebogen, da sah Hauke, wie aus Richtung Rothestrasse ein Streifenwagen näherkam und am Eingang zum Spielplatz anhielt. Zwei Beamte stiegen aus.

Devil schob Hauke ein Stück die große Brunnenstraße hoch. In einem Hauseingang stoppte er und drückte ihn an die Wand.

»So, du mieser Bulle ...«

»Ex-Bulle.«

»In einer Woche, also«, er sah auf sein Handy, »am neunzehnten Juli um zwölf Uhr mittags bekomme ich die Kohle. Fünfundzwanzigtausend.«

»Wieso? Es sind nur zwanzig.«

»Zinsen und Gebühren, mein Lieber.«

»Und wo?«

»Ich schicke dir eine Nachricht. Deine Handynummer?«

Hauke nannte die Nummer und Devil kritzelte sie auf seinen Unterarm.

Dann spuckte auf den Boden und ging schnell weg.

Kapitel 6

Die Scheidung von Andreas Dethleffsen hat Carmen Dethleffsens Lebensstil keinen allzu großen Schaden zugefügt, dachte Hauke, als er vor dem weißen Jugendstilaltbau in der Brahmsallee stand. Die Dethleffsen bewohnte eine großzügige Vierzimmerwohnung im ersten Stock. Sie war sehr aufgeregt und winkte Hauke schnell in ihre Wohnung. Noch im Gang fiel sie mit ihren Fragen über ihn her.

»Sie sind also der Polizist. Andreas, also mein Ex-Mann, hat versprochen, dass Sie die Jule ganz schnell wiederfinden. Die ist nicht entführt, hat er gesagt. Die will uns nur ärgern. Glauben Sie das? Bitte seien Sie ehrlich zu mir.«

Carmen Dethleffsen war siebenundvierzig Jahre alt. Das hatte Hauke im Internet recherchiert. Das Leben der Reederfamilie war von den Klatschmedien gut dokumentiert. Sie war ein einfaches Mädel aus der Nordheide gewesen, als Dethleffsen sie vor dreiundzwanzig Jahren auf einer Party kennengelernt hatte. Sie war mal Heidekönigin, was immer das zu bedeuten hatte und eine echte Schönheit.

Nun sah sie aus wie sechzig und hatte an Hals und Lippen offenbar schon Eingriffe vornehmen lassen. Es war elf Uhr, aber sie roch bereits nach Alkohol. Die dünne Frau trug einen hellen Hausanzug und war barfuß. Ständig fuchtelte sie mit den Händen herum. Ihr Blick ging fahrig umher. In einem Moment sah sie Hauke noch durchdringend an, dann schien sie sekundenlang in sich hineinzuschauen. Endlich führte sie Hauke ins Wohnzimmer. Helle Polstermöbel beherrschten den Raum, barocke Lampen, grellbunte, abstrakte Gemälde. Carmen hatte einen ganz anderen Stil als ihr Ex.

Die Wohnung war sauber und ordentlich, aber Frau Dethleffsen hatte dafür sicher Personal. Sie bot Hauke einen Platz auf einem breiten Sofa an. Sie selbst ging in die Küche und holte ein Tablett mit zwei Kaffeetassen und einer Kanne. Sie war vorbereitet. Sie nahm in einem Sessel Platz.

»Gut, Herr ...«

»Siebold.«

»Ja. Wo ist meine Tochter? Was denken Sie?«

»Ihr Ex-Mann denkt, sie täusche die Entführung nur vor. Halten Sie das für möglich?«

»Jule war zuletzt sehr wütend auf ihren Vater, möglich, dass sie ihn bestrafen will. Durchaus möglich.« Sie sah wieder auf diese merkwürdige Art in sich hinein.

»Warum war sie wütend?«

»Er hatte wohl ihren neuen Freund rausgeworfen.«

»Kennen Sie den neuen Freund?«

»Nein. Hat sie mir noch nicht vorgestellt.«

»Haben sie über ihn gesprochen?«

»Ach ja, weiß nicht mehr so genau. Soll süß sein und klug und ganz zärtlich. Was so ein kleines Ding halt denkt, bevor sie herausbekommt, dass er ein Arschloch ist wie all die anderen.«

»Hat sie gesagt, wie er heißt?«

»Joe, oder Joey oder so. Sie wollte ihn bald mal mitbringen.«

»Einen Nachnamen wissen Sie nicht? Oder wo oder was er arbeitet?«

»Nein, tut mir leid.«

Carmen Dethleffsen stand auf und ging zu einem Sideboard. Sie öffnete eine Klappe und zum Vorschein kam eine kleine Hausbar. Sechs bis acht Flaschen, ein paar Gläser, ein Eiskübel. Sie ließ ein paar Eiswürfel in ein Glas klimpern. Dann goss sie aus einer schwarzen, klobigen Flasche reichlich dazu. Hendricks Gin. Auf Tonic verzichtete sie.

»Wollen Sie auch einen?«

Hauke winkte ab.

»Wann haben Sie Ihre Tochter zum letzten Mal gesehen?«

»Am Samstag? Oder am Sonntag? Ich weiß nicht mehr genau.«

»Ihr Mann sagt, er hätte am Dienstag noch mit ihr telefoniert und da war sie wohl hier bei Ihnen.«

»Sagt er das? Dann wird es schon stimmen. – Aber mir ist noch ein ganz anderer Gedanke gekommen.«

»Ach ja, erzählen Sie.«

»Mein Ex, der Andreas, hat sie entführt.«

Das klang wie eine unumstößliche Tatsache.

»Tatsächlich, warum sollte er das tun?«

»Um sie dann verschwinden zu lassen. Irgendwann wird ihre Leiche gefunden.«

Sie sah ins Leere, sprach fast wie in Trance, als würde sie die schrecklichen Ahnungen in diesem Moment sehen.

»Und warum sollte er das tun?«

»Weil Jule ihm im Weg ist.«

Sie stand auf, ging zum Sideboard und goss sich Gin nach. Doppelt so viel wie zuvor. Dann setzte sie sich dicht neben Hauke auf das Sofa. Der Alkohol in ihrem Atem mischte sich mit dem Gin-Gestank aus dem Glas. Hauke spürte, wie sich der alte Suff-Affe in der Ecke bereit machte, um ihn anzuspringen. Er musste hier schnell raus.

»Wie heißen Sie mit Vornamen?«

»Hauke.«

»Hauke, hören Sie, die Welt ist von Engeln und Teufeln bevölkert. Von Engeln und Teufeln.«

Sie zündete sich eine Zigarette an.

»Und Jule ist ein Engel, nehme ich an.«

»Na klar. Und Andreas ist ein Teufel.«

»Und wobei ist Jule ihrem Ex-Mann im Weg?«

»Bei seinen Geschäften. Sie will nicht seine Nachfolge antreten. Das macht sie zur Bedrohung.«

Hauke versuchte, ein wenig abzurücken, die Frau kam immer näher. Jetzt hatte sie schon ihre Hand auf seinen Oberschenkel gelegt.

»Ich verstehe nicht ganz.«

»Sie wird sein schmutziges Geschäft nicht weiterführen. Sie wird seine hässlichen Pötte, die das Meer und die Luft verdrecken, die Wale töten und sinnlosen Schrott durch die Gegend fahren, versenken. Das ist ihre Aufgabe als Engel. Und das darf der Teufel nicht zulassen, denn seine Aufgabe ist es, die Welt zu zerstören.«

»Und was ist Ihre Aufgabe, Frau Dethleffsen?«

»Ach, sag doch Carmen zu mir. Meine Aufgabe ist erledigt. Ich habe einen Engel auf die Welt gebracht. Das sind die stärksten Engel, die aus einer Verbindung mit einem Teufel hervorgehen. Mein Engel wird die Welt ein Stückchen besser machen.«

»Verstehe.«

Hauke stand auf. Er hatte genug Informationen. Mehr als genug. Und Frau Dethleffsen stellte für den Moment kein Risiko dar. Wenn sie in ihrem Zustand und mit dieser Story zur Polizei ginge, würde man sie sofort einweisen.

**

Jules Freundin Janine erwies sich als deutlich zurechnungsfähiger. Hauke traf sie in einem Café in der Nähe der Uni. Es hatte einiger Überredung am Telefon bedurft, ehe sie bereit gewesen war, sich mit ihm zu treffen. Ihr letzter Kontakt mit Jule, ein WhatsApp-Dialog, lag eine Woche zurück. Danach hatte sich Jule nicht mehr gemeldet und auch auf Anrufe nicht reagiert.

Hauke erkannte Janine sofort als das Mädchen von dem Greenpeace-Foto wieder. Blonde Rastalocken, ein Piercing in der Augenbraue. Sie trug ein schlabbriges T-Shirt von undefinierbarer Farbe und eine abgeschnittene Jeans. Sie saß an einem kleinen Tisch und blies in eine Teetasse. Er setzte sich zu ihr und bestellte Espresso. Mehr als am Telefon hatte sie zunächst nicht zu erzählen. Sie zeigte Hauke auf ihrem Handy den WhatsApp-Dialog.

»Sie sind doch gar kein richtiger Polizist, oder?«

»Nein. Ich bin pensioniert. Die Eltern wollen die Polizei noch nicht einschalten. Wenn Jule, wie der Vater glaubt, die Entführung nur vortäuscht, würde sie ziemliche Probleme bekommen.«

»Verstehe. Also ich traue ihr das zu.«

»Echt? Warum?«

»Das passt zu ihr. Immer eine Spur extremer, keine Kompromisse. Sie ist echt sauer auf Andreas.«

»Und du meinst, sie zieht das durch?«

»Bestimmt taucht sie irgendwann wieder auf und lacht sich tot.«

»Aber warum meldet sie sich nicht bei dir?«

»Vielleicht hat sie Angst, dass ich ihren Joshi auch strange finde. Ich meine, der ist fast Vierzig, hallo? So ein Opa. Was soll das?«

»Aber wenn sie ihn doch liebt?«

»Ja, das ist auch typisch Jule, die liebt immer mit zweihundert Prozent. Genauso schnell hasst sie den Typen aber auch wieder.«

»Ihre Mutter hält es für möglich, dass ihr Vater, also Andreas Dethleffsen, ihr was antun will.«

Janine lachte herzhaft.

»Bei der waren Sie auch? War bestimmt ein Erlebnis.«

»Kann man so sagen.«

»Klar. Andreas ist an allem schuld. Jetzt entführt er auch noch die eigene Tochter. Carmen ist ein tragischer Fall. Die ist schon mit einem Bein im Nirvana. So traurig. Früher war sie die coolste Mama der Welt. Ich hab sie fast lieber gehabt als meine eigene und die ist auch okay. Carmen war schön, witzig, hat jeden Scheiß mitgemacht. Und jetzt so ein Wrack.«

»Was ist passiert?«

»Genau weiß ich das auch nicht. Da kamen ein paar Sachen zusammen. Eine Fehlgeburt vor zehn Jahren oder so, das hat sie wohl echt gewürfelt. Dann hatte Andreas ein paar Affären. Dann war sie selbst heimlich mit so einer Art Guru zusammen. Der wurde dann irgendwann gewalttätig. Ich weiß das alles nur von Jule. Dann kam der Suff, dann die Scheidung. Ende der Romanze.«

»Und dass Carmen Dethleffsen Jule irgendwie ...«

»Entführt hat? Umgebracht hat?«, sie lachte wieder ihr kehliges Lachen. »Wenn Sie bei ihr waren, wissen Sie ja, dass die kaum allein die Treppe herunterkommt. Von der geht keine Gefahr aus. Und außerdem ist Jule ein Engel, der die Welt retten wird. Ich auch. Was sind Sie?«

»Hat sie mir nicht gesagt. Nur, dass ihr Ex ein Teufel ist.«

»Klar. Der Chef der ganzen Teufel AG.« Sie lachte wieder.

»Janine, versprich mir bitte, dass du niemandem von der Sache erzählst und melde dich, wenn du von Jule hörst. Auch wenn sie dich bittet, das nicht zu tun. Wir brauchen dringend Gewissheit, dass sie okay ist.«

»Klar, mache ich.«

Hauke stand auf.

»Machst du dir echt keine Sorgen um deine Freundin?«

»Noch nicht. In ein paar Tagen vielleicht.«

Kapitel 7

Als Johanna kurz vor Mitternacht an der Strandperle eintraf, hatten die Kollegen von der Wache Altona den Fundort schon weiträumig abgesperrt. Das war gut so, denn es war ein warmer Juniabend und der beliebte Kiosk am Elbstrand gut besucht. In dichten Trauben standen die Menschen, Gläser und Flaschen in den Händen, und sahen der Polizei von Weitem bei der Arbeit zu. Beamte sorgten dafür, dass niemand zu nah kam. Im Fenster des Kiosks ging der Verkauf weiter. Die große Terrasse, die zum Kiosk gehörte, war ebenso belebt, wie die Strandbar gleich neben der Strandperle. Der Leichenfund hatte sich sicher inzwischen herumgesprochen, veranlasste die Menschen aber nicht, den gruseligen Ort zu verlassen. Einen warmen Samstagabend lässt sich der nicht gerade sonnenverwöhnte Hamburger von einer einzelnen Wasserleiche nicht ruinieren.

Johanna war den steilen Schulweg von der Elbchaussee bis ans Wasser gelaufen. Mit einem Auto kam man hier nicht so einfach hin. Auch die Leute von der Forensischen schleppten ihre deprimierende Blechkiste gerade zu Fuß hinunter. Wenn die Deppen ein Stück den Strand rauf am Museumshafen Ovelgönne geparkt hätten, wäre es vor allem auf dem Rückweg leichter für sie, dachte Johanna.

Im Wasser dümpelte ein Schlauchboot der Hafenpolizei und schirmte das Ufer vor Neugierigen von der Wasserseite ab. Um diese Uhrzeit waren auf der Elbe zwar keine Freizeitkapitäne mehr unterwegs, aber es konnte nicht mehr lange dauern, bis die ersten

Bluthunde des Boulevards mit schwimmbaren Untersätzen und langen Objektiven auftauchten.

Johanna kletterte unter dem Absperrband durch. Der Körper lag mit dem Bauch nach unten auf der Uferbefestigung aus großen Granitwürfeln. Eine Frau, wie die schlanke Figur mit schmaler Taille und die langen blonden Haare, die matt am Rücken klebten, vermuten ließen. Sie war nur mit Bluse und Jeans bekleidet. Sicher hatten die Kollegen sie ein Stück aus dem Wasser gezogen, damit sie nicht gleich weitertreiben konnte Richtung Nordsee.

Ein uniformierter Beamter kam auf Johanna zu. Er schien sie zu kennen. Ein schlaksiger Kerl Ende Dreißig, Johannas Alter, unauffällig und sicher total korrekt. Sie erinnerte sich nicht an ihn. Er stellte sich nicht vor, sondern begann gleich unaufgefordert mit seinem Bericht.

»Gäste der Strandperle, die hier direkt am Ufer saßen, sahen, wie der Körper angeschwemmt wurde. Er hat wohl nicht länger dort gelegen.«

»Wie kommen Sie darauf?«

»Es war viel los hier und ja noch nicht lange dunkel. Die Leiche wäre nicht lange unentdeckt geblieben.«

»Und dann?«

»Die beiden Leute sind dann hin und haben den Körper aus dem Wasser gezogen. Die hatten gedacht, da sei jemand gerade erst reingefallen.«

»Und dann haben sie festgestellt, dass die Person tot war?«

»Ja. Die haben das sofort gespürt, weil die so kalt und schlaff war. Sie haben sie liegen gelassen und über ihr Handy den Notruf gewählt.«

»Wo sind die beiden?«

Der Polizist führte Johanna zu einem jungen Paar, das etwas abseits innerhalb der Polizeiabsperrung im Sand saß. Der Mann hatte seinen Arm um die Schulter der Frau gelegt. Johanna ging vor den beiden in die Hocke.

»Johanna Meermann, Kripo Hamburg, darf ich ihnen ein paar Fragen stellen?«

Die beiden standen noch unter Schock. Die Frau weinte zwischendurch und sie hatten nicht mehr zu erzählen, als der Polizist. Plötzlich trieb da diese Frau. Woher sie gekommen war, konnte niemand sagen.

Beamte hatten bereits andere Gäste vernommen. Sie hatten nach Booten in der Nähe gefragt, danach ob jemand ins Wasser gefallen sei. Gab es Streitereien am Ufer oder hat jemand eine betrunkene Frau bemerkt? Nichts. Keine besonderen Vorkommnisse. Ein lauer Abend, ein paar Drinks und chillen. Viele Gäste, die möglicherweise etwas gesehen hatten, waren sicher schon gegangen. Die Polizei würde wieder Aufrufe im Radio, im Internet und in den Zeitungen starten müssen, um nach Zeugen zu suchen. Und es würde nichts bringen. Die Frau konnte überall in die Elbe gefallen sein. An den Landungsbrücken oder in Dresden. Würde eine Leiche von Dresden bis Hamburg treiben? Johanna wusste es nicht.

Zwei Männer in weißen Overalls beugten sich gerade über den Körper, als Johanna nähertrat.

»Moin«, sagte sie. Die beiden Männer nickten. Dann drehten sie den Körper um – und schreckten zurück. Einen solch grauenhaften Anblick hatten sie nicht erwartet. Auch Johanna wandte sich ab. Mit Mühe unterdrückte sie den Brechreiz.

Kapitel 8

Das Handy brummte, leuchtete, und das Display gab drei Informationen, die Hauke keine Freude machten: Acht Uhr, Sonntag und Dethleffsen. Er konnte sich gar nicht erinnern, dessen Nummer gespeichert zu haben. Aber gut so. Nun konnte er entscheiden nicht dranzugehen und sich noch mal herumzudrehen.

Doch der Schlaf wollte nicht zurückkommen. Hauke wälzte sich eine Zeitlang. Dethleffsen war doch sicher ein Langschläfer. Warum rief er in aller Frühe an? War die kleine Maus wiederaufgetaucht?

Er rief ihn an.

»Siebold, gut, haben Sie schon gehört?«

»Was gehört, nein.«

»Die Tote an der Strandperle. Letzte Nacht. War eben im Radio. Mein Butler hat mich darauf aufmerksam gemacht.«

»Moment.«

Hauke nahm sein iPad und rief die Seite der Hamburger Morgenpost auf. *Frauenleiche an der Strandperle angeschwemmt - Nachtschwärmer geschockt!*

»Ja, schlimm ... und jetzt denken Sie ...«

»Ja, immerhin möglich, da steht, dass die jung war, blond und noch nicht identifiziert ist. Was soll das überhaupt heißen?«

»Das heißt, dass man noch nicht weiß, wer das ist.«

»Ja, danke, das weiß ich auch. Ist das vielleicht so ein Polizeitrick, dass man das nur noch nicht öffentlich machen will ...«

»Weil?«

»Na, weil es zum Beispiel die Tochter eines bekannten Hamburger Geschäftsmannes ist. Mensch, Siebold, ich habe Angst.«

Das war nicht zu überhören. Bei dem smarten, kleinen Pfeffersack lagen die Nerven blank.

»Das kann ich verstehen, Herr Dethleffsen. Dann ist es jetzt vielleicht doch an der Zeit die Polizei einzuschalten.«

»Nein. Ich habe eine andere Idee. Sie fragen mal bei ihren ehemaligen Kollegen so völlig harmlos nach, wer das sein könnte.«

»Völlig harmlos. Warum sollte ich das wissen wollen?«

»Ein Bekannter vermisst seit gestern Abend seine Tochter und macht sich jetzt in die Hose - irgendwie sowas. Die können ihnen ja vielleicht ein Foto schicken.«

»Ich versuch´s. Ich melde mich.«

Nun hatte auch Hauke Angst. Wenn es sich bei der Toten wirklich um Jule handeln sollte, hätte er ein Problem. Dann müsste er sich fragen lassen, warum er nicht sofort die Polizei eingeschaltet hatte. Die Entführung einer Millionärstochter sollte Alarmsignal genug sein. Vielleicht wäre das Mädchen vor zwei Tagen noch zu retten gewesen.

Er wählte Johannas Handynummer. Die dienstliche. Die private hatte sie nach ihrer dreimonatigen Affäre geändert und ihm die Neue nie gegeben. Inzwischen gingen sie wieder fast freundschaftlich miteinander um, doch Johanna hielt einen klar definierten Abstand. Vielleicht ging es ihr mit ihm wie Hauke selbst mit dem Schnaps. Wenn er zu nah kommt, greift man wieder zu und das Elend nimmt seinen Lauf.

Mailbox. Hauke bat um Rückruf.

Um einen klaren Kopf zu bekommen, ging er duschen. Seine Mitbewohner schliefen noch, oder waren nicht da. So war das Bad endlich mal frei, wenn er es brauchte. Den Feudel hatte hier auch schon seit ein paar Tagen niemand mehr geschwungen und auf dem Boden lagen benutzte Handtücher und eine Männerunterhose mit Bremsspur. Das Konzept WG war für einen anspruchsvollen, alten Mann wie Hauke wirklich auf Dauer nichts. Er würde sich wieder mehr um Aufträge als Housesitter von Luxuswohnungen bemühen müssen.

Als er nur mit einem Handtuch bekleidet aus der Dusche kam, stand Pfeife im Flur, oder war es Floh? Er warf die Jungs noch durcheinander. Der Bursche hatte sichtlich Schlagseite.

»Moin«, grunzte er und verschwand im Bad.

»Moin«, sagte Hauke. Aus dem Bad drangen Kotzgeräusche.

Er musste hier raus.

Johanna hatte inzwischen angerufen. Er rief sie zurück.

»Mensch, Hauke, was willst du so früh? Es ist Sonntag.«

»Ja, tut mir leid.« Ihre Stimme versetzte ihm immer noch einen Stich. Vor allem, weil sie schon länger nicht mehr miteinander gesprochen hatten. Johanna war vierzig, aber ihre Stimme klang wie die einer Fünfundzwanzigjährigen. Und ihr Körper fühlte sich so an. Aber daran durfte er jetzt nicht denken.

»Nur eine Frage, Johanna. Hast du was mit der Toten von der Strandperle zu tun?«

»Ich war's nicht.«

»Komm schon, ist das dein Fall?«

»Ich war gestern Nacht dort, ja. Und deshalb bin ich auch erst um halb vier ins Bett gekommen. Und deshalb trifft mich dein Anruf echt hart.«

»Und, wisst ihr wer es ist?«

»Nein. War doch auch in den Medien. Aber warum willst du das wissen? Annika ist es nicht. Die Tote ist blond und vermutlich jünger.«

»Ein Bekannter aus Geesthacht vermisst seine Tochter und nun dreht seine Frau durch. Die Tochter ist auch Anfang Zwanzig, blond. Aber die ist auch ziemlich umtriebig. Liegt sicher bei nem Kerl im Bett.«

»Seit wann vermisst er die denn?«

»Seit gestern. Ich würde ihn gerne beruhigen. Habt ihr vielleicht ein Foto? Ich gebe es auch nicht weiter.«

»Ein Foto?«, sie machte eine Pause. Dann sprach sie ernst weiter. »Das willst du nicht sehen. Die Frau ist nicht mehr zu erkennen.«

»Ertrunken? Selbstmord?«

»Mensch, Hauke, was sind das für Fragen von einem Profi? Wir wissen noch gar nichts. Und ich kann dich jetzt auch nicht auf dem Laufenden halten. Wenn du einen weiteren Anhaltspunkt hast, melde dich noch mal. Vielleicht ein Tattoo oder ein Schmuckstück.«

»Mache ich, danke.«

Hauke rief Dethleffsen an und fragte ihn nach besonderen Kennzeichen seiner Tochter. Narben, Tattoos, Muttermale.

»Ich bin ihr Vater, nicht ihr Freund. Und an den Stellen, die ich sehe, ist mir kein Tattoo aufgefallen. Das heißt aber nicht viel.«

Also rief Hauke Carmen Dethleffsen an. Mütter kennen die Körper ihrer Töchter sicher besser. Selbst, wenn sie so verstrahlt sind wie die Dethleffsen.

»Ja. Hat sie. Eine kleine Schlange. Am Fußgelenk. Ganz süß. Ich habe ihr gesagt, dass muss aber reichen. Viele und große Tätowierungen stören den Energiefluss im Körper. Wenn die Energiebahnen ...«

Hauke brach das Gespräch ab und rief Johanna wieder an.

»Irgendwelche Tattoos? Am Fuß zum Beispiel?«, fragte er ohne Vorrede. Kurz war es still.

»Nein. Wäre mir aufgefallen. Sie hatte keine Schuhe an. Nur ...«

»Danke, Johanna, schlaf noch schön.«

Hauke rief Dethleffsen an und gab Entwarnung. Der war hörbar erleichtert. Einen Anruf bei Carmen konnte er sich sparen. Die hatte seine Frage sicher längst vergessen. Und vermutlich auch die Entführung ihrer Tochter.

Hauke legte sich wieder ins Bett und dachte kurz darüber nach, was er als Nächstes auf der Suche nach der verlorenen Prinzessin unternehmen könnte. Dann schlief er ein.

Kapitel 9

Hauke verließ gerade das Haus, um dem WG-Chaos zu entkommen und irgendwo einen gepflegten Cappuccino zu trinken, als ein blauer Passat direkt vor ihm anhielt. Johanna.

Sie ließ das Fenster hinunter und rief:

»Komm, steig ein, ich muss mit dir reden.«

Sie sah nicht freundlich aus. Auch nicht unfreundlich. Eher professionell neutral. Er ging zur Beifahrerseite und setzte sich in den Wagen.

»Können wir das auch im *Mikkels* besprechen? Ich habe noch nicht gefrühstückt.«

»Nein, können wir nicht.«

Das kam wie ein Hammer. Johanna war klar im Beamtenmodus, Version: Bad Cop. Warum so verstimmt, fragte sich Hauke. War sie immer noch sauer wegen des sonntäglichen Weckrufs?

Während der kurzen Fahrt sprachen sie nicht mehr. Johanna steuerte die Polizeiwache in der Mörkenstraße in Altona an. Hier hatte sie offenbar für die Ermittlungen einen Arbeitsplatz eingerichtet. Ihr eigentlicher Standort, das LKA 41 im Polizeipräsidium am Bruno-Georges-Platz, war mindestens eine halbe Stunde entfernt. Die Beamten der Kripo arbeiteten gerne in Tatortnähe. Und das nährte in Hauke den Verdacht, dass seit gestern aus einer unbekannten Todesursache, mit Möglichkeit von Unfall oder Selbstmord, ein Kriminalfall geworden war.

Johanna führte Hauke in ein kleines Büro. Er setzte sich auf einen Stuhl und bekam von Johanna einen großen Becher mit schwarzem Kaffee in die Hand gedrückt. Es war die übliche abgestandene Plörre aus billigen Kaffeemaschinen, wie man sie überall bei der Polizei bekommt.

»Johanna, kannst du mir jetzt mal verraten, was das hier wird? Bin ich verhaftet? Werde ich jetzt verhört?«

»Ganz locker bleiben, Hauke. Kann sein, dass du ein Zeuge bist. Als solchen befrage ich dich jetzt. Und das ist offiziell. Das können wir nicht bei Kaffee und Kuchen machen.«

Hauke wurde etwas unwohl. Er kannte Johanna so nicht. Jedenfalls nicht im Umgang mit ihm. Verdächtigen gegenüber konnte sie knallhart sein und beherrschte auch eine Menge Tricks, um sie aus der Reserve zu locken. Ihre mädchenhafte Erscheinung war dabei eher hilfreich. Man neigte dazu, sie zu unterschätzen. Auch Hauke.

»Ich bin gespannt.«

»Hauke, du hast mich gestern nach einem Tattoo gefragt, das die Tochter deines Bekannten am Fuß hat. Wer ist die Frau, nach der du da suchst?«

»Ich suche nach keiner Frau. Der Bekannte hat mich nur angerufen und gefragt, ob ich ihm irgendwie beruhigende Informationen beschaffen kann.«

»Und weil seine Tochter ein Tattoo am Fuß hat und unser Opfer nicht, ist er nun beruhigt.«

»Ja, ist er. Seine Tochter wird schon wiederauftauchen. Ist ja kein kleines Kind.«

»Das Blöde ist, unser Opfer hat ein Tattoo am Fuß.« Sie drehte ein paar Fotoausdrucke um, die verdeckt auf dem Tisch gelegen hatten. Das oberste Foto zeigte Unterschenkel und Füße. Sie lagen offensichtlich auf einem Edelstahltisch in der Gerichtsmedizin. Die Haut war farblos, fleckig, sah wenig menschlich aus. Oberhalb des linken Fußgelenks war eine vielleicht zwei Zentimeter breite Kerbe im Fleisch, wie abgeschabt. Sie verlief um das Bein herum.

»Hier!«, Johanna deutete auf die Kerbe, »da war ein Seil befestigt. Oranger Kunststoff. Kann ein Abschleppseil oder ein dünnes Schiffstau gewesen sein. Sehr gängiges Material.«

»Du meinst, sie war festgebunden? Unter Wasser?«

»Kann sein. Sie ist nicht ertrunken. Sie wurde wahrscheinlich vorher getötet. Wie wissen wir noch nicht. Dann wurde sie mit einem Seil und vermutlich Gewichten in der Elbe versenkt.«

»Wie bei der Mafia? Das ist krass.«

»Ja, krass. Diese Abschabungen von Fleisch habe ich nochmal genauer untersuchen lassen. Da war eine Tätowierung. Sie ist weitgehend abgeschabt, aber an den Rändern haben die Forensiker Spuren von Farbe gefunden.« Nun kam sie Hauke ganz nah: »Hauke, wer ist diese Frau?«

Johanna drehte ein weiteres Foto herum. Es zeigte den Kopf der Frau. Ein grauenhafter Anblick. Das Gesicht war wie abgeschliffen. Nase, Kinn, Mund, alles weg. Nur noch eine grau-rosige Kraterlandschaft umkränzt von stumpf schimmernden, blonden Haare. Ein Augapfel saß schief in seiner Höhle, der andere fehlte. Ein unförmiges Loch, dort wo mal der Mund war. Hauke schluckte.

»War das der Täter?«

»Nein, das war wohl eine Schiffsschraube. Eher von einem kleinen Motorboot. Ein Containerschiff hätte von dem Körper nicht viel übriggelassen. Ich nehme an, die war mit Gewichten auf den Grund der Elbe versenkt worden. Dann hat sich irgendwann das Seil gelöst und sie ist hochgetrieben. Dabei ist das Gesicht in die Schiffsschraube gekommen.«

»Und dann hat sie sich auf den Weg zur Strandperle gemacht.«

»Sieht so aus. Also Hauke, sie hat ein Tattoo, die Wahrscheinlichkeit ist groß, dass das die Tochter deines Bekannten ist. Auf welcher Seite hat die denn das Tattoo.«

»Ich weiß es nicht«, sagte Hauke kleinlaut.

»Du warst auch schon mal besser. Hauke, tu uns und den Eltern den Gefallen und sag mir, wo du da dran bist.«

War das nun die Stunde der Wahrheit? Sein Polizistenverstand sagte ihm, dass er Johanna einweihen musste. Aber dann dachte er an sein Honorar, an Devil und den Panther. Wenn er die Suche nach Jule der Polizei übergeben würde, wäre Dethleffsens Auftrag erledigt. Dann könnte er bestenfalls den Spesenvorschuss behalten. Er konnte einfach nicht glauben, dass die liebe, kleine Hippie-Prinzessin Jule Opfer eines so grauenhaften Verbrechens geworden sein könnte. Er musste das ausschließen. Und er musste loyal gegenüber seinem Brötchengeber sein.

»Das ist sie nicht«, sagte er schließlich mit festem Ton.

»Was? Wie kannst du da so sicher sein?«

»Meine hat Rasta-Locken.«

»Ach, echt?«, Johanna hielt ihm wütend das Foto des zerstörten Gesichts unter die Nase. »Und das kannst du an diesen Resten hier sehen? Sagst du mir als Nächstes, dass sie einen anderen Lippenstift benutzt hat?«

Hauke war geschockt über Johannas Sarkasmus. Sie war wirklich wütend.

»Nur so viel, Johanna, mein Bekannter ist ein prominenter Hamburger. Er will auf keinen Fall, dass seine Familie zum Gegenstand polizeilicher Ermittlungen wird. Er vermutet, dass seine Tochter mit einem Kerl unterwegs ist, der ihm nicht passt. Das ist alles. Und als er von der Leiche hörte, wollte er Gewissheit. Die haben wir jetzt. Diese bedauernswerte junge Dame ist nicht seine Tochter. Und deshalb bringt dich sein Name in diesem Fall auch nicht weiter. Vertraue mir, Johanna.«

»Das würde ich gerne, Hauke. Wenn es nur nicht so verdammt schwer wäre.«

Sie standen beide auf, gaben sich die Hand und sahen sich in die Augen. Er hatte wieder diesen Stich in der Brust und war sicher, dass sie ähnlich fühlte.

»Pass auf dich auf, Hauke.«

»Du auch.«

Kapitel 10

Hauke trat auf die Straße. Er fühlte sich beschissen. Weil er Johanna so schamlos anlog und weil er immer noch keine Sicherheit hatte, ob die Tote nun Jule war oder nicht. Johanna hatte natürlich recht. An den Haaren, die vermutlich tagelang vom Elbwasser durchweicht waren, konnte man wirklich nicht erkennen, ob es mal Rastalocken oder eine Dreihunderteuro-Dauerwelle war. Letzte Hoffnung war das Tattoo. Carmen Dethleffsen hatte ihn so irre gemacht, dass er vergessen hatte, die richtigen Fragen zu stellen. Wie hatte ihm das passieren können, die Seite des Tattoos nicht abzufragen?

Anzurufen hatte bei der Frau keinen Sinn. Er ging zum nächsten Taxistand und ließ sich in die Brahmsallee fahren.

Als Carmen öffnete, schlug Hauke die erwartete Ginwolke entgegen. Lasziv, aber instabil lehnte sie im Türrahmen und sah Hauke mit einem Blick an, den sie wohl für verführerisch hielt.

»Der Super-Cop, hallo. Haben Sie meine Prinzessin?«

Sie war betrunkener als beim letzten Mal. Sie führte ihn in die Küche, wo ihr Drink stand. Diesmal hatte sie einen lilafarbenen Hausanzug an. Ob diese Frau überhaupt noch das Haus verließ? Ihren Sprit ließ sie liefern und essen tat sie vermutlich sowieso nicht, so dünn, wie sie war. Verrückt, dachte Hauke, versoffene Frauen werden dünn und versoffene Männer dick. Er wusste das aus eigener Erfahrung. Warum war das so?

Sie machte Hauke mit der Espressomaschine einen Kaffee. Das Hantieren mit den Kapseln und der Tasse fiel ihr schwer.

»Und? Was kann ich für dich tun, Hauke.« Sie war zur alten Vertraulichkeit zurückgekehrt und erinnerte sich sogar an seinen Namen.

»Nur eine Frage noch: Auf welcher Seite hat Jule die Tätowierung am Fußgelenk?«

»Tätowierung? Was für eine Tätowierung?«

»Sie haben mir am Sonntag gesagt, dass Jule eine Tätowierung am Fußgelenk hat«, er musste sich zusammenreißen, sie nicht anzubrüllen.

Die zierliche Frau lehnte am Küchentresen und nippte an ihrem Drink. Sie dachte nach.

»Ja, stimmt. Die Schlange. Links. Links ist die.«

»Sicher?«

»Oder rechts? Von wo aus gesehen jetzt?«

»Äh, also von ihr selbst ausgesehen, gewissermaßen von hinten?«

»Hä? Du verwirrst mich, Hauke.«

»Haben Sie Fotos von Jule, wo man ihre Beine sieht?«

»Ja, gute Idee. Habe ich. Warte.«

Sie verließ den Raum und kam kurz darauf mit einem iPad zurück. Es brauchte zwei Versuche, bis sie den richtigen Code zum Entsperren des Tablets eingetippt hatte, dann öffnete sie die Foto-App. Mit zittrigen Fingern und sicher nicht besonders klarem Blick scrollte sie durch Unmengen an Bildern.

So wird das nie was, dachte Hauke. Er nahm ihr das Gerät aus der Hand. Schnell hatte er ein Bild gefunden, das laut Datumsangabe ein Dreivierteljahr alt war. Es zeigte Jule, Arm in Arm mit ihrer Mutter auf einem Schiff. Beide hatten Hotpants und Flipflops an und da war auch das Tattoo. Hauke vergrößerte das Bild mit zwei Fingern.

Rechts. Jule hatte ihre Schlange rechts und war damit definitiv nicht die Tote. Hauke wurde von Glücksgefühlen regelrecht geflutet.

Die Dethleffsen sah das Bild versonnen an.

»Ja, ich erinnere mich. Da waren wir beide auf Kreuzfahrt in der Karibik. So eine schöne Reise.«

Hauke fand diese Information aus mehreren Gründen verstörend. Zum einen, weil die Familie, die über sechzig riesige Schiffe regierte, ausgerechnet auf einem Touristenkahn Urlaub machte. Zum anderen, weil er sich vorstellte, wie die arme Jule ihre schwankende Mutter über die Decks von Bar zu Bar führt und vor größten Peinlichkeiten zu bewahren versucht. Aber so sind sie halt, die Reichen: sonderbar.

Als Carmen ihm lächelnd noch näher auf die Pelle rückte, ergriff er die Flucht.

Wieder auf der Straße, hatte er das Bedürfnis die neue Gewissheit mit zwei Menschen zu teilen.

Johanna nahm die Nachricht vom Tattoo auf der rechten Seite emotionslos auf.

»Schön für dich Hauke.«

Dethleffsen kam ihm mit seinem Anruf zuvor, als er gerade seinen Kontakteintrag unter dem Finger hatte.

»Hey, Siebold«, Hauke hasste diese Angewohnheit mächtiger Männer, Untergebene nur mit Nachnamen anzusprechen. »Ich habe eine neue Nachricht von den Entführern. Moment, ich schick sie Ihnen.«

Ein Beweis mehr, dass Jule noch am Leben ist. Er musste Dethleffsen also gar nicht mit seiner Links-Rechts-Schwäche behelligen. Sein Handy brummte. Er spielte die Nachricht ab. Wieder diese blecherne Roboterstimme.

Planänderung. Kein Bargeld. Das Lösegeld wird überwiesen. Einhunderttausend. Auf ein Auslandskonto. Nummer folgt in den nächsten Tagen.

Es folgten ein paar Nebengeräusche. Dann erklang eine helle, weinerliche Mädchenstimme:

Papa, hier ist Jule, ich lebe. Es geht mir gut. Aber ich habe solche Angst. Bitte hilf mir. Die Typen sind so gruselig, wir sind hier ...

Dann wieder Nebengeräusche und die Tondatei war zu Ende.

Schon rief Dethleffsen wieder an. Er war völlig aus dem Häuschen vor Freude. Nach dem Leichenfund hatte er sicher auch Blut und Wasser geschwitzt, aber Typen wie er haben sich immer unter Kontrolle, lassen sich ihre Gefühle nicht anmerken. Das ist das Geheimnis ihres Erfolges.

»Na, ist das ne Show, Siebold?«

»Ist das Jules Stimme?«

»Ja, das ist sie«, er äffte sie nach, »bitte hilf mir, die Typen sind so gruselig. Ha ha. Ein Filmstar wird die nicht. So schlecht gespielt. Gruselig wird´s, wenn du nach Hause kommst, mein Täubchen.«

»Und diese Roboterstimme? Ist das auch Jule?«

»Kann sein. Oder ihr Gangsterfreund. Diese App scheint ja echt gut zu sein. Hört man nicht raus.«

»Bei der Polizei haben sie da Möglichkeiten, die ...«

»Ach, Polizei. Machen Sie jetzt ihren Job, finden sie die Kleine und alles wird gut. Ich denke auch noch mal nach, wo sie stecken könnte. Auslandskonto, ich fass es nicht. Panama, oder was? Ha ha.«

Dethleffsens gute Laune wirkte nicht ansteckend auf Hauke. Würde Annika ihre Eltern so in Angst versetzen, nur um sich an ihnen zu rächen? Nie im Leben.

»Herr Dethleffsen, haben Sie zufällig Einblick in das Konto Ihrer Tochter? Da gibt es vielleicht Bewegungen, die uns weiterbringen.«

Dethleffsen schwieg einen Moment, dachte nach.

»Sie hat ein Girokonto bei der Haspa. Da habe ich natürlich keinen Zugang. Aber Moment, sie hat eine Kreditkarte, für Notfälle, die geht über eines meiner Konten bei der Warburg Bank. Ich weiß nicht, ob ich da nur die Summe der Abbuchung sehe, oder auch die einzelnen Positionen. Ich kläre das, melde mich wieder.«

Schon irre, dachte Hauke, die Prinzessin hat ungehinderten Zugang zu Papas Schatzkammer. Was für ein Leben. Warum erpresst die Kleine hunderttausend Euro? Das meint die doch nie im Leben ernst. Oder ist das für den guten Joshi. Der Fall fing an, Hauke Spaß zu machen, zumal er nun sicher sein konnte, dass er nicht mit einer Leiche enden würde.

Kapitel 11

Heute lief in Paavos Kino der Streifen *Auf hoher See.*

Totale: Ein Dreihundertmeter-Containerschiff pflügt mit zweiundzwanzig Knoten durch den Atlantik, irgendwo zwischen der senegalesischen Küste und den Kapverdischen Inseln. Mitternacht. Sternenklarer Himmel. Windstille. Schrifteinblendung: Frühjahr 2016. Bootsmann Paavo Virtanen, ein stattlicher Kerl mit Stahlaugen, macht einen Rundgang über das Schiff. Nahaufnahme. In der Hand hält er eine große Stablampe, aber er muss sie nicht einschalten. Mond, Sterne und die sparsame Deckbeleuchtung reichen aus.

Von oben gefilmt: Paavo geht den schmalen Gang an der Reling entlang. Neben ihm ragen die Container auf, hoch wie Wolkenkratzer. Es ist frisch. Paavos Gesicht. Er schaut sich gelegentlich um. Sucht er etwas? Oder jemanden? Auf einem Schiff dieser Größe kann man niemanden suchen. Wenn man jemanden treffen möchte, muss man wissen, wo er ist.

Paavo geht zügig Richtung Bug. Gut fünfzig Meter vor der Spitze des Schiffes sieht man einen Schemen an der Reling. Eine Zigarette glimmt, etwas Rauch steigt auf. Paavo tritt näher.

Hej.

Hej.

Es ist Ginto Rizal, wie erwartet. Paavo erkennt ihn an dem Drachentattoo am Hals. Er braucht solche Anhaltspunkte, da die Filipinos für ihn alle gleich aussehen. Paavo hat ihn hierher bestellt, weil er etwas Meth kaufen will. Rizal ist verdammt scharf auf das

Zeug und geht nun ungeduldig auf Paavo zu. Sie sprechen Englisch.

Und? Hast du das Zeug, Paavo?

Ja.

Wie viel?

Genug.

Ich hab hundert Dollar.

Das reicht.

Die Männer stehen sich nun dicht gegenüber. Der Finne ist einen Kopf größer als der Filipino. Rizal zittert, ungeduldig schaut er Paavo an. Aber der rührt sich nicht. Er müsste doch jetzt in seine Tasche greifen und den Stoff rausholen. Rizals Gesicht in Nahaufnahme. Trotz der Kälte hat er Schweiß auf der Stirn.

Worauf wartest du, Mann?

Er grinst verlegen. Plötzlich trifft ihn etwas Schwarzes mit voller Wucht an der Schläfe. Paavos Stablampe. Entsetzt schaut er den Bootsmann an, will etwas sagen. Doch man hört nur Paavo: *Was hast du da in Hamburg im Hafen gesehen?*

Rizal starrt Paavo entsetzt an. Blut läuft ihm aus dem Ohr.

Ich weiß nicht, was du ...

Da trifft ihn ein zweiter Schlag. Diesmal von oben auf den Schädel. Man sieht nur den Kopf und die Lampe. Paavo sieht man nicht.

Der kleine, schwarzhaarige Mann sackt lautlos zusammen. Paavo, von der Seeseite aus gefilmt. Er schaut sich um. Aber er weiß: Hier sind keine Überwachungskameras.

Paavo hievt den kleinen Rizal hoch und legt ihn über die an dieser Stelle recht hohe Reling. Der Mann stöhnt. Paavo lässt ihn über die Reling gleiten. Er kann nicht sagen, wie lange der Körper im Dunkeln an der Schiffswand entlang fällt. Das Aufklatschen auf die Bugwelle hört niemand. Paavo wirft die Stablampe hinterher.

Schnitt. Tag. Paavo klopft an das Büro des Kapitäns. Die Tür öffnet sich. Ein glatzköpfiger Mann um die Fünfzig in einem weißen Uniformhemd öffnet. Kapitän Kruse ist Deutscher und so spricht Paavo Deutsch mit ihm. Er hat es in den letzten Jahren sehr gut gelernt, wie zuvor schon Englisch und etwas Russisch.

Kapitän, wir vermissen einen Mann. Den Leichtmatrosen Ginto Rizal. Wir haben alles abgesucht. Es ist zu befürchten, dass der Mann in der Nacht über Bord gegangen ist. Er hatte wohl Drogenprobleme, sagen die anderen.

Der Kapitän bittet Paavo hinein. Sie sprechen lange. Man hört nicht was sie sagen. Eine getragene Musik liegt unter der Szene. Schnitt. Zwanzig Männer, Europäer und Asiaten, einige in Uniform, die anderen in Arbeitskleidung, stehen an Deck in einer Reihe. Der Wind ist stärker geworden. Die Sonne scheint. Die Uniformierten haben ihre Mützen abgenommen. Der Kapitän spricht zu den Männern. Getragene Musik. Dann gehen alle wieder an ihre Arbeit. Paavos erster Auftrag. Und es war gar nicht so schwer.

ENDE

Paavo saß in einer Bar in der HafenCity und war froh, dass der Film endlich zu Ende war. Er konnte seine Umwelt kaum wahrnehmen, wenn ein Film lief.

Er hatte nur dagesessen und in seinen Drink gestarrt. Aber das tun viele in einer Bar. Das fällt nicht auf.

Gerade begann die Happy Hour, der Laden füllte sich. Er musste telefonieren, bevor der Geräuschpegel noch anstieg.

»Hey, Paavo hier.«

»Was willst du? Du sollst mich nicht einfach so anrufen.«

Der Ton war rau und abweisend. Im Hintergrund hörte er Straßenlärm.

»Ich hab´s erledigt.«

»Ich weiß. Gut.«

»Die ist jetzt wiederaufgetaucht. Dabei habe ich mir so viel Mühe ...«

»Ja, Paavo, ist nicht so toll. Aber mach dir keine Sorgen.«

Das klang wie vernichtende Kritik. Hatte er es jetzt versaut? Würden sie ihn jetzt fallen lassen?

»Bist du in Hamburg?«

»Nein.«

»Wo bist du denn?«

»Das sollst du mich doch nicht fragen. Warst du in ihrem Zimmer?«

»Ja.«

»Und?«

»Habe ein Notebook mitgenommen.«

»Weg damit.«

»Echt, wieso?«

»Frag nicht. Wirf es in die Elbe.«

»Ok. Kann ich sonst noch irgendetwas für dich tun?«

»Im Moment nicht. Ciao, Paavo.«

»Ciao.«

Ein paar anerkennende Worte würden ihn etwas aus dem dunklen Loch holen, in dem er steckte. Im Schlaf, aber auch manchmal, wenn er wach war, sah er das Mädchen. Da war ein neuer Film in der Produktion. Noch nicht fertig, aber die Chancen standen gut, dass sein innerer Filmvorführer ihn ins ständige Repertoire aufnehmen würde.

Immer die gleiche Szene. Wie sich das Mädchen umdreht, ihn anlacht, das Ding in seiner Hand sieht. Wie sie Mund und Augen aufreißt, eher verwundert, überrascht. Es war ihr keine Zeit geblieben, Angst zu haben oder zu schreien. Er hatte sie mit voller Wucht am Kopf getroffen. An der Schläfe. Sie war sofort lautlos zusammengesackt.

Es war nicht ganz einfach gewesen, den richtigen Ort und Zeitpunkt für die Tat zu erwischen. Stundenlang hatte er am Nachmittag vor ihrem Studentenwohnheim gestanden in dem alten Lieferwagen, den er gestohlen hatte. Er wusste, dass sie zu Hause war, weil er geklingelt hatte und sie an die Sprechanlage gekommen war. Aber er hatte sie nicht in ihrem Zimmer aufsuchen wollen. Zu unsicher. Zu viele Zeugen.

Gegen neun Uhr war sie dann endlich rausgekommen. Sie hatte sich hübsch gemacht, sehr hübsch. Sie war zu Fuß weggegangen. Paavo hatte den Transporter stehen gelassen und war ihr gefolgt. Sie war mit der U2 bis Schlump gefahren, dann in die U3 umgestiegen, die sie an der Haltestelle Landungsbrücken verlassen hatte. Sie war zügig Richtung Fischmarkt gegangen, auf halber Strecke hatte sie ihr Ziel offensichtlich erreicht: den Biergarten *Strand Pauli*. Es war ein warmer Abend gewesen und die Open-Air-Bar gut besucht. Sie war verabredet. Eine Gruppe junger Leute hatte sie begrüßt.

Es war mit einem längeren Kiezbummel zu rechnen und Paavo hatte keinen Sinn darin gesehen, der Gruppe zu folgen. Es hätte sich dabei keine Gelegenheit für ihn ergeben. Deshalb war er mit der U-Bahn zurück zu ihrer Wohnung gefahren. Sie würde irgendwann zurückkommen. Und so war es dann auch gewesen. Gegen halb drei, Paavo war hinter dem Steuer des Transporters fast eingenickt, war sie am Wagen vorbeigegangen. Langsam. Vermutlich betrunken. Kein Mensch sonst auf der Straße, alle Wohnungen rundherum dunkel. Paavo hatte keine Zeit verloren. Er war hinter ihr hergelaufen. Zwischen zwei Straßenlaternen, im Schatten eines großen SUV, hatte sie sich plötzlich umgedreht und Paavo hatte zugeschlagen. Mit dem Kuhfuß. Ohne zu zögern. In ihr junges, schönes Gesicht. Paavo war selbst überrascht gewesen.

Er hatte sie dann schnell in den Transporter getragen. Leicht wie ein junger Hund war sie.

Den Laderaum des Transporters hatte er mit einer Plane ausgelegt. Dann war er zu einer entlegenen Ecke des Hafens gefahren und hatte den Laderaum wieder geöffnet.

Sie war nicht tot gewesen. Sie hatte noch gezuckt, nach Luft geschnappt. Paavo war kurz in Panik geraten, wollte weglaufen. Aber dann hatte er sich wieder unter Kontrolle.

Er hätte sie einfach ins Wasser werfen können. Sie wäre ertrunken. Aber das war ihm zu grausam erschienen. Erschießen schied auch aus. Zu laut. Und so hatte er sie aus dem Wagen gehoben, auf den Boden gelegt und ihr einen weiteren Schlag mit dem Kuhfuß verpasst. Ihr hübsches Gesicht war völlig zerstört.

Dann hatte er ihr die Gewichte an die Füße gebunden - fest und mit den besten Knoten, die er kannte - und er kannte sie alle.

Der Wagen hatte kein Blut abbekommen, alles war auf der Plane gelandet, die Paavo mit Steinen beschwerte, zusammenband und ins Wasser warf. Nach ein paar Stunden wäre das Blut vollständig abgewaschen. Dann wäre es egal, wenn die Plane wiederauftauchte.

Den Transporter hatte er an den Fischmarkt gefahren, Lenkrad und Türgriffe abgewischt. Niemand würde den Wagen mit dem Verschwinden der Frau in Verbindung bringen.

Und nun war sie aufgetaucht. Nur eine Woche nachdem er sie versenkt hatte. Er war nervös, aber wie sollte die Leiche die Polizei zu ihm führen? Er kannte die Frau nicht, hatte nie Kontakt mit ihr gehabt und bei der Tat hatte ihn niemand gesehen. Cool bleiben Paavo, sagte er sich, am Ende zahlt sich das alles für dich aus.

Kapitel 12

»Kolleginnen und Kollegen, vielen Dank, dass Sie so schnell gekommen sind. Wir haben Neuigkeiten zu der Toten von der Strandperle.«

Johanna hatte vier Kollegen aus der örtlichen Wache und zwei Beamte aus dem LKA 41 als kleine Soko in ihr Interims-Büro in der Mörkenstraße geladen, um die Ermittlungen voranzutreiben. Die Leute saßen auf Stühlen, Tischecken, einer lehnte an der Wand. Johanna hatte den Bildschirm des PC so gedreht, dass alle sehen konnten, was sie zu zeigen hatte.

»Zunächst ein Zwischenbericht aus der Pathologie. Das Opfer ist, wie berichtet, eine junge Frau. Anfang Zwanzig. Sie hat mehrere Tage im Wasser gelegen. Sie ist nicht ertrunken, sondern war schon tot, als sie ins Wasser kam.«

Johanna klickte eine Datei auf ihrem Bildschirm an. Das Fußgelenk mit der Fleischabschabung war zu sehen.

»Wie es aussieht, hatte die Leiche ein Seil am Fuß. Wir können vermuten, dass dieses Seil irgendwo befestigt war, um die Leiche unter Wasser zu halten. Dieses Seil muss sich gelöst haben, so dass die Leiche nach oben trieb.«

Das nächste Bild zeigte den Kopf der Toten mit der schrecklichen Wunde, die mal ein Gesicht gewesen war. Die Polizisten schreckten zurück.

»Wie Sie sicher schon wissen, wurde das Gesicht vollständig zerstört. Vermutlich von einer Schiffsschraube. Die Todesursache ist nicht mehr zweifelsfrei feststellbar. Das Genick ist gebrochen, das Gehirn schwer zerstört, aber das kann alles post mortem durch die Schiffsschraube geschehen sein. Verbluten kommt auch in Betracht.«

»Aber Sie sind sicher«, meldete sich eine Kollegin, »dass die Frau Opfer eines Gewaltverbrechens wurde?«

»Echt jetzt?«, warf ein anderer ein, »das ist doch klar. Die war irgendwo festgebunden.«

»So klar ist das nicht, Herr Kollege«, sagte Johanna, »das sagt nur, dass sie nicht auftauchen sollte. Jemand wollte die Leiche verstecken. Sie kann aber auch durch einen Unfall oder sogar durch Selbstmord ums Leben gekommen sein. Wir haben da viele Optionen zu berücksichtigen.«

»Spuren sexuellen Missbrauchs?«, fragte einer der Männer.

»Nein. Kann aber auch wegen der langen Zeit im Wasser nicht eindeutig ausgeschlossen werden.«

Die Gruppe verfiel kurz in ein Gemurmel, jeder äußerte halblaut Vermutungen. Dann ergriff Johanna wieder das Wort.

»Zur Identität der Toten: Wir haben heute Morgen einen Hinweis bekommen. Eine junge Frau hat sich gemeldet, Onur Terim, mit dem Verdacht, dass die Tote eine Freundin sein könnte. Sie hat die Freundin am siebten Juli, also eine Woche vor dem Leichenfund, zum letzten Mal gesehen.«

»Wieso hat sie sich heute erst gemeldet?«, fragte ein Kollege.

»Frau Terim war verreist und hat erst vorgestern wieder versucht, die Freundin zu erreichen. Vergeblich. Die beiden wohnen nicht zusammen, sehen sich nur gelegentlich. Dann wurde Frau Terim unruhig und hat sich beim LKA 41 gemeldet. Ich habe mit ihr ein paar Merkmale abgeglichen: die Tätowierung am Fuß, deren Motiv wir nicht mehr erkennen können, eine Blumen-Tätowierung am Bauchnabel, einen Ring und die Bluse. Alle Merkmale wurden von der Informantin erkannt. Demnach handelt es sich bei der Toten um Monika Cassati, Studentin aus Hamburg, dreiundzwanzig Jahre alt. Gemeldet in einem Studentenwohnheim in der Unnastraße.«

»Das heißt Studierendenwohnheim«, sagte eine Beamte der Altonaer Wache, die Johanna nicht kannte, genervt.

»Danke, Kollegin, aber können wir uns bitte auf sachdienliche Beiträge beschränken. – Frau Cassati war mit Frau Terim und einigen anderen Freunden am Samstag dem siebten Juli auf dem Kiez unterwegs. Irgendwann hat Frau Cassati die Gruppe verlassen. Wann und wo, weiß Frau Terim nicht mehr genau. Sie waren wohl alle ziemlich betrunken. Das toxikologische Gutachten weist zwar nur wenig Alkohol nach, aber das hat nach der Zeit im Wasser nichts zu bedeuten. Frau Terim hat mir ein paar Fotos von Frau Cassati geschickt.«

Johanna bediente die Maus ihres Computers und es erschienen zwei Bilder auf dem Bildschirm. Das eine zeigte eine junge Frau nur mit einem langen T-Shirt bekleidet in einer Küche. Schlank, lange blonde Haare. Sie hat eine Tasse in der Hand und küsst in die Kamera. Das zweite Bild zeigte die gleiche blonde Frau schlafend im Sitz eines Flugzeugs. Das Sonnenlicht fällt durch das Fenster auf ihr zartes Gesicht.

»Sonst hat niemand diese Frau Cassati vermisst? Was ist mit den Eltern?«, fragte Lars, ein Kollege aus dem LKA 41.

»Die Eltern leben in Stuttgart. Es ist vermutlich nicht ungewöhnlich, dass die Tochter sich mal eine Woche nicht meldet. Wir haben die Eltern noch nicht informiert. Wir wollen uns erst Gewissheit verschaffen. Sie beide«, Johanna sah zwei uniformierte Kollegen der Altonaer Wache an, »fahren bitte zur Wohnung der Toten und besorgen DNA-Material. Haare aus der Bürste, Handtücher, gebrauchte Tampons, was immer sie finden können. Die richterliche Genehmigung zum Öffnen des Appartements ist unterwegs. Es gibt da einen Hausmeister, der alle Schlüssel hat.«

Die Polizisten standen auf und verließen den Raum.

»Ich treffe mich später mit Frau Terim und einem jungen Mann, der ebenfalls an dem Abend dabei war und versuche mit ihnen den Verlauf zu rekonstruieren. Die anderen sammeln derweil bitte alles zusammen, was sie sonst noch über Monika Cassati finden können und halten sich bereit für weitere Ermittlungen. Wir halten den Namen des Opfers noch unter Verschluss. Die Eltern werde ich zum geeigneten Zeitpunkt selbst informieren. Vielen Dank.«

Die Polizisten standen auf und Johanna setzte sich wieder an den Schreibtisch. Um fünf Uhr war sie mit Onur Terim verabredet. Noch zwei Stunden Zeit für Papierkram.

***

Es war immer noch tropisch heiß in Hamburg. Das *Strand Pauli* war schon gut besucht, als Johanna die Bar zum Treffen mit Onur Terim betrat. Ein großes Areal, direkt an der Elbe mit Blick auf Hafenkräne und die Werft Blohm & Voss. Sand auf dem Boden, Liegestühle, in allen Ecken kleine runde Bars, an denen Barkeeper wirbelten. Aus den Boxen drangen entspannte Drum & Bass-Klänge. Feierabendmusik. Schöne, junge Menschen wohin man sah. Lachend, plaudernd, schmusend. Nur zwei fielen heraus. Eine kleine Frau mit kurzen schwarzen Haaren, T-Shirt und Jeans und ein großer, schlaksiger Kerl mit Basecap. Sie standen in der Nähe des Eingangs, ohne Getränk und mit versteinerten Gesichtern. Sie musterten jeden neuen Gast. Johanna sprach sie an.

»Frau Terim?«

Die junge Frau nickte.

»Und Sie sind?«

»Benjamin Reister. Ben. Ich war auch dabei.«

»Gut, ich bin Kriminaloberkommissarin Johanna Meermann. Und hier hat Ihr Abend begonnen?«

»Ja«, Onur Terim war sichtlich aufgeregt, »Frau Kommissarin sagen ...«

»Johanna reicht.«

»Sagen Sie bitte, was ist mit Moni passiert? Ist sie ermordet worden?«

»Möglicherweise. Wir wissen es noch nicht genau.«

Onur fing an zu weinen.

»Das ist ja schrecklich. Wer tut sowas? Ben, kannst du dir das vorstellen?«

»Nein, kann ich nicht«, sagte der junge Mann, der auch Tränen in den Augen hatte.

»Wann habt ihr euch hier getroffen?«, fragte Johanna. Sie musste weiterkommen und konnte hier nun keine Trauertherapie durchführen. Dafür war sie ohnehin die Falsche. Sie hatte Mitleid mit den Angehörigen der Opfer. Das war ja ganz normal. Aber ihr Job war es, zu ermitteln und nicht ihr völlig fremde Menschen zu trösten.

»So gegen halb zehn kam Moni. Sie war die letzte.«

»Weißt du das genau?«

»Ja. Ich hatte ihr noch eine Nachricht geschickt, da kam sie gerade rein. Die Nachricht war um halb zehn abgeschickt.«

Sie hielt Johanna ihr Handy mit der Nachricht hin.

»Wer war noch dabei?«

»Wiebke, Achim und Anna. Wir waren zu sechst.« Sie sah Ben fragend an. Der nickte.

»Wie ging es dann weiter? Wart ihr lange hier?«

»Ja, schon, bestimmt zwei Stunden«, sagte Onur.

»Habt ihr viel getrunken?«

Onur sah Ben an.

»Na ja, wir Jungs schon. Onur, Moni und Wiebke nicht so viel.«

»Das heißt? Was hat Monika getrunken?«

»Zwei Drinks vielleicht. Pina Colada. Aber sie verträgt nicht viel – vertrug nicht viel.«

»War irgendetwas ungewöhnlich an Monika an diesem Abend?«

»Nein«, sagte Onur. »Sie war wie immer.«

»Hat sie etwas erzählt? Von Problemen, von Leuten die sie kennengelernt hat, von der Arbeit? Denkt bitte nach. Uns kann alles helfen.«

Die beiden schwiegen einen Moment. Dann zuckten sie fast gleichzeitig mit den Schultern.

»Hatte Monika einen Freund?«

»Im Moment nicht. Das wüsste ich«, sagte Onur.

»Hat sie sich hier mit jemandem unterhalten, den ihr nicht kanntet? Wurde Monika angesprochen?«

»Moni wurde ständig angebaggert, so wie die aussah. Aber die hat jeden abrosten lassen. Die hatte keine Lust auf Bar-Flirts«, sagte Onur.

»Und wo seid ihr dann um halb zwölf hingegangen?«

»Es wurde hier etwas frisch. Da sind wir Richtung Reeperbahn gezogen. Wir wollten auf den Hamburger Berg. Wir sind dann im *Roschinsky* gelandet«, sagte Ben.

»Alle zusammen? Oder ging jemand nicht mit?«

»Alle zusammen.«

»Gut dann lasst uns jetzt mal genau den Weg gehen, den ihr auch gegangen seid.«

Sie verließen die Bar. Ben führte sie die Hafenstraße entlang und dann über die lange Treppe zum Hotel Hafen Hamburg hinauf. Weiter ging es über die Davidstraße. Johanna ließ sich unterwegs von Onur schildern, was Monika Cassati für ein Mensch war.

»Moni war perfekt. Schön, klug und einfach ein guter Mensch.«

»Keine Schattenseiten?«

»Ungeduld vielleicht? Manchmal Überheblichkeit. Sie konnte eine ziemliche Klugscheißerin sein.« Onur lachte leise.

»Sie hat BWL studiert?«

»Ja. Der einzige Mensch, den ich kenne, der BWL nicht studiert, um eine Menge Kohle zu machen.«

»Was wollte sie denn damit?«

»Monika wollte die Welt besser machen. Sie beschäftigte sich mit Weltwirtschaft. Sie wollte afrikanischen Kleinunternehmen helfen, in ihren Märkten erfolgreich zu sein. Makroökonomie. Ich hab immer nur die Hälfte verstanden. Nicht meine Welt.«

»Was studierst du?«

»Medizin.«

»Hat Monika in irgendwelchen Organisationen mitgemacht?«

»Sie hat sich mal eine Zeitlang mit Attac-Leuten getroffen. Aber die waren ihr zu dumm und zu gewaltbereit, wie sie sagte.«

Sie überquerten die Reeperbahn, gingen die berühmte Straße ein Stück hinunter und bogen in die Straße Hamburger Berg ein.

Johannas Handy klingelte. Einer der Beamten, die das Zimmer von Monika Cassati durchsucht hatten, berichtete, dass offenbar eingebrochen worden war. Sachen waren durchwühlt und vermutlich fehlt ein Notebook, da Ladekabel und Maus noch auf dem Tisch lagen. Johanna gab Anweisung, die Spurensicherung einzuschalten und widmete sich wieder Onur Terim.

»Was hat Monika neben dem Studium gemacht? Hat sie gejobbt?«

»Sie hatte bis vor wenigen Monaten einen Werkstudentinnenjob bei einem Logistikunternehmen.«

»Name?«

»Habe ich vergessen.«

Sie gingen den Hamburger Berg hoch und standen vor dem *Roschinsky´s*. Die Bar hatte noch geschlossen.

»Und seid ihr hinein? Alle?«

»Ja«, sagte Ben, der die ganze Zeit ein paar Schritte vorausgegangen war. »Da war ziemlich was los. Wir mussten anstehen.«

»Wie lange?«

»Halbe Stunde oder so. In der Schlange hat Wiebke einen Kerl getroffen, den sie kannte. War schon älter. Mitte dreißig vielleicht. Als wir drin waren hat der uns dann einen Mexikaner nach dem anderen ausgegeben.«

»Warum?«

»Keine Ahnung«, sagte Onur, »wollte wohl Wiebke beeindrucken.«

»Und der hat Moni nicht angebaggert?«

»Nee«, Onur lächelte, »Wiebke ist etwas, nun ja, pummeliger, sehr curvy, das war wahrscheinlich sein Ding. Der ist dann auch irgendwann mit Wiebke abgehauen.«

»Und Moni hat auch Mexikaner getrunken?«

»Ja, die war dann auch ziemlich gut drauf. Wir sind später alle in Rosi´s Bar weitergezogen, wollten eigentlich kickern. Aber der Kicker war die ganze Zeit besetzt. Dann haben wir noch was getrunken.«

Sie gingen die Straße wieder zurück, bis sie vor *Rosi´s Bar* standen, die ebenfalls noch geschlossen hatte.

»Wie spät war es da?«

»Zwei Uhr vielleicht. Und dann war Moni irgendwann weg.«

»Ohne sich zu verabschieden?«

»Ja, irgendwie schon«, sagte Onur. »Ich war aber auch schon ziemlich blau.«

»Ich meine, sie hätte tschüss gesagt«, sagte Ben.

»Wie könnte Moni denn dann nach Hause gekommen sein? Mit dem Taxi?«

»Ganz sicher nicht«, sagte Onur. »Moni war total sparsam. Die fuhr nur Fahrrad und U-Bahn und ein paar Drinks am Wochenende waren für sie schon der pure Luxus.«

»Hatte sie so wenig Geld?«

»Nicht weniger als wir alle. Aber sie hielt es zusammen. Sie hatte bestimmt ein dickes Sparbuch.«

»Denkt jetzt bitte noch mal nach. Ihr wart in drei Bars, seid über den halben Kiez gegangen, kann es sein, dass euch jemand gefolgt ist? Habt ihr einen oder mehrere Leute öfter gesehen? Das merkt man doch manchmal.«

Ben zog die Augenbrauen hoch.

»In so einer Nacht bewegen sich die Ströme ziemlich gleich. Da sieht man immer wieder mal die gleichen Gesichter. Da ist uns nichts Besonderes aufgefallen.«

***

Johanna wollte keine Zeit verlieren. Sie fuhr gleich zur Leitstelle der Hamburger Hochbahn, um sich Überwachungsvideos der U-Bahnstation St. Pauli anzusehen. Der Zeitraum, in dem Monika Cassati die U-Bahn bestiegen haben musste, war gut einzugrenzen. Und so dauerte es nicht lange, bis sie unter den vielen jungen Menschen, die um diese Zeit die Bahnen benutzten, die schöne Frau mit den langen blonden Haaren entdeckte. Die Qualität der Schwarzweißaufnahmen war nicht berauschend, aber da auch die Kleidung der Leiche ähnlich war, konnte Johanna sich sicher sein, dass Monika Cassati um zwei Uhr Siebenundzwanzig die U3 bestiegen hatte. Johanna ließ sich Aufnahmen der gleichen Bahn von der Haltstelle Schlump zeigen. Dort war die Frau aus und in die U2 eingestiegen, die sie um zwei Uhr achtunddreißig an der Osterstraße verlassen hatte.

Sie war also auf dem direkten Weg nach Hause gefahren, wo sie vermutlich nie angekommen war. Auf den zehn Minuten Fußweg bis in ihre Wohnung war ihr etwas zugestoßen.

Kapitel 13

»Hauke was machst du denn hier?« Johanna war überrascht, aber nicht verärgert. Das war ja ein Anfang. Er hatte ihr vor ihrer Wohnung in Eimsbüttel regelrecht aufgelauert an diesem Mittwochabend.

»Moin, Johanna, entschuldige, kann ich dich mal kurz sprechen?«

»Aber nur kurz. Ich bin völlig platt, Hauke.«

Sie sah toll aus. Sie trug eine enge Jeans, Sneakers und ein dunkelblaues T-Shirt. Sie hatte die dunkelblonden Haare lässig hochgesteckt und von dem dezenten Make-up, das sie gewöhnlich auflegte, war nach einem langen Arbeitstag nicht mehr viel übrig. Der Duft ihres Parfüms, dessen Namen Hauke vergessen hatte, war auch nur noch zu erahnen, es reichte aber, um Erinnerungen zu wecken.

»Können wir hochgehen? Ist blöd hier auf der Straße herumzustehen.«

»Nein, Hauke. Es ist blöd, mit dir hochzugehen. Läuft nicht. Also, was willst du?«

»Es geht um Annika.«

»Annika? Was ist mit ihr? Probleme?«, sie schien besorgt.

»Nein. Es geht ihr gut. Sie hat nur einen ungewöhnlichen Berufswunsch. Sie will Polizistin werden.«

Johanna lächelte.

»Ja, Hauke, der Apfel fällt nicht weit vom Pferd, oder so. Und was hat das mit mir zu tun?«

»Sie hat Angst, das Claudia zu sagen. Die wird ausrasten, wegen meiner Geschichte. Du weißt schon.«

»Ja, ich weiß. Aber Annika ist eine kluge junge Frau. Die wird ihr Leben nicht so in die Kacke fahren wie du, Hauke.«

»Das glaube ich auch. Aber Claudia nicht. Und da sollst du helfen. Du sollst mit Annika zusammen Claudia überzeugen, dass ein Bulle nicht zwangsläufig so enden muss wie ich.«

Johanna schüttelte ungläubig den Kopf.

»Mensch, Hauke, was für ein Plan. Ist der von dir?«

»Nein, von Annika. Sie hält dich für das Paradebeispiel einer integren Polizistin, die ihr Leben im Griff hat.«

»Und mit Vierzig mal wieder Single ist, nie Kinder haben wird und seit drei Jahren nicht mehr richtig in Urlaub war. Na, ich weiß ja nicht.«

»Sprich mal mit Annika, sie hält viel von dir.«

»Gut. Ich rufe sie morgen an. War's das?«

Hauke druckste herum. Johanna spürte natürlich, dass das nicht alles war, was er auf dem Herzen hatte.

»Eine Frage hätte ich noch: Kennst du einen Devil?«

»DEN Devil? Den Leibhaftigen?«

»Ja, so ähnlich. Nein, einen Ganoven, der sich Devil nennt.«

»Hat der was mit deinem verschwundenen Mädchen zu tun?«

»Nein, der hat was mit dem Panther zu tun?«

»Mit dem Panther?«, Johanna sah Hauke amüsiert an. »Ich hoffe der Mistkerl sitzt noch.«

»Ja, keine Sorge. Aber er hat Personal, das noch nicht sitzt - oder nicht mehr. Die Hanseatic Rebels waren ein einflussreicher Haufen.«

»Lass mich raten: dem Panther ist eingefallen, dass du deine Schulden bei ihm noch nicht bezahlt hast.«

»Richtig geraten. Und dieser Devil soll die jetzt eintreiben.«

»Frag doch deine Ex Claudia. Die wollte dir das doch letztes Jahr schon leihen. Warum auch immer. Dann haben wir diese Typen aber vorher noch hochgenommen. Diesen, wie hieß der noch ...«

»Erkan.«

»Ja, genau. War eine gute Zusammenarbeit. Da haben dir zwei Frauen geholfen, die beide wirklich keinen Grund dazu hatten.«

»Ja, ich weiß. Fand ich auch echt super. Aber jetzt geht der Mist von vorne los. Spielschulden sind Ehrenschulden in der Welt des Panther.«

»Ja, üble Sache. Aber ich weiß nicht, was ich da machen soll. So lange dieser Devil dich nicht umgebracht hat, kann ich ihn nicht verhaften. Dann mache ich das aber sofort.«

»Du bist echt witzig heute, Johanna. Im Ernst, habt ihr nicht was gegen diesen Devil, das ihn von der Straße holt? So Typen haben doch immer Dreck am Stecken.«

»Ich weiß ja nicht mal, wer das ist, Hauke. Devil. Das steht bestimmt nicht im Melderegister. Aber ich hör mich mal um.«

»Danke. Das eilt. Ich muss ihm übermorgen die Kohle geben.«

»Übermorgen? Na, toll. Wie viel war das noch?«

»Fünfundzwanzig.«

Johanna pfiff durch die Zähne.

»Irgendwann wirst du das zahlen müssen, Hauke. Sonst wirst du diese Typen nie los.«

»Ja. Das werde ich auch bald können. Habe da einen ganz lukrativen Auftrag.«

»Legal?«

»Natürlich, was denkst du?«

»Wenn ich mehr über Devil weiß, rufe ich dich an, Hauke. Jetzt muss ich schlafen. Gute Nacht.«

»Gute Nacht.«

Hauke blieb wie festgewachsen stehen und sah ihr nach, wie sie im Hauseingang verschwand. Er hatte dieses Gefühl nicht oft, konnte es ganz gut verdrängen, aber jetzt übermannte es ihn: das Gefühl, allein zu sein.

Dann klingelte sein Handy.

»Siebold, gut, dass ich Sie erwische. Das war eine gute Idee mit dem Konto. Ich bin fündig geworden. Das glauben Sie nicht, was die Kleine da gemacht hat«, bellte Dethleffsen ins Telefon.

»Sagen Sie es mir, dann überlege ich mir, ob ich es glaube.«

»Sie hat Flüge nach Mallorca gebucht und mit der Kreditkarte bezahlt. Ist das ein Hammer? Ausgerechnet Mallorca. Da haben wir ein Haus. Da liegt sie jetzt vermutlich mit diesem Ganoven am Pool und denkt sich weitere Dummheiten aus. Denkt die wirklich, dass ich das nicht merke? Ist meine Tochter so dumm?«

»Sie ist auf jeden Fall keine ausgebuffte Betrügerin. Aber hatten sie das erwartet?«

»Nein, natürlich nicht. Aber wenn sie sich verstecken will, mit Entführung und so, dann hätte sie das geschickter anstellen müssen. Die Leute dort in der Nachbarschaft kennen sie doch.«

»Vielleicht war es umgekehrt.«

»Hä?«

»Na, vielleicht ist sie erst nach Mallorca geflogen und ist dann auf die Idee mit der Entführung gekommen.«

Es war einen Moment still am anderen Ende. Hauke stand immer noch vor Johannas Haus und bemerkte, dass ihn eine Frau hinter einem Fenster im Hochparterre beobachtete. Er wirkte wahrscheinlich verdächtig.

»Ja, Siebold, das ist natürlich möglich. Aber dann ist es auch möglich, dass sie nach Mallorca gereist ist und dort entführt wurde. Oder bin ich jetzt paranoid?«

»Gestern waren Sie noch ganz sicher, dass Jule Ihnen was vorspielt.«

»Ja, war ich auch. Bin ich immer noch. Siebold, wissen Sie was?«

»Was?«

»Sie fliegen nach Mallorca stecken die Kleine in einen Sack und bringen sie nach Hause.«

»Das wäre ungesetzlich, Herr Dethleffsen. Sie ist volljährig und darf ...«

»Ja, ja, Sie wissen schon, was ich meine. Sie überreden sie, nach Hause zu kommen und diesen Don Juan, dass er sich von meiner Tochter fernhält. Für den Bonus.«

Fast hätte Hauke um Vorauskasse gebeten. Dann könnte er übermorgen diesen Devil bezahlen und anschließend entspannt nach Mallorca fliegen. Aber das schien ihm dann doch etwas unverschämt. Er würde Devil noch um ein paar Tage Aufschub bitten. Das würde der Blödmann schon fressen.

»Warum fragen Sie nicht in Ihrer mallorquinischen Nachbarschaft nach, ob sie da ist? Wäre das Einfachste.«

»Nein, da wird mir zu viel getratscht. Meine Ex-Frau hat da schon genug verbrannte Erde hinterlassen. Meine Familienangelegenheiten regele ich lieber im Stillen. Also, Siebold, sind wir im Geschäft?«

»Gut. Wir sind im Geschäft.«

»Dann kommen sie übermorgen zu mir. Um zwölf in meinem Büro. Ich schicke Ihnen die Adresse.«

»Am Freitag um zwölf Uhr habe ich schon einen Termin. Geht´s auch um zwei?«

Dethleffsen war irritiert. Er war es nicht gewöhnt, dass man seine Terminvorschläge ablehnte. Und sicher hatte er nicht damit gerechnet, dass jemand wie Hauke überhaupt Termine hatte.

»Gut. Dann um zwei. Ich erkläre ihnen alles und gebe Ihnen Reisegeld. Schicken Sie mir ein Foto Ihres Personalausweises, dann bucht meine Sekretärin ihnen einen Flug und ein Zimmer.«

Nun also Mallorca, da war Hauke noch nie.

Kapitel 14

Jule balancierte das Tablett mit Toast, Rührei, Kaffee, Orangensaft und Sekt von der Küche die Treppe hinauf ins große Schlafzimmer. Sie war nackt. Ein herrliches Gefühl.

»Johooshiii, Frühstück!«, sang sie, als sie den Raum betrat. Der Kerl war doch glatt noch mal eingeschlafen. Nun hob er seinen hübschen, dunklen Lockenkopf aus den Kissen und lächelte sie an.

»Ich weiß gar nicht, was ich zuerst frühstücken soll, das Rührei, oder die knusprige Semmel, die es trägt.«

»Das ist respektlos. Ich bin keine Semmel, ich bin eine erwachsene Frau«, sie kicherte und stellte das Tablett neben dem Bett auf einem Tischchen ab.

»Ich habe jetzt Hunger. Außerdem bin ich schon ganz wund. Weißt du eigentlich, dass das unser zehnter Tag hier ist und wir die ganze Zeit fast nur im Bett waren?«

Joshi nahm eine Kaffeetasse und trank vorsichtig.

»Echt? Zehn Tage? Kommt mir vor wie eine einzige lange Nacht. Aber es stimmt nicht, dass wir nur im Bett waren. Wir waren am Strand. Zwei- oder dreimal. Nicht zu vergessen die Radtour, bei der Hitze. Wir waren in Alcudia shoppen und in Palma shoppen und dann noch in diesem Kloster mit zwei L am Anfang. Das war ja sooo spannend.«

»Kloster Lluc. Und tu nicht so, Joshi. Du bist doch gar nicht so ein Banause.«

Jule schmiegte sich an ihn. Sein nackter, stark behaarter Körper erregte sie. Das ließ eigentlich nie nach. Noch nie hatte sie einen Mann so begehrt. Aber er war auch der erste Mann, den sie wirklich bewunderte. Er war gebildet, wusste so viel über die Welt. Er hatte zu allem eine Meinung und zu vielen Problemen auch eine Lösung, oder wenigstens eine Idee. Wenn die Welt von Leuten wie Joshi regiert würde, gäbe es weniger Hunger und weniger Krieg. Aber Joshi regierte nicht. Er klagte an. Er recherchierte und schrieb gegen das Unrecht in der Welt an. Alle Artikel, die in diesem Jahr von ihm in der taz erschienen waren, hatte Jule gelesen und das meiste auf dem Blog, das er mit einigen Kollegen führte. Es ging immer um das Gleiche: Das Unrecht, das die reichen Länder den armen Ländern antun.

Joshi war meistens halb in einer seiner Geschichten. Das war nicht immer einfach, wenn man doch nur zusammen sein wollte, aber es war wohl seine Mission. Nachts, wenn sie sich wieder und wieder geliebt hatten und sie eingeschlafen war, setzte er sich auch hier im Haus ihres Vaters an den Schreibtisch und hackte in sein Notebook. Sie wusste nicht, woran er gerade arbeitete. Er würde es ihr erzählen, wenn es so weit war.

Die Sektgläser waren schnell geleert und Jule lief in die Küche, die Flasche zu holen.

»Kann es nicht sein, dass dein Vater hier irgendwann in der Tür steht? Der kann sich doch denken, dass du hier bist. Der bringt mich um, oder?«, rief Joshi, als sie wieder nach oben kam.

»Vorher bringst du ihn um. Der ist dir doch total unterlegen.« Sie lachte.

»Mach keine Witze. Ich habe eigentlich keinen Bock auf Ärger.«

»Nun mal keine Angst. Mein Vater hat ganz andere Sorgen.«

»Wieso?«

»Seine Tochter wurde entführt?«

Joshi schreckte im Bett hoch und verschüttete dabei den halben Sekt.

»Was? Welche Tochter? Ich denke, du hast keine Geschwister.«

»Habe ich auch nicht.« Sie lachte laut auf, als sei ihr ein witziger Streich geglückt, konnte sich kaum halten.

Joshi sah sie verwundert an.

»Du meinst ...«

Sie nahm ihr Handy vom Nachtisch und spielte grinsend die Nachrichten ab, die sie ihrem Vater geschickt hatte. Joshi lauschte. Er war fassungslos.

»Bist du irre?«

»Hunderttausend Euro. Damit kommen wir erstmal eine Zeit weiter. Wo wollen wir hin? Thailand? Mexiko? Was ist dein Traum?«

»Jule, Süße, du spinnst doch. Wann hast du das abgeschickt?«

»Die erste Nachricht vor einer Woche, die zweite vor drei Tagen.«

Joshi sprang aus dem Bett. Nackt stand er nun vor ihr und blaffte sie an.

»Warum?«

»Einfach so. Aus Spaß. Und weil ich das Geld will.«

»Und inzwischen hat dein Vater die Kripo und Europol und was weiß ich mobilisiert und die stehen hier gleich vor der Tür. Und wen werden sie als Entführer verhaften? Mich natürlich.«

Nun merkte er, wie lächerlich er so nackt und wütend wirkte. Er nahm einen Morgenmantel von einem Haken und zog ihn über. Er gehörte Andreas Dethleffsen und war Joshi viel zu klein. So sah er nicht weniger lächerlich aus. Er ließ sich auf einen Stuhl fallen und starrte vor sich hin.

»Joshi, keine Panik. Mein Vater wird gar nichts tun. Du kennst ihn nicht. Er wird die Hunderttausend zahlen. Das ist für ihn Kleingeld. Und dann hat er sein liebes Mädchen wieder. Wenn er die Polizei einschaltet, steht das morgen in allen Zeitungen. Das kann der feine Herr Dethleffsen überhaupt nicht leiden. Die Pfeffersäcke meiden die Medien, Herr Journalist, das müsstest du doch wissen.«

»Ja, weiß ich. Aber ihr Pfeffersäcke liebt die Polizei. Weil die sowieso nur für Euresgleichen da ist und alles für euch tut.«

»Sag nicht Euresgleichen. Ich bin nicht mein Vater. Ich werde auch nie so wie er.«

»Und wie soll das jetzt weitergehen?«

»Jetzt müssen wir an das Geld kommen. Dafür musst du ein Konto eröffnen.«

»Was? Ich? Wieso?«

»Du hattest da doch vor ein paar Monaten in eurem Blog diese Geschichte über anonyme Konten auf den Caymans oder so. Du weißt doch bestimmt, wie man so ein Konto eröffnet.«

»Äh ja, aber ...«

»Gut. Dann tu das. Dann schicken wir meinem Vater die Kontonummer und zack, alles in Butter.«

»Du hast ja vielleicht Ideen.«

Jule verstand das als Kompliment und stand nun auch auf.

»Ich gehe duschen. Wer kommt mit?« Sie sah Joshi herausfordernd an.

»Niemand.«

Das Haus der Dethleffsens war im Stil der Gegend gebaut. Naturstein kombiniert mit weißem Rauputz, flaches Zeltdach mit hellroten Ziegeln, Holzbalkone. Elegant, gediegen, aber nicht protzig. Es hatte sechs Zimmer, drei Bäder, einen mittelgroßen Garten mit Pool und war von einer hohen Mauer umgeben. Es lag in einer ruhigen Urbanisation am Rande von Port de Pollença im Norden der Ferieninsel. Jule war oft hier. Früher mit ihren Eltern, in den letzten Jahren allein oder mit Freunden. Und jetzt mit Joshi.

Der hatte sich in den ersten Tagen unwohl gefühlt. Irgendwie ging ihm Jules Vater nicht aus dem Kopf, er konnte die Begegnung mit dem Alten nicht vergessen. Was ist dein Vater für einer? Ist der eher der brutale oder der joviale Typ? Kennt der auch komische Leute, also solche, die auch Drecksarbeit machen?

Was sollte das? Fühlte sich Joshi von Dethleffsen bedroht? Jule hatte ihm mehrfach versichert, dass ihr Vater dem Mann, den sie liebt, niemals etwas antun würde. Und dass ihr Vater kein Mafiaboss sei, sondern ein seriöser Geschäftsmann.

Am Nachmittag fuhr Jule den alten, toprestaurierten VW-Kübelwagen aus der Garage. Sie hatten kein Ziel, wollten nur herumfahren. Jule mochte den alten Karren, der zwanzig Jahre älter war als sie, auch wenn er ihr im Moment etwas zu auffällig war. Knallorange hatte Vater den Wagen lackieren lassen. Das Bundeswehrgrün, das er vorher hatte, wäre jetzt passender.

Jule steuerte den Wagen aus der Siedlung. Als sie gerade auf die Hauptstraße einbiegen wollte, hielt ein Motorroller direkt neben ihnen. Joshi erschrak. Jule lachte.

»Joshi, cool bleiben. Das ist Martha, die tut dir nichts. – Hallo Martha. Auch wieder da? Schön.«

»Ja, seit vorgestern.«

Martha sah wieder großartig aus. Sie war jetzt über Vierzig, hatte aber immer noch junge, glatte Haut. Ihre schwarze Mähne war sicher etwas nachgefärbt. Aber es stand ihr. Martha trug eine beige Shorts und eine weiße Bluse. An den Füßen Flipflops. Einen Helm wollte sie ihren Haaren nicht zumuten. Martha war sexy. Nicht so ein Klappergestell wie Jules Mutter. Sie war ein Weib mit Hintern und Brüsten. Alle Männer standen auf Martha. Jule war sicher, dass auch zwischen ihrem Vater und Martha schon was gelaufen war. Martha hatte vor fünfzehn Jahren gleichzeitig mit den Dethleffsens in der Siedlung gebaut. Ihr Mann war dann ein paar Jahre später gestorben und Martha ließ es sich seitdem gut gehen. Als Teenager hatte Jule sich oft gewünscht, dass die witzige, laute, lebensfrohe Martha ihre Mutter wäre. Joshi sah Martha an und Jule bemerkte, dass er beeindruckt war.

»Und wer ist dieser junge Herr?«

»Das ist mein Freund Joshi. Wir werden heiraten und viele Kinder haben. Eins ist schon in meinem Bauch.« Sie lachte ausgelassen.

»Jule, was redest du da?«, zischte Joshi und dann an Martha gewandt, »glauben Sie ihr kein Wort.«

Martha lächelte ihn an: »Ja, ja, so ist sie unsere Jule. Immer etwas verrückt. - Schatz, ich nehme an, der große Onassis ist nicht zugegen?«

»Nein. Papa ist in Hamburg. Und es wäre gut, wenn er nicht erfährt, dass ich hier bin. Bitte, Martha.«

»Klar, Süße. Ich schweige wie ein Grab. Und kommt mal auf einen Wein rüber, ihr Turteltäubchen.«

»Machen wir.«

Jule gab Gas, bog auf die Landstraße ein und drehte den alten Boxermotor hoch.

»Und diese Martha ruft jetzt nicht deinen Vater an? Bist du da sicher?«

»Ja. Martha ist okay.«

»Und, Jule? Hattest du nicht gesagt, dass du keinen Führerschein hast?«

»Ja. Stimmt.«

»Aber dann kannst du doch ...«

»Joshi, Mensch, bist du wirklich so ein Spießer? Dann möchte ich dich gerne umtauschen.«

Sie tätschelte seine nackten Beine, fuhr langsam mit dem Finger den Oberschenkel hoch und sah, wie sich der Stoff der engen Shorts wölbte.

Kapitel 15

»Hauke, ein Päckchen für dich. Hast du die Klingel nicht gehört?«

Hauke sah aus dem Bett auf. In der Tür stand Floh, nur mit einer Unterhose bekleidet. In der Hand hielt er ein in hellbraunes Packpapier gewickeltes Etwas. Ungefähr so groß wie ein Paket Druckerpapier.

»Wo kommt das her?«

»Hat ein Typ abgegeben. Steht dein Name und die Adresse drauf.«

»War der von Hermes, oder DHL, oder was? Ich hab nichts bestellt.«

»Keine Ahnung. Jetzt nimm das blöde Paket. Ich will weiterschlafen.«

Hauke stand auf und nahm das Paket.

»Musst du nicht zur Uni? Es ist Donnerstag.«

»Semesterferien, Papa. Seit Montag. Aber danke der Nachfrage.«

Das Paket war nicht schwer. Weniger als ein Kilo. Sein Name und seine Adresse waren in großer Schrift auf einem Blatt ausgedruckt und aufgeklebt.

Was konnte darin sein? Musste er vor dem Inhalt Angst haben? Gab es Menschen, die ihm Gift oder eine Bombe schicken würden? Für eine Bombe war es zu leicht. Gift war schon eher möglich. Er hatte in seinem Polizistenleben einer Menge Leute von Berufs wegen die Tour vermasselt. Aber was hätten die davon, den Rentner Siebold zu töten?

Er riss das Paket auf. Es war Geld. Viel Geld. Fünfzigeuroscheine. Nicht neu, aber mit den offiziellen Banderolen gebündelt. Er schloss die Tür ab, setzte sich an den Schreibtisch und zählte. Es waren fünfhundert Scheine. Fünfundzwanzigtausend Euro.

Hauke starrte das kleine Vermögen auf seinem Tisch an und versuchte sich zu konzentrieren. Wer sollte ihm so viel Geld schicken? Genau der Betrag, den er gleich diesem Kotzbrocken Devil übergeben musste. Johanna? Quatsch, die hatte nicht so viel Geld. Und wenn, würde sie es nicht an Hauke verschwenden. Claudia? Sie hatte ihm schon im letzten Jahr schweren Herzens ihre Ersparnisse angeboten, damit er den Panther loswürde. Dazu ist es nicht gekommen, also war das Geld noch da.

Aber Claudia würde das nicht so heimlich tun. Sie würde sein schlechtes Gewissen auskosten wollen, ihm eine Lektion erteilen, damit er endlich ein besserer Mensch würde. Und woher sollte Claudia wissen, dass beim ihm schon wieder Zahltag war?

Kam es von Dethleffsen? Der hatte sich entschlossen, Vorkasse zu leisten, um Hauke zu motivieren? Auf keinen Fall. Leute wie Dethleffsen übergeben sowas nach getaner Arbeit offiziell und verlangen noch eine Quittung.

Er beschloss, nicht weiter darüber nachzudenken und das großzügige Geschenk anzunehmen. Er stopfte die Scheine in eine Plastiktüte und ging duschen.

Als er aus der Dusche kam, hatte Devil eine Nachricht geschickt.

12 Uhr. Rathausmarkt.

Ganz so blöd schien der Teufel doch nicht zu sein. Auf dem öffentlichsten Platz der Stadt konnte er überblicken, was da auf ihn zukam. Er würde vielleicht ein, zwei Kollegen postieren, die ebenfalls jede Bewegung im Auge behielten. Wenn sie eine Falle wittern würden, könnten sie noch schnell flüchten. Die Idee kam vielleicht auch vom Panther. Sie hatten aus dem letzten Jahr gelernt. Damals war die Übergabe in einer dunklen Kiezkaschemme angesetzt gewesen. Eine bessere Falle hätten sich Erkan und seine Leute gar nicht stellen können.

Als es Zeit war, fuhr Hauke mit dem Taxi in die Innenstadt. Es war ihm nicht geheuer, die wertvolle Fracht in der U-Bahn oder im Bus zu transportieren.

Es war sonnig, heiß. Der Rathausmarkt war voll mit Menschen. Touristen, die sich vor der historischen Kulisse fotografierten, Passanten, die den Platz kreuzten, um von einer Shopping-Meile in die nächste zu gelangen. Hier wäre jeder Polizeieinsatz, zumal mit Waffen, völlig undenkbar.

Hauke stellte sich mitten auf den Platz und wartete. Er sah nach allen Seiten und suchte die lange, dürre Gestalt und das graue Gesicht von Devil.

Ihm fiel der alte Brauch ein, dass ein Mann, wenn er mit dreißig noch nicht verheiratet war, den Rathausmarkt fegen musste. Ob es das noch gab? Gab es überhaupt noch Männer, die unter dreißig heirateten? Was es heute gab, waren Junggesellinnenabschiede. Davon zogen jetzt auch gleich zwei über den Platz. Kreischende Frauen in lächerlichen Kostümen.

»Hauke, schön dich zu sehen.«

Devil war aus dem Nichts aufgetaucht und hatte Hauke mächtig erschreckt. Das genoss er sichtlich.

»Hier, Arschloch.« Hauke drückte Devil die Plastiktüte vor den Bauch. »Und jetzt verpiss dich.«

»Nicht so schnell, Bulle. Erst mal ansehen. Das läuft jetzt so: Du bleibst genau hier stehen. Ich gehe langsam weg und sehe mir den Inhalt der Tüte an. Ich gehe Richtung Jungfernstieg. Wir behalten uns im Auge. Und wenn ich dir ein Zeichen gebe, kannst du abhauen und zwar in die andere Richtung.« Er zeigte am Rathaus vorbei in die Große Johannisstraße. »Ich bin nicht allein, also mach keinen Scheiß.«

Dann ging er und hielt die Tüte mit einem Arm vor dem Bauch, mit der anderen Hand fingerte er in der Tüte herum. Hauke konnte sich nicht vorstellen, dass dieser Kretin überhaupt bis Fünfhundert zählen konnte. Zwischendurch drehte sich Devil immer wieder um und fixierte Hauke. Manchmal verloren sie sich auch aus den Augen, weil einfach zu viele Leute zwischen ihnen waren.

Als Devil am Ende des Platzes angekommen war, blieb er einen Moment stehen. Dann sah er sich zu Hauke um und gab ein Zeichen.

Schnell verließ Hauke den Rathausmarkt. Er wäre am liebsten gerannt, mit Freudensprüngen zwischendurch. War er jetzt sein Problem los? Waren seine Schulden bezahlt? Oder hatte er sie jetzt nur woanders? Er verdrängte diesen lästigen Gedanken.

Kapitel 16

Die Reederei Dethleffsen & Cie. residierte in einem modernen Gebäude aus hellem Klinker und Glas in der HafenCity. Eine breite Treppe führte zum gläsernen Eingang, über dem der Firmenname in glänzenden golden Buchstaben stand. Hauke sah sein Spiegelbild in den Scheiben. Ausgebeulte Jeans, Segelschuhe ohne Socken und ein kariertes, kurzärmliges Freizeithemd. Seine grauen Haare standen etwas vom Kopf ab, den Dreitagebart hatte er auch schon zwei Wochen nicht mehr gestutzt. Da nütze auch seine gute Figur und das markante Filmstargesicht nichts: Er sah scheiße aus.

Aber er musste nun in diesen Palast. Die Empfangshalle zierte eine riesige, messingfarbene Schiffsschraube. Ein Schild auf dem Sockel wies sie als Schraube der MS Gustav Dethleffsen von 1925 aus. Mehr war von dem Kahn vermutlich nicht übriggeblieben, dachte Hauke.

Am Empfang ließ man ihn etwas warten. Schließlich kam ein junger Mann in einem hellgrauen Anzug, stellte sich mit einem Namen vor, den Hauke gleich wieder vergaß und führte ihn zu den Fahrstühlen.

Sie fuhren in den obersten Stock, den sechsten. Als sie den Aufzug verließen, bemerkte Hauke, dass diese Etage eine Art Penthouse war, von dem man einen Rundumblick über die HafenCity hatte.

Die meisten Wände hier waren aus Glas. Es war hell und aufgeräumt. Funktionale Büromöbel, große Pflanzen, kein Schnickschnack.

Von irgendwoher kam Dethleffsen angeflogen. Statt Hausmantel hatte er nun einen dunkelblauen Zweireiher mit Goldknöpfen an. Dazu ein weißes Hemd ohne Krawatte, aber mit einem weinroten Halstuch.

»Herr Siebold, willkommen auf der Brücke der MS Dethleffsen. Kommen Sie bitte in mein Büro.«

Dethleffsen nahm Hauke am Arm und zog ihn sanft hinter sich her.

»Danke, Marcel«, sagte er zu dem jungen Mann, der Hauke hochgebracht hatte. »Bringen Sie uns noch Kaffee, bitte.«

Dethleffsens Büro war riesig und fast leer. Ein Schreibtisch mit Notebook. Eine Sitzgruppe aus braunem Leder, ein riesiger Monitor.

Dethleffsen war nicht allein. In der Sitzgruppe saß eine Frau. Als Hauke eintrat, stand sie auf. Auf ihren hochhackigen Pumps war sie etwas größer als er. Sie gab Hauke die Hand.

»Ene Nestor, meine Kollegin. Wir teilen uns die Geschäftsführung hier.«

Sie war eine Erscheinung. Hauke schätzte sie auf Mitte dreißig, schlank, ein feines Gesicht, in dem alles am richtigen Platz und in der richtigen Größe zu sein schien. Wie eine Statue von Michelangelo. Sie trug ein hellbeiges Kostüm und eine weiße Bluse. Alles an dieser Frau hatte Klasse. Hauke kam sich in seinem Penner-Outfit jetzt richtig schäbig vor.

»Freut mich, Herr Siebold. Andreas hat mir erzählt, dass Sie sein böses, kleines Mädchen sicher nach Hause bringen wollen.«

Ihre Stimme war etwas tiefer, als er erwartet hatte und von einem ganz leichten Akzent gefärbt. Russisch? Polnisch? Hauke war nicht sicher.

»Ich werde mich bemühen«, sagte Hauke und lächelte die Frau an. Es wirkte vermutlich verlegen.

Der junge Mann brachte ein Tablett mit drei Kaffeetassen und stellte es auf den Tisch. Die Tassen trugen das Emblem der Reederei.

»Setzen sie sich, Siebold, setzen sie sich. Und hier ist alles was sie brauchen.«

Er legte eine weiße DIN A 4-Mappe, die ebenfalls das Logo der Reederei trug, vor Hauke auf den Tisch und schlug sie auf. Darin waren verschiedene Ausdrucke.

»Hier haben wir die Buchungsbestätigung für ihren Flug. Morgen Vormittag. Rückflug ist offen, können Sie dann nach Bedarf festlegen. Hier die Wegbeschreibung zu unserem Haus in Port de Pollença. Nehmen Sie sich am Flughafen einen Mietwagen.«

Hauke war etwas erschlagen von der Fülle an Informationen. Er spürte jetzt, was der Tag ihm schon zugemutet hatte. Nach einer unruhigen Nacht voller übler Vorahnung, war das Paket mit dem Geld angekommen, das sein größtes Problem gelöst hatte. Ein paar Tage Pause wären nach der hoffentlich letzten Begegnung mit Devil eigentlich gut gewesen. Aber hier ging der Wahnsinn nun weiter. Worauf ließ er sich da ein?

»Siebold, sind Sie noch bei uns?«, fragte Dethleffsen. Hauke erschrak.

»Ja, klar. Was muss ich noch wissen?«

Dethleffsen zog einen weiteren Bogen aus der Mappe.

»Das ist die Telefonnummer und Adresse von Ernesto Obrador. Er ist unser Mann bei der Banka March in Palma. Er ist informiert und wird Ihnen einhunderttausend Euro übergeben. Die wollen sie ja nicht im Flugzeug transportieren.«

»Hunderttausend Euro? Wofür?«

»Das ist das Lösegeld für den Entführer.«

»Ich denke, die Entführung ist ein Fake.«

»Ja. Aber der Betrag soll dem Galan meiner Jule Flügel verleihen. Das bekommt er in bar – nicht über Panama.« Er lachte.

»Verstehe. Und wenn er das Geld nimmt und trotzdem wiederauftaucht?«

»Dann zeige ich ihn wegen Entführung und Erpressung an, das können Sie ihm versprechen.«

Dethleffsens Kollegin saß die ganze Zeit auf dem Sofa und beobachtete Hauke lächelnd. Was dachte sie? Was er für eine erbärmliche Wurst war? Oder fand sie irgendwas an ihm interessant? So feine Frauen standen ja manchmal auf Bauarbeitertypen. Perfekte Frauen verunsicherten Hauke.

»Und hier«, Dethleffsen griff in die Jackettasche und zog einen Umschlag heraus, »ist etwas Taschengeld. Tausend Euro. Und eine unserer Firmenkreditkarten. Für Mietwagen und solche Sachen. Das Hotel ist für eine Woche reserviert und bezahlt.«

»So lange wollte ich eigentlich nicht bleiben.«

»Ja. Aber sicher ist sicher. Es ist Hochsaison. Mallorca platzt aus allen Nähten. Um diese Jahreszeit bin ich nie dort. Im Frühling und Herbst ist Mallorca ein Traum. Im Sommer die Hölle.«

Hauke wollte sich gerade verabschieden, da ging die Tür auf. Marcel stand in der Tür.

»Entschuldigen Sie die Störung. Frau Nestor, sie wollten doch informiert werden, wenn das Modell ankommt.«

Die Frau sprang auf und eilte zur Tür.

»Ja, toll, danke. Herein damit, ich bin ja so gespannt.«

Hauke machte Anstalten zu gehen, aber Dethleffsen hielt ihn auf.

»Nein, warten Sie. Das ist interessant, das müssen sie sich ansehen.«

Ein Mann in einem grauen Kittel schob eine Art Tisch auf Rollen herein. Der obere Teil war von einem großen Sperrholzkasten abgedeckt. Ene Nestor nahm den Tisch in Empfang und schob ihn ans Fenster. Der Mann im grauen Kittel verschwand lautlos.

»Was ist das?«, fragte Hauke.

Dethleffsen gab ihm ein Zeichen, sich zu gedulden.

Langsam nahm Frau Nestor den Sperrholzkasten hoch. Zum Vorschein kam das Modell eines Containers. Ungefähr einen halben Meter lang. Hauke war enttäuscht. So viel Show um einen Container, wie ihn Dethleffsens Schiffe zu Tausenden über die Meere schippern?

Doch dann machte sich die schöne Frau an dem Container zu schaffen. Sie klappte eine der Längsseiten nach vorne. Nun konnte man hineinsehen. Im Container steckten alle möglichen Brettchen, die Ene Nestor nun nach und nach hinauszog und aufrecht auf die heruntergeklappte Seitenwand des Containers stellte. In den Wänden waren Fenster, eine Tür.

Doch es steckte noch mehr im Container: Ein Waschbecken, eine Kloschüssel, etwas das aussah, wie eine Küchenzeile und viele kleine Stühle und

Tische. Alle diese Dinge drapierte die Frau nun ordentlich zwischen den Wänden. Zum Schluss zog sie unter der Oberseite des Containers ein weiteres Brett hervor, das den vor dem Container entstandenen Raum überdachte.

»Eine Schule«, sagte Hauke wie in Trance. Er war völlig im Bann der schönen Frau und ihres Spielzeugs.

»Siehst du, Andreas, habe ich doch gesagt«, freute sich die Frau, »kapiert jeder sofort, was das ist.«

»Ja, meine Liebe, du hast es wie immer besser gewusst.« Er lächelte die Frau zärtlich an. Da läuft was, dachte Hauke. Eine erhebliche Verbesserung für den Herrn Reeder. Aber vielleicht geht der desolate Zustand seiner Ex ja auf sein Konto und diese Schönheit hier steht in zehn Jahren auch schwankend am Küchentresen und faselt von Engeln.

»Ja, Herr Siebold, eine Schule. Großartig, oder?«

»Ja. Faszinierend. Ein Bausatz. Und was machen Sie damit?«

»Die Idee, Container als einfache Gebäude zu nutzen, ist ja nicht neu«, begann Ene Nestor und es versprach, ein längerer Vortrag zu werden. Aber Hauke brannte darauf, ihn zu hören.

»Wir haben vor zwei Jahren die Organisation Schulen für Afrika gegründet und ausrangierte Container und Möbel in entlegene Regionen gebracht. Wir arbeiten mit Hilfsorganisationen vor Ort zusammen, damit die Sachen auch da ankommen, wo sie gebraucht werden. So haben wir in den letzten zwei Jahren begonnen, Schulen in die demokratische Republik Kongo zu schaffen. Aber ein Container ist eigentlich zu klein und zu unkomfortabel und so kam ich auf die Idee, ihn durch weitere Wände zu ergänzen. Und diese Wände sind so konstruiert, dass sie zusammen mit Möbeln und Sanitäreinrichtungen in den Container hineinpassen. Eine Schule, ein Container, das macht den Transport auch vor Ort einfacher und den Aufbau sowieso.«

»Faszinierend. Und wie viele von diesen Komfortschulen haben sie schon gebaut?«

»Acht. Nun haben wir das System noch mal optimiert, wie in diesem Modell zu sehen. Davon werden wir pro Jahr bis zu zwanzig liefern können.«

»Und wer bezahlt das alles?«

»Ich!«, rief Dethleffsen und lachte.

»Nicht alles, lieber Andreas, wir haben auch Sponsoren. Ein Set kostet knapp vierzigtausend Euro. Die Container spendiert Dethleffsen und transportiert sie auch nach Matadi, den Hafen der Republik Kongo. Die Wände werden bei einem Fertighaushersteller gebaut. Die Badeinrichtung und den Küchenblock liefert IKEA. Kostenlos. Mit diesem Modell wollen wir weitere Sponsoren begeistern.«

»Das wird ihnen sicher gelingen«, sagte Hauke und lächelte die Frau an. Sie hatte ihn mit ihrer Euphorie angesteckt.

»Stellen Sie sich vor, Herr Siebold, bis zu vierzig Kinder können in so einer Schule gleichzeitig lernen. Kinder, die sonst täglich stundenlange Fußmärsche zum nächsten Ort hätten.«

»Und wo kommen die Lehrer her?«

»Wir unterstützen die Gemeinden, in denen wir Schulen bauen dabei, Lehrer zu finden und auszubilden. Da hilft auch die UNESCO und Terre des Hommes.«

»Ja, Siebold«, Dethleffsen ließ sich in den Sessel plumpsen, »ich kann Ihnen sagen, vor lauter Weltrettung kommt die gute Ene kaum noch dazu, für die Reederei Geld zu verdienen.«

»Nun übertreib mal nicht.«

»Haben Sie versucht, Jule für diese Sache zu gewinnen?«, wollte Hauke wissen. »Die ist doch so sozial engagiert, wie Sie sagten. Da wäre das doch genau ihr Ding.«

Ene Nestor sah verlegen auf den Boden.

»Jule und Ene verstehen sich nicht so gut, das klappt nicht«, erklärte Dethleffsen.

Hauke verstand. Solidarität mit der ausgemusterten Mutter und reiner Hass auf die rassige Nachfolgerin. Das sollte sich Jule vielleicht noch mal überlegen, denn diese Ene war eine unglaubliche Frau. Hauke würde sofort in ihr Projekt einsteigen.

»So, Siebold, genug geplaudert. Während Ene Afrika rettet, können Sie schnell meine Tochter retten.«

Kapitel 17

Johanna hatte einen weiteren Zeugen. Sein Anruf war beim LKA 41 aufgelaufen. Nun saß er in der Altonaer Wache vor ihr und sah ziemlich fertig aus. Wenig geschlafen, viel geweint, war Johannas Diagnose. Der Mann war fünfundzwanzig Jahre alt, hieß Prakash Saghal und stammte aus Indien. Er studierte BWL in Hamburg. Daher kannte er auch Monika Cassati. Er hatte dunkle Haut, pechschwarze Haare und leuchtende Augen. Seine weißen Zähne blitzen, wenn er sprach. Er sah gut aus.

»Ich konnte das erst gar nicht glauben, als ein paar Kommilitonen es mir erzählten. Ihr Name stand ja noch nicht im Internet.« Er sprach fast fehlerfreies Deutsch mit einem harten Akzent.

»Wann haben Sie Monika denn zum letzten Mal gesehen?«

»Am neunundzwanzigsten Juni. Das weiß ich genau, weil es in meinem Kalender steht. Wir hatten uns in der Stabi ...«

»Wo?«

»In der Staatsbibliothek verabredet. Wir wollten zusammen eine Hausarbeit machen.«

»Haben Sie da etwas Ungewöhnliches an Monika bemerkt? War sie anders? Hat sie etwas erzählt?«

»Nein. Sie war wie immer. Fröhlich, nett. Sie war ein unglaublich liebenswerter Mensch, müssen sie wissen.«

Er kämpfte mit den Tränen.

»Wie war Ihr Verhältnis zu Monika? War da mehr?«

Prakash lächelte verlegen.

»Nein. Wir waren Freunde. Vielleicht nicht mal das. Eigentlich haben wir nur zusammen für die Uni gearbeitet und uns privat gar nicht getroffen.«

»Haben Sie sich das anders gewünscht? Waren Sie in Monika verliebt?«

»Klar. Jeder war in Monika verliebt, aber sie hielt Distanz. Sie hatte wohl auch einen Freund.«

Johanna sah von ihrem Block hoch, auf dem sie bisher nur Kritzeleien hinterlassen hatte.

»Echt? Ihre beste Freundin sagt, sie sei zurzeit solo gewesen.«

»Mir hat sie gesagt, dass sie einen Freund hätte, mit dem sie gerade an irgendeiner Sache dran war. Ein Skandal. Mehr wollte sie nicht sagen.«

»Vielleicht hat sie das mit dem Freund nur gesagt, um Sie auf Abstand zu halten.«

»Ja, kann sein. Aber von diesem Skandal hat sie gesprochen und das hat mich natürlich neugierig gemacht.«

»Versuchen Sie, sich zu erinnern. Hat sie noch irgendetwas gesagt? Über den Freund oder den Skandal?«

»Glauben Sie mir, ich habe mir den Kopf zerbrochen, bevor ich zu ihnen kam. Da war nicht mehr.«

»Hat sie das bei ihrem letzten Treffen erzählt oder schon früher?«

»Das ist schon ein paar Wochen her. Ich weiß nicht mehr wann genau. Als ich sie bei unserem letzten Treffen fragte, wie der Stand der Dinge sei, sagte sie nur, dass die Bombe bald platzen würde.«

»Bombe? Hat sie Bombe gesagt?«

»Ich glaube ja.«

»Woran arbeiteten Sie denn zusammen?«

»Es ging um Finanzierung von Kleinunternehmen in Indien. Ich hatte ein paar Monate für eine Firma in Rajasthan gearbeitet, die sowas macht. Monika wollte meine Erfahrungen mit Projekten in Afrika vergleichen?«

»War sie schon mal in Afrika?«

»Nein. Aber sie hatte vor, in den Kongo zu gehen. Sie hatte da Kontakte zu einer Firma, bei der sie als Werkstudentin gearbeitet hatte.«

»Wie hieß die Firma?«

»Weiß ich nicht. Sie ist dort auch im März rausgeflogen. Es hatte wohl Ärger gegeben.«

»Rausgeflogen? Nach allem, was ich über Monika gehört habe, kann ich mir kaum vorstellen, dass sie irgendwo nicht auf totale Begeisterung stoßen konnte.«

Johanna musste sich bemühen, nicht ironisch zu klingen. Die perfekte kleine Monika ging ihr ein bisschen auf die Nerven. Kann doch gar nicht sein, dass so ein Mädchen keine Flecken auf der weißen Weste hatte.

***

Den zweiten Zeugen des Tages traf Johanna am Hafen. Bei der Hafenpolizei an der Kehrwiederspitze hatte sich ein Mann gemeldet, der mit seinem Boot für die Verstümmelung der Leiche verantwortlich gewesen sein könnte. Sie sollte ihn am City Sporthafen direkt gegenüber der Wache treffen. Nachdem ihr der Hafenmeister des dort ansässigen Vereins die Gittertür zum Steg aufgeschlossen hatte, machte sich

Johanna auf die Suche nach dem Boot, der *Perle*. Leicht zu finden, hatte der Eigner, Johann Weber, am Telefon gesagt. Eine alte Barkasse, blauer Rumpf, weiße Aufbauten. Baujahr 1949. Als ob das Johanna helfen würde. Es lagen viele Boote an den Stegen und der Mann hätte besser sich selbst beschrieben, als sein Boot. Er stand an Deck des Zwölfmeterbootes und leuchtete im Sonnenschein: fuchsroter, lockiger Haarschopf, ebenso roter Vollbart und ein leuchtend weißes Poloshirt über dem kleinen Bauch. Weber war vielleicht Mitte Vierzig und ein kerniger Typ. Er empfing Johanna freundlich an Deck und reichte Espresso. Dann führte er sie über sein Boot.

Der Kahn war ein Traum. Vor allem unter Deck. Gepflegtes Holz, poliertes Messing, zwei komfortable Schlafkabinen. Kurz stelle sich Johanna vor, wie es wäre, mit diesem Seebären einfach auf große Fahrt zu gehen. Doch sie hatte hier ihren Job zu machen.

»Herr Weber, was haben Sie beobachtet? Erzählen Sie?«

»Das habe ich ja alles schon den Kollegen von der Wache erzählt.«

Er hatte einen dezenten Hamburger Zungenschlag.

»Erzählen Sie es mir bitte noch mal.«

»Also ich bin losgefahren. War ein schöner Tag, wollte einfach nur ein bisschen die Elbe runter. Ich hatte kein Ziel. Vielleicht am Teufelsbrück die Leute besuchen, wenn ein Platz frei wäre.«

»Wann war das?«

»Am Dienstag, dem elften. Mittags.«

»Was machen Sie beruflich?«

Er lachte.

»Weil ich mitten in der Woche über die Elbe schippern kann? Ich bin Privatier. Hatte ein bisschen Glück mit einer Software, die ich entwickelt habe. Ich kann mich nun den schönen Seiten des Lebens zuwenden.«

Er blinzelte sie an. Flirtete er mit ihr? Während einer Zeugenvernehmung?

»Waren sie allein?«

»Ja. Meine Frau ist vor zwei Jahren gegangen. Hat die viele Freizeit nicht ausgehalten.«

Er lachte wieder sein kehliges Lachen. Das wird ja immer besser, dachte Johanna, ein Single.

»Und da sind sie immer allein unterwegs?«

»Nein. Natürlich nicht. Ein paar Freunde sind mir geblieben. Aber die arbeiten Dienstagsmittags.«

»Und dann?«

»Ich fuhr aus dem Hafen raus, passierte das Feuerschiff und schipperte langsam Richtung Landungsbrücken.«

»Wie schnell?«

»Sechs Knoten vielleicht. Plötzlich stockte der Motor kurz. Das ist ungewöhnlich. Ich habe den alten Diesel letztes Jahr überholen lassen. Der läuft wie ein Uhrwerk. Ich lauf kurz nach hinten, um zu sehen, ob sich da ein Tampen oder ein Netz verfangen hat. Da sehe ich im Wasser so helle Fetzen. Wie Fleisch.«

»Auch Blut?«

»Nein. Aber kurz sah ich unter der Wasseroberfläche was Helles. Ich dachte mir nichts dabei. Ein Fisch, eine Ratte, irgendwas in der Schraube. Heute denke ich, dass es vielleicht die Haare der Toten gewesen sind. Schreckliche Vorstellung.«

»Wo genau war das?«

»Kommen Sie, fahren wir hin.«

Eine genau Ortsbesichtigung war nicht notwendig. Aber es war ein schöner Tag und auch wenn der Anlass für den kleinen Bootsausflug ein grausiger war, so hatte Johanna doch Lust auf etwas Abwechslung.

Der Motor sprang sofort an und tuckerte beruhigend vor sich hin. Kruse setzte eine speckige Kapitänsmütze auf und grinste Johanna an.

»Ohne die geht´s nicht.«

Langsam verließ die Perle den Sportboothafen. Glitzernd ragte die Elbphilharmonie vor ihnen auf. Kruse lenkte nach Steuerbord und nahm etwas Fahrt auf.

»Ich hatte mich stark Steuerbord gehalten, weil dort ein riesiger Pott herum manövriert wurde, dem wollte ich nicht in den Quere kommen.«

Sie passierten die Cap San Diego, den wunderschönen alten Frachter, der hier sein Gnadenbrot als Museumsschiff fristete. Auf Höhe der Landungsbrücken drückte Kruse den Gashebel nach hinten. Der Motor heulte auf und das Boot verlangsamte sich.

»Genau hier war das.«

Sie standen auf der Mitte zwischen Landungsbrücken und dem anderen Ufer.

»Liege ich richtig«, fragte Johanna, »stehen wir genau über dem alten Elbtunnel?«

»Korrekt.«

»Wie weit ist es von hier bis zur Strandperle.«

Kruse tippte auf dem großen Bildschirm des GPS-Gerätes herum. Dann gab er Gas.

»Das werden wir gleich genau wissen.«

Er fuhr jetzt deutlich schneller und hielt dabei das GPS-Display im Auge. Von der Reling eines Bootes auf der Elbe aus betrachtet, ist Hamburg wirklich die schönste Stadt der Welt, dachte Johanna. Sie ließ den Blick schweifen. Hafenkräne auf der einen Seite, die bunten Gebäude der Hafenstraße auf der anderen. Die Fischauktionshalle, gefolgt von den modernen Büroklötzen an Neumühlen rauschten vorbei.

Auf Höhe der Ovelgönne nahm Kruse Fahrt raus und ließ das Boot bis zur Strandperle auslaufen.

»Zweikommavier Seemeilen«, sagte Kruse stolz.

»Das hätten wir mit GoogleMaps auch herausgefunden.«

Kruse lachte.

»Das macht aber nicht so viel Spaß.«

»Sie als alter Seebär können mir doch sicher sagen, ob man berechnen kann, wie lange so eine Leiche von dem Ort, wo Sie sie vielleicht gesehen haben, bis hierhertreibt.«

»Von wegen Seebär. Ich habe erst seit drei Jahren einen Bootsführerschein, aber so viel weiß ich: Die Elbe kennt keine Regeln. Ebbe und Flut, der Schwall der großen Schiffe, Hochwasser irgendwo im Osten. Wassermenge und Fließgeschwindigkeit sind so wechselhaft, wie das Leben selbst.«

»Habe ich mir fast gedacht.«

»Und dann ist es noch fraglich, wie die Leiche überhaupt an den Strand gekommen ist. Wenn sie mal sehen, wie wir gefahren sind, dann müsste der Körper ungefähr ab Museumshafen einen starken Bogen nach Steuerbord gemacht haben. Der Fluss macht das nicht. Der hätte die Leiche eher Richtung Finkenwerder, also auf die andere Seite, geschickt. Da war sicher noch die Verdrängung eines großen Containerschiffes im Spiel.«

Auf der Rückfahrt zum Sporthafen machte Johanna für sich und den Skipper in der kleinen Kombüse noch einen Espresso. Ja, sie könnte sich hier zu Hause fühlen.

Von dem Ausflug hatte sie sich ein wenig mehr erhofft. Zum Beispiel eine etwas engere Eingrenzung des Todeszeitpunkts. Hatte der Täter die Cassati sofort getötet, oder hatte er sie noch ein paar Tage irgendwo festgehalten? Aber die Gleichung hatte zu viele Unbekannte.

Als sie von Bord ging, rief Kruse ihr hinterher:

»Kommen Sie doch mal wieder. Einfach so. Ohne Leiche. Ich würde mich freuen.«

Und Johanna schloss nicht aus, die Einladung irgendwann anzunehmen.

Kapitel 18

Joshi war genervt. Der elfte Tag auf Mallorca und er war mit der kleinen Dethleffsen noch nicht wirklich weitergekommen. Klar, es machte ihm auch Spaß. Das luxuriöse Haus, die unersättliche junge Schönheit, dafür war er empfänglich. Aber das war nicht seine Mission. Er hatte Jule nicht erobert, um mit ihr romantische Tage zu verbringen. Und nun dieser Entführungsquatsch. So ein pubertärer Scheiß. Hätte sie ihn vorher eingeweiht, wäre das nicht passiert.

Es war auch nicht gut, dass ihr Vater ihn gesehen hatte. Nun mussten sie schnell hier weg. Oder zumindest er. Aber Joshi wollte den Kontakt zu Jule noch nicht abbrechen. Vielleicht war ja doch noch mehr drin, wenn sie erstmal wieder in Hamburg waren.

Er saß auf der Terrasse des Dethleffsenschen Anwesens und genoss die Ruhe. Jule war bei der Nachbarin, dieser Martha, und redete sich vermutlich um Kopf und Kragen. Wenn diese Martha mit dem alten Dethleffsen gut befreundet war, dann würde sie ihm auch stecken, wo sein Töchterchen ist, früher oder später.

Er klappte das Notebook auf und ging seine E-Mails durch. Keine wichtigen Neuigkeiten. Auch nichts Neues von Katerina.

Eher aus Gewohnheit öffnete er die Seite der Hamburger Morgenpost und war im gleichen Moment starr vor Schreck. Monika, riesengroß auf der Startseite und dazu die Schlagzeile: *Die Tote von der Strandperle – Wer weiß mehr über Monika C.?*

Monika tot? Er las im Netz, was er finden konnte. Kein Zweifel: Monika war Opfer eines Verbrechens geworden und die Polizei tappte im Dunkeln. Und nun suchten sie verzweifelt über die Medien nach Zeugen. Da würden sich sicher eine Menge Spinner melden und niemand, der wirklich etwas wusste. Joshi wusste was, er wusste viel, aber er musste sehr vorsichtig sein, mit seinem Wissen. Sonst würde es ihn auch erwischen. Die waren ja offenbar zu allem fähig. Er war entsetzt über Monikas Tod. Er hatte sie gemocht, vielleicht sogar geliebt. Aber jetzt hatte er Angst. Und die war stärker als Trauer. Er musste nachdenken. Er brauchte einen Plan und in diesem Plan war nun kein Platz mehr für Jule Dethleffsen.

»Jooohoooshiii!«, schallte es von jenseits der Mauer. Jule, sicher nicht mehr ganz nüchtern.

»Martha macht einen Gin Tonic zum Niederknien. Komm rüber. Hier ist auch einer für dich.«

»Ja. Ich komme gleich.«

Sein Plan musste noch warten.

Kapitel 19

Mörderische Hitze und unangenehme Menschen. So hatte Hauke sich Mallorca immer vorgestellt. Und er wurde nicht enttäuscht. Schon am Flughafen war es losgegangen. Leute, die sich bereits im Flugzeug betrunken hatten, standen hektisch am Gepäckband, drängelten, schubsten, als ob ihr Koffer auf Nimmerwiedersehen verschwände, wenn sie ihn nicht sofort nach Austritt aus dem Förderschacht zu fassen bekämen. Hauke hatte nur einen großen Rucksack und war davon ausgegangen, dass der als Handgepäck befördert würde. Aber irgendein Klugscheißer am Flughafen in Hamburg nannte den Rucksack Sperrgepäck und entschied, dass er eingecheckt werden musste.

Bei den Autovermietern in Palma war es weitergegangen. Zwei Anbieter hatten sich schon mit Schildern wie *No more cars available today* aus dem Geschäft verabschiedet. Am dritten Schalter war eine lange Schlange, die eher den Namen Pulk verdient hatte. Hauke wurde zwischen schwitzenden, dicken Menschen eingeklemmt, die Panik in den Augen hatten. Ihre Welt würde untergehen, wenn sie an diesem Tag kein Auto mehr bekämen. Seine nicht. Er hatte sich schon mit dem Gedanken angefreundet, mit dem Taxi nach Port de Pollença zu fahren. Ausreichend Taschengeld hatte er ja. Doch dann war er an der Reihe gewesen und hatte einen Fiat Panda bekommen. Besser als nichts. Um den Kleinwagen in Empfang nehmen zu können, hatte er noch eine Fahrt in einem überfüllten Kleinbus durchstehen müssen.

Nun, drei Stunden nach seiner Ankunft, saß er in einem Café am Hafen von Port des Pollença und aß eine vegetarische Tapas-Platte. Dazu trank er Wasser. Ihm fiel auf, dass er der einzige Erwachsene hier war, der am Nachmittag keinen Alkohol vor der Nase hatte.

Das Hotel Illa d´Or, in dem Dethleffsen ihn untergebracht hatte, war sicher das feinste Haus in Port de Pollença neben den ganzen nullachtfünfzehn Touristenburgen. Ein großes, altes Gebäude mit allem Komfort. Der Reeder wollte, dass es ihm gut ging. Vielleicht war in der Hochsaison aber auch nichts Einfacheres in der Nähe seines Ferienhauses mehr frei gewesen.

Hauke hatte einen Plan. Er würde zunächst versuchen, mit diesem Joshi allein zu sprechen. Jule musste ihn gar nicht wahrnehmen.

Nach dem Essen ging er die Straße an der Küste entlang in die Siedlung, in der Dethleffsens Haus lag. Es war eine fast abgeschlossene, von großen Gärten und feinen Häusern beherrschte Anlage. Dethleffsens Haus war von einer Mauer umgeben. Das Tor zur Garageneinfahrt war offen. In der Garage parkte ein orangefarbener VW-Kübelwagen. Im Haus rührte sich nichts. Es war halb fünf und immer noch sehr heiß. Vielleicht machten Jule und Joshi noch Siesta.

Hauke ging weiter. Aus der Einfahrt des Nachbarhauses kam plötzlich ein Motorroller geschossen, der Hauke fast erwischte. Auf der Vespa saß eine atemberaubende Frau. Schwarze Lockenmähne, Sonnenbrille, halboffene, weiße Bluse.

»Sorry!«, rief die Frau im Wegfahren und Hauke sah ihr lange nach.

Um diesen Joshi irgendwo in einem Moment, wo er allein war, abpassen zu können, müsste er ihn wenigstens mal sehen. Aber er konnte hier ja nicht vor dem Haus herumlungern und warten, bis Joshi sich blicken ließ. Im Auto zu warten, verbot sich auch. Die Reichen hier hatten bestimmt einen Wachdienst, der auf alte Penner und Kleinwagen allergisch reagierte.

Er beschloss, die Vorzüge seines Hotels zu genießen, Pool, Privatstrand, und am nächsten Tag einen neuen Versuch zu starten.

Und da war er dann auch gleich erfolgreich. Als er in einigem Abstand an Dethleffsens Haus vorbeischlenderte, fuhr gerade der VW-Kübelwagen aus der Einfahrt. Die Fahrerin, jung, hübsch, blonde Rastalocken, kannte er vom Foto aus ihrem Zimmer. Jule. Der Mann neben ihr stieg aus und schloss das Tor. Dann stieg er wieder ein. Er sah nicht aus wie neununddreißig, eher ein paar Jahre jünger. Er erinnerte Hauke an den jungen Cat Stevens, bevor der sich dem Islam zuwandte. Joshi war sportlich, dunkle Locken, ein ungepflegter Vollbart. Er war die Mischung aus Poet und Krieger, die bei verwöhnten Mädchen wie Jule sicher hoch im Kurs steht. Aber was will der Mann mit diesem Backfisch? Klar, ein junger Körper hat seine Reize, aber das wird doch auch irgendwann langweilig.

Nun hatte er also ein Bild von Joshi und konnte nach einer günstigen Gelegenheit Ausschau halten, mit ihm zu sprechen.

»War ihr Spaziergang gestern nicht gefährlich genug? Wollen sie es noch mal riskieren?«, sagte eine Frauenstimme hinter ihm. Er drehte sich um. Da stand die Frau, die ihn am Vortag mit dem Motorroller fast umgefahren hatte und lächelte charmant. Sie hatte in jeder Hand eine schwere Einkaufstasche.

»Mit den beiden Taschen sind Sie aber weit weniger gefährlich, als mit ihrer Harley Davidson«, sagte Hauke und ging auf sie zu.

»Darf ich helfen?« Er nahm ihr die Taschen ab.

Sie gingen zu ihrem Haus und sie schloss das Tor auf. Hinter der Mauer zeigte sich die ganze Pracht. Eine kleine Villa aus Naturstein mit hölzernen Fensterläden, umrankt von Bougainvilleas und Orangenbäumen. Ein kleiner Pool.

»Schön haben Sie es hier« sagte Hauke.

Sie ging vor durch eine Seitentür ins Haus und durch einen Hauswirtschaftsraum in die Küche. Hauke folgte.

»Stellen Sie es da ab. Vielen Dank.«

»Gerne. Einen schönen Tag noch.«

Hauke machte Anstalten, zu verschwinden, aber wie er insgeheim gehofft hatte, war die Frau damit nicht einverstanden.

»Hey, hiergeblieben. Ich werde mich doch wenigstens mit einem Gin Tonic für Ihre Mühe bedanken dürfen.«

»Tonic ja, Gin nein«, sagte Hauke.

»Verstehe. Ich bin Martha und wer sind Sie?«

»Hauke. Aus Hamburg.«

»Ach, Hamburg, da habe ich auch noch irgendwo ein Bett stehen. Aber lieber bin ich hier.«

»Ganz allein?«

»Nicht, wenn es sich vermeiden lässt.«

Sie ging vor ihm her auf die schattige Terrasse. Sie trug wieder die weiße Bluse und eine helle Shorts, die knapp unter dem runden Hintern endete und die ganze Schönheit ihrer gebräunten Beine preisgab. Sie war sicher Anfang Vierzig. Trainierter Körper.

Sie gingen auf die Terrasse und plauderten. Martha erzählte, dass sie lange genug mit einem reichen, alten Mann verheiratet gewesen war, um nun ein sorgenfreies Witwenleben führen zu können. Hauke gab vor, als Architekt gearbeitet zu haben und nun nach einem Alterssitz auf Mallorca zu suchen. Und da sei ihm diese Gegend empfohlen worden.

»Ja, es ist schön hier. Aber soweit ich weiß, ist zurzeit kein Haus zu verkaufen. Und Bauplätze gibt es hier schon lange nicht mehr.«

»Ja. Ich muss wohl Geduld haben.«

»Wo wohnst du?« Hauke war es recht, dass sie ohne Umschweife zum Du überging.

»Im Illa d´Or.«

»Gute Wahl.«

»Sag mal, Martha, wohnen hier im Viertel auch irgendwelche Promis? Du weißt schon, Schauspieler oder so.«

Sie lachte und schüttelte ihre Mähne.

»Nein. Gottseidank nicht. Wenn du einen Til Schweiger oder einen Boris Becker in der Nähe hast, dann ist den ganzen Tag Alarm. Da kommen ja dann nicht nur die Klatschreporter. Ständig gurken Touris herum, die Fotos machen wollen und hoffen, den Promi zu treffen. Eine Zeitlang hatte hier so ein Heavy Metal-Star aus den USA ein Haus. Ich kannte den nicht. Da kamen hier Gestalten an, du kannst es dir nicht vorstellen.«

»Also nur schöne Witwen und seriöse Unternehmer«, sagte Hauke.

»Ja. Mein Nachbar zum Beispiel. Der ist Inhaber einer Hamburger Reederei. Im Moment ist seine Tochter mit ihrem neuen Freund da. Heimlich. Ich hoffe ihr Vater ruft mich nicht an, dann muss ich lügen.«

»Ist er so streng, der Herr Reeder?«

»Ach, in der Familie gibt´s ein paar Probleme. Aber ich will nicht tratschen. Erzähl du mir doch lieber mal, warum du dir ausgerechnet Mallorca für deine zweite Lebenshälfte ausgesucht hast.«

Und so plauderten sie in den Abend hinein. Martha zauberte irgendwann einen köstlichen Salat. Sie konnte kaum glauben, dass Hauke Vegetarier war. Ein Mann wie er, das würde nicht passen. Martha trank ein paar Gläser Weißwein. Hauke Wasser. In solchen Momenten, wo Alkohol keine Droge, kein Killer, sondern eher ein Schmierstoff, ein Freund, sein konnte, vermisste er ihn. Aber er wusste, dass das eine Glas keine Option war.

Es war spät, als er sich mit einem nicht mehr nur freundschaftlichen Kuss von Martha verabschiedete.

Kapitel 20

Katerina wurde nicht ganz schlau aus Joshuas Nachricht. Er war auf Mallorca? Wieso? Und diese Monika war tot? Ermordet? Sie hatte nie mit ihr zu tun gehabt, aber sie wusste, dass sie mit Joshua arbeitete und eigentlich seine wichtigste Informantin war. Und nun war sie tot. Die Sache fing an, gefährlich zu werden. Aber Katerina hatte sich auf den Weg gemacht und sie würde sich diese Firma ansehen.

Der kleine Ort Kalesi lag eine halbe Autostunde von der Hauptstadt entfernt. Katerina hatte kein Auto. Sie fuhr das alte russische Motorrad ihres Bruders, das bei Tempo achtzig merkwürdige Geräusche machte. Und so brauchte sie über eine Stunde.

Die Firma *Perfekts Maja* war, das hatte Katerina recherchiert, in den letzten Jahren stetig gewachsen. Fast zweihundert Mitarbeiter produzierten Fertighäuser für Skandinavien und Mitteleuropa. Die Qualität stimmte und der Preis war für die reichen Länder sensationell niedrig. Die Häuser von *Perfekts Maja* hatten überall im Internet beste Bewertungen, Negatives war nicht zu finden.

Aber Joshua hatte darauf bestanden, dass Katerina sich den Laden genauer ansah. Er hatte den Verdacht, dass Lastwagen, die mit Hausteilen die Fabrik verließen, nicht direkt zum Hafen in der Hauptstadt fuhren, sondern noch einen Zwischenstopp einlegten, um weitere Güter aufzunehmen. Joshua wollte nicht sagen, was. Vielleicht wusste er es auch nicht.

Das Unternehmen lag etwas außerhalb des kleinen Ortes hinter einem Waldstück. Ein dreistöckiges Bürogebäude, dahinter eine große Halle. Auf dem Platz standen ein paar LKW und Container auf Stützen.

Es war Nachmittag und aus der Halle drang das Kreischen von Sägen, Gehämmer und das Rufen und Lachen von Männern. Ab und zu kamen Leute auf den Hof, um zu rauchen oder irgendwelche Teile mit Hubwagen oder Gabelstaplern in die Halle hinein oder aus ihr heraus zu bewegen. Alles wirkte völlig alltäglich.

Katerina hatte gut zwei Stunden im Schutz des Waldes ausgeharrt, als plötzlich etwas mehr Bewegung auf den Hof kam. Aus der Halle wurden große Holzwände herausgeschoben und über eine Laderampe in einen der Container verladen. Der Container war blau und trug das Zeichen, das Joshua Katerina als Foto geschickt hatte. Das Beladen dauerte eine Stunde. Dann wurde der Container verschlossen.

Lange Zeit geschah nichts. Irgendwann verließen die Arbeiter nach und nach die Halle, stiegen in Autos und auf Fahrräder. Der Letzte schloss das Tor zur Halle und machte sich auch auf den Heimweg. Das große Rolltor zum Hof blieb offen. Sollte der Container etwa erst in der Nacht abgeholt werden? Es gab nur eine Möglichkeit, das herauszufinden, sie musste warten.

Wo würde dieser Container als Nächstes hingebracht? Und was würde er noch laden? Es hatte nicht so ausgesehen, als ob in dem Containern noch Platz gewesen wäre. Katerina setzte sich auf einen Baumstamm und wartete.

Zwei Stunden später, Katerina war müde und wollte schon aufgeben, hörte sie den Motor eines schweren LKW.

Ein Lastzug mit leerem Anhänger fuhr auf den Hof. Der Fahrer wendete und schob den Anhänger sicher unter den Container. Der Fahrer stieg aus, um die Verbindungen zu prüfen, und bestieg wieder sein Führerhaus.

Der LKW setzte sich in Bewegung. Es wurde langsam dunkel. Katerina startete die alte Ural und fuhr in einigem Abstand hinter dem Lastzug her. Die schwache Motorleistung des Motorrads war kein Problem. Auf der schlechten Landstraße musste der LKW auch langsam fahren.

Kurz vor der Hauptstadt begann die Autobahn und der Lastwagen beschleunigte auf über achtzig. Katerina hatte Mühe, dran zu bleiben.

Der Weg führte über die Umgehungsstraße direkt zum Containerterminal im Muuga-Hafen. Dort wurde der Container vom Lastwagen gehoben und zu den vielen anderen Containern gestapelt, die hier auf Schiffe warten.

Katerina hatte es ja gewusst. Auf Englisch schrieb sie an Joshua: *kein Zwischenstopp, keine weitere Ladung, alles ganz sauber.*

Dann fuhr sie in ihre kleine Wohnung in der Innenstadt von Tallinn, um auf Joshuas nächste verrückte Idee zu warten. Oder auf irgendeinen anderen im Netzwerk, der ihre Hilfe brauchte.

Kapitel 21

Keine achtundvierzig Stunden nach ihrem verplauderten Abend, erwachte Hauke in Marthas Bett. Er wäre nicht auf die Idee gekommen, so schnell wieder Kontakt zu ihr aufzunehmen. Es war Martha, die zum Angriff übergegangen war. Am Sonntagmittag war sie in sein Hotel gekommen und hatte an der Rezeption nach ihm verlangt. Sie wusste zu diesem Zeitpunkt nur, dass er Hauke hieß und aus Hamburg kam. Aber das hatte gereicht. Martha kannte jeden hier in Port de Pollença und natürlich auch die Leute an der Rezeption des Luxushotels. Ein Lächeln von ihr und der Datenschutz war hinfällig.

Sie hatten den ganzen Tag miteinander verbracht. Ein Ausflug mit Marthas Beetle Cabrio zum äußersten Zipfel der Insel, dem Cap Formentor mit seinem historischen Leuchtturm dauerte länger als geplant, da sich hunderte Autos und Reisebusse auf der Serpentinenstrecke zu dem Hotspot stauten. Irgendwann hatte Martha das Verdeck geschlossen. Sie hörten Musik - Jazz, Bob Dylan, den Hauke am Meisten liebte, hatte Martha nicht auf dem Smartphone. Und sie plauderten. Hauke war in Urlaubsstimmung und vergaß fast, warum er eigentlich auf Mallorca war. Zwischenzeitlich war er geneigt, Martha die Wahrheit über seine Identität und seine Mission zu erzählen. Aber er konnte Marthas Verhältnis zu Jule, Joshi und dem alten Dethleffsen schlecht einschätzen und wollte sich selbst nicht die Tour vermasseln. Also blieb er ein Ex-Architekt und Privatier auf der Suche nach einer Altersresidenz.

Sie waren die Nordküste der Insel entlanggefahren, hatten über die Touristen in ihren Betonsilos mit Bingo und Abendshows gelästert und waren lachend durch die Souvenirläden gezogen. Martha hatte ihm ihre Lieblingsorte gezeigt: Das fast ursprüngliche Dorf Muro, hier eine besondere Aussicht, dort eine verträumte Kapelle oder eine abgelegene Felsküste.

Am Abend hatten sie in einem feinen Restaurant in Alcudia getafelt und waren dann zu Marthas Haus gefahren. Es hatte keiner weiteren Worte bedurft. Es war klar gewesen, dass sie die Nacht miteinander verbringen würden.

War Hauke verliebt? Nein. Eher verknallt. Wie ein Achtzehnjähriger. Diese Frau faszinierte ihn. Sie war klug, amüsant und überraschend. Und sie war extrem sexy. Das reichte. Sie war sicher auch nicht in ihn verliebt. Eine unabhängige Frau wie Martha hielt emotional Abstand. Aber sie stand auf ihn. Er wusste, dass er charmant sein konnte, wenn er wollte und er war inzwischen auch wieder ein anziehender Mann. Die Jahre mit Übergewicht und aufgeschwemmter Säufervisage waren vorbei. Claudia hatte vor einiger Zeit mal gesagt, er hätte inzwischen Ähnlichkeit mit dem Schauspieler Billy Bob Thornton. Er musste den Kerl erst googeln, stimmte Claudia dann aber zu und nahm den Vergleich als Kompliment. Dieser Billy Bob war immerhin mal mit Angelina Jolie verheiratet gewesen.

Es war fast Mittag. Von dem mondänen Frühstück, das Martha auf der Terrasse angerichtet hatte, nahm Hauke nicht viel. Er musste weiterkommen in seiner Mission. Und das ging nicht mit Martha.

Er fuhr mit ihrer Vespa in sein Hotel und zog sich um. Die Klamotten, die er dabeihatte, waren einer Frau wie Martha absolut nicht angemessen und deshalb schlenderte er durch die Geschäfte des Ortes, um ein paar anständige Hemden und Hosen zu finden. Das war nicht einfach, beschränkte sich das Angebot in den meisten Läden doch auf grellbunte T-Shirts mit kindischen Motiven und Sprüchen. Auf einem stand in oszillierender Schrift *To drunk to fukc.* Wer sowas trägt, dachte Hauke, muss jede Selbstachtung verloren haben.

Aber irgendwann fand er in einer Seitenstraße eine Boutique, die eher seinen Bedürfnissen entsprach. Er probierte gerade die zweite Hose an, als er plötzlich Joshi am Laden vorbeischlendern sah, hektisch telefonierend.

Hauke drückte dem verdutzten Verkäufer seine Geldbörse in die Hand, sagte *I'll be right back* und stürmte barfuß mit baumelndem Preisschild an der Hose aus dem Laden. Er überholte Joshi und stellte sich vor ihn.

»Entschuldigung, haben Sie einen Moment?«

»Kate, I call you later. It´s not a good moment now. Bye«, dann an Hauke gewandt, »wer sind Sie, was wollen Sie?«

»Hauke Siebold aus Hamburg, ich ...«

»Sind Sie von der Polizei?«

»Nein. Keine Sorge.«

Der Mann wirkte alarmiert. Fast panisch.

»Dann schickt Dethleffsen sie. Hören Sie, ich habe mit dieser Entführungsidee nichts zu tun. Das ist alles auf Jules ...«

»Lassen Sie uns das in Ruhe besprechen. Wir werden das klären und es wird gut für sie ausgehen. Vertrauen Sie mir.«

Joshi entspannte sich etwas. Offensichtlich strahlte Hauke eine gewisse Glaubwürdigkeit aus.

»Warten Sie einen Moment, ich muss nur in dem Laden da was bezahlen und dann sprechen wir in Ruhe. Einverstanden?«

Joshi nickte.

Kurz darauf saßen sie in einem einfachen Café in einer Seitenstraße. Es hatte nur eine schmale Edelstahltheke und drei kleine Runde Tische. An der Decke hing ein Fernseher, in dem eine Gameshow plärrte. An der Wand hingen Fanschals vom FC Barcelona und einem Club namens Unió Deportiva Alcúdia. Hier, abseits der Strandpromenade, war die Wahrscheinlichkeit geringer, dass Martha oder Jule zufällig des Weges kamen.

»Ja, Dethleffsen schickt mich. Er will seine Tochter wiederhaben«, begann Hauke das Gespräch, nachdem sie Café con Lecce bestellt hatten.

»Kann er haben. Ich halte sie nicht fest. Glaubt er das etwa mit der Entführung?«

»So halb. Er glaubt, dass Sie das Mädchen zu diesem Quatsch überredet haben.«

»Ist aber nicht so. Ich habe davon auch erst vorgestern erfahren. Und seitdem will ich hier nur noch weg. War doch klar, dass hier auf kurz oder lang die Bullen auftauchen.«

»Ich bin kein Bulle.«

Hauke glaubte dem Mann. Er saß da, schlaff, mutlos. Er war in eine Sache geraten, die eine Nummer zu groß für ihn war und die ihm keinen Nutzen brachte.

»Warum sind Sie denn überhaupt mit Jule hierhergefahren? Die ist doch gar nicht Ihre Liga.«

»Warum ist sie nicht meine Liga? Weil ich arm bin und sie reich? Oder weil ich viel älter bin als sie? Wer entscheidet, wer in welcher Liga spielt? Ich mag sie. Sie ist witzig und sexy. Und ich hatte Zeit.«

»Was machen Sie beruflich?«

»Ich bin freier Journalist. Kultur, Reise, Gastronomie. Ich kann von überall arbeiten. - Und was will Dethleffsen von mir?«

»Er will, dass sie verschwinden. Am besten für lange Zeit.«

»Bin ich ein schlechter Umgang für die kleine Prinzessin? Der kennt mich doch gar nicht.«

»Ja, das wird einer der Gründe sein, warum er Sie loswerden will.«

»Ich habe nicht vor, ihr einen Antrag zu machen.«

»Das wäre dann ein weiteres Problem. Leute wie Dethleffsen haben gerne klare Verhältnisse.«

»Und wie stellt er sich das vor?«

Zwei ältere deutsche Ehepaare hatten den Laden betreten und forderten lautstark Sangria. Der alte Wirt schüttelte den Kopf. Es war nicht der erste Alkohol für die hörbar aus dem Rheinland stammenden Gäste und so verstanden sie seine Botschaft nicht gleich. Sie diskutierten noch eine Weile untereinander, ob sie hier Bier oder anderswo Sangria trinken wollten und zogen schließlich ab.

»Was war noch ihre Frage?«, die Touristen hatten Hauke aus dem Konzept gebracht.

»Wie stellt sich Dethleffsen das vor? Wie soll ich verschwinden?«

»Er zahlt das Lösegeld. An Sie. Und Sie verschwinden.«

»Es gibt kein Lösegeld. Es gibt keine Entführung. Kapieren Sie das doch.«

»Einhunderttausend Euro in bar. Können Sie morgen haben.«

Joshi schluckte. Er dachte nach.

»Diese Geldsäcke glauben, dass sie alles kaufen können«, sagte er trotzig, aber es klang nicht wirklich nach Revolution.

»Können sie das nicht auch?«

»Und wohin soll ich verschwinden?«

»Das können Sie sich aussuchen. Ein Flugticket lege ich oben drauf. Nicht nach Hamburg, am besten gar nicht nach Deutschland, sonst überall hin. Und nach ein paar Monaten können sie wiederauftauchen. Dann hat Jule sich längst den nächsten Kerl geangelt, der Papa nicht passt.«

»Ich muss darüber nachdenken.«

»Tun sie das. Aber nicht zu lange.«

Hauke schrieb seine Handynummer auf eine Serviette, dann zahlte er den Kaffee und ging. Er war erst ein paar Meter weiter, da kam Joshi hinter ihm her. Eine Frage hatte er noch.

»Was ist denn, wenn ich ablehne?«

»Dann wird Dethleffsen sie wegen Entführung anzeigen. Das kann unangenehm werden.«

»Verdammt, ich habe niemanden entführt. Das funktioniert nicht.«

»Klar. Aber dann wird daraus Vortäuschung einer Straftat und Erpressung.«

»Das war alles Jules Idee.«

»Dethleffsens Anwälte werden es anders aussehen lassen. Und erwarten Sie nicht, dass die Prinzessin gesteht und für Sie die Konsequenzen trägt. In dem Alter kann heiße Liebe ganz schnell wieder abkühlen, glauben Sie mir.«

»Was sind Sie eigentlich für ein Typ?«, fragte Joshi und sah Hauke verächtlich an. »Warum fädeln Sie so einen Schweinedeal ein? Zahlt der Alte sie gut dafür?«

»Und Sie? Lassen sich von einem kleinen Mädchen in die Villa nach Mallorca einladen und dort aushalten? Sind Sie mir moralisch überlegen? Hören Sie auf.«

Hauke ging weiter. Mit hängenden Schultern blieb Joshi in der Gasse stehen.

Hauke fragte sich auch, ob das in Ordnung war, was er hier tat. Wer gab ihm das Recht, eine Beziehung mit Drohungen und Schmiergeld zu zerstören? Vielleicht waren die beiden ja füreinander bestimmt. Er beruhigte sich damit, dass dieser Joshi sicher ein Windhund war. Der Reichtum der Prinzessin war verlockend, mehr noch ihr jugendlicher Sex. Er würde das Mädchen noch ein paar Wochen genießen, dann wäre er sie leid und würde verschwinden. Das sollte er nun etwas früher tun. Mit einem fürstlichen Taschengeld. Jule würde es überleben. Und Hauke brauchte das Geld. Wo war das Problem?

Kapitel 22

Joshi ging langsam an der Strandpromenade entlang. Auf dem schmalen Sandstreifen tummelten sich eingeölte Menschen unter Schirmen. Aber hier war das Treiben noch zu ertragen. Vor Jahren war er mal mit ein paar Jungs am Ballermann gewesen, das war eine Zumutung. Mit keinem der Teilnehmer dieser Sauftour hatte er heute noch Kontakt. Überhaupt war sein Leben heute nicht mehr so oberflächlich wie damals.

Das Angebot dieses Siebold beschäftigte ihn. Natürlich durfte man sich von reichen Leuten nicht sein Leben diktieren lassen. Und mit Jule war er ja auch noch nicht fertig. Sie sollte ihm Türen in Hamburg öffnen. Diese waren durch diese schwachsinnige Reise aber weit entfernt und die vorgetäuschte Entführung brachte zusätzlich Unruhe.

Er rief Katerina an. Sie kam offenbar auch nicht weiter.

»Hey, Kate, Joshua hier. Jetzt kann ich sprechen.«

Er sprach Englisch mit ihr. Sie sprach sehr gut Englisch, hatte allerdings einen starken Akzent und war am Telefon nicht immer gut zu verstehen. Getroffen hatte er die Kollegin noch nie. Er kannte nur ihr Profil im Intranet des Netzwerks. Neunundzwanzig war sie und sah nett, aber unscheinbar aus.

»Gut. Ich war bei dieser Fabrik. Da war alles normal. Ich habe dann einen Lastwagen verfolgt, der ist direkt zum Hafen gefahren. Ohne Zwischenstopp.«

»Ja, ich weiß. Das hast du mir geschrieben. Was stand auf dem Container drauf?«

»Da war dieses Logo drauf, das du mir geschickt hast.«

»Dann müssen wir in die andere Richtung.«

»Wie?«

»Na, wir müssen den leeren Containern vom Hafen aus folgen.«

Katerina lachte.

»Hast du eine Ahnung, wie viele Container da im Hafen herumstehen? Das wird ein Spaß.«

»Lass mich nachdenken. Unternimm erst mal nichts. Ich versuche, zu dir zu kommen.«

»Echt? Das wird teuer. Ich glaube nicht, dass das Netzwerk ...«

»Das lass mal meine Sorge sein. Ich melde mich. Bye, Kate.«

»Bye, Joshua.«

Kapitel 23

Die gute Nachricht erreichte Hauke beim Frühstück, das er mit Martha im Hotel einnahm. Sie hatte am Vorabend darauf bestanden, auch mal in seinem feinen Zimmer mit ihm zusammen zu sein. Das hatte Hauke überrascht, weil man sie hier doch kannte und sicher getratscht wurde, was die reichen Deutschen so trieben. Aber Martha war das egal.

Die Nachricht war von Joshi und bestand aus nur einem Wort: *einverstanden.*

Hauke antwortete umgehend: *Wohin?*

Genauso umgehend kam die Antwort: *Tallinn.*

Tallinn? Lettland? Nein, Estland. Hauke brachte diese baltischen Staaten immer durcheinander. Was wollte der Kerl dort? Egal. Nicht sein Problem. Es war weit genug weg von Hamburg.

Gut. Schicken Sie mir ein Foto vom Pass wg. Flug. Ich melde mich, schrieb Hauke zurück.

Während Martha in fließendem Spanisch mit dem Kellner flirtete, ging Hauke auf die Toilette. Die Waschräume des Hotels waren fast so mondän wie das Spa. Hauke hatte die längere Morgensitzung absichtlich nicht in seinem Zimmer abgehalten, weil er Martha seine Verdauungsgerüche ersparen wollte. So lange kannten sie sich noch nicht.

Er setzte sich und wollte in alter Gewohnheit auf der Brille hockend das Tagesgeschehen auf Spiegel online verfolgen, aber er hatte sein Handy auf dem Tisch liegengelassen. Dann würde es also schneller gehen.

»Ich muss nach Palma fahren, was erledigen«, sagte er, als er sich wieder zu Martha an den Tisch gesetzt hatte.

»Ach, toll. Ich komme mit.«

Hauke war nicht sicher, ob ihm das Recht war.

»Das kann länger dauern. Ich muss zur Bank und so.«

»Ach, das ist okay. Setz mich in Cala Major ab, da besuche ich eine Freundin. Die freut sich.«

Als Martha auf die Toilette ging, rief er die Nummer des Bankers in Palma an, sagte seinen Namen und bat ihn, einhunderttausend Euro bereit zu halten. Die Antwort war nur ein knappes »Si, Señor.«

***

Während Martha den Beetle über die Autobahn Richtung Inselhauptstadt steuerte, suchte Hauke auf dem Handy nach Flügen nach Tallinn. Es hatte eine Stunde gedauert, bis Joshi ihm ein Foto seines Personalausweises geschickt hatte. Vermutlich hatte er Angst, seine vollständige Identität preiszugeben. Dabei war die längst über die Buchung des Hinfluges irgendwo gespeichert und Jule wäre sicher auch damit rausgerückt.

Am nächsten Tag um elf Uhr fünfzig gab es einen Flug nach Tallinn über Stockholm. Das reichte. Hauke durfte Joshi nicht zu viel Zeit lassen, sich die Sache noch mal zu überlegen. Er musste ihn mit der Abflugzeit überraschen.

Der Verkehr wurde dichter, als sie Palma erreichten. Martha kannte den Weg. Sie erreichten den Stadtteil Cala Major, einen hügeligen, dicht bebauten Bezirk mit bunt gemischter Architektur. Villen konnte Hauke keine entdecken. Sollte Marthas Freundin etwa in einer stinknormalen Wohnung wohnen?

Sie fuhren an einer langen Natursteinmauer entlang und hielten an einem großen, grünen Stahltor. Martha stieg aus und sprach in eine Sprechanlage am Tor, das sich kurz darauf öffnete und den Blick in eine gepflegte Parkanlage freigab. Sie fuhren die Straße durch den Park auf ein palastartiges Gebäude zu.

»Wo sind wir hier?«, Hauke hatte eine weitere Villa erwartet, aber das hier übertraf alles.

»Das ist der Palau Marivent, die Ferienresidenz der spanischen Königsfamilie«, sagte Martha, die sich an Haukes Verblüffung zu ergötzen schien.

»Leute kennst du. Aber ich bin gar nicht vorbereitet für eine Audienz«, sagte Hauke.

Martha lachte. Sie sah hinreißend aus, wenn sie lachte.

»Der König ist nicht da. Den kenne ich auch nicht. Und das hier ist nur die Dienstbotenzufahrt. Ich besuche meine Freundin Melanie. Sie ist hier die Chefin, sorgt dafür, dass es Felipe und Letizia nett haben, wenn sie mal spontan einfliegen.«

Hauke hatte kein Verlangen, tiefer in diese Welt einzutauchen. Er ließ Martha am Eingang aussteigen, setzte sich ans Steuer und verließ schnell wieder königlichen Boden.

Die Filiale der Banca March, die Dethleffsen Hauke genannt hatte, lag in einem modernen, weißen Zweckbau in der Innenstadt von Palma. Hauke wurde sofort zu Ernesto Obrador geführt, der Hauke freundlich empfing. Er sprach gut deutsch.

Hauke zeigte seinen Personalausweis, Señor Obrador zog aus einer Schreibtischschublade ein mittelgroßes, braunes Lederetui mit Reißverschluss hervor und öffnete es. Er entnahm zwei dicke Stapel mit Einhunderteuroscheinen.

Zum zweiten Mal in diesen Tagen sah Hauke einen Haufen Bargeld und war abermals überrascht. Mehr nicht? Zwei harmlose Päckchen grün bedruckten Papiers sind einhunderttausend Euro? Ein Betrag, für den nicht wenige Menschen einen Mord begehen würden und für den der gute Joshi seine Lebenspläne nach Estland verlegte.

Hauke zählte die Scheine, was einige Zeit in Anspruch nahm. Obrador ließ ihm Wasser und Kaffee bringen und sah selbst in aller Ruhe irgendwelche Papiere durch.

Am Ende unterschrieb Hauke eine Quittung und verabschiedete sich.

»Und grüßen Sie Andreas von mir, würde mich freuen, ihn bald mal wieder auf unserer schönen Insel zu sehen.«

Als Hauke die Bank verließ, hatte Martha ihm eine Nachricht geschickt. Sie war mit ihrer Freundin in ein Restaurant am Meer umgezogen und bat ihn, dazuzukommen. Es lief gut für Hauke.

Kapitel 24

Mitten in der Nacht vibrierte Paavos Handy. Er lag im Bett seiner kleinen Hamburger Wohnung. Sein Schädel brummte. Die Frau neben ihm schlief tief und fest. Sie hieß Mathilde, war etwas zu dick und etwas zu laut, aber Paavo brauchte Gesellschaft und Sex. Deshalb war er mit ihr, nachdem er sie in einer Kneipe in Ottensen kennengelernt hatte, Essen gewesen, später trinken und tanzen und hatte sie schließlich mitgenommen. Sie war schätzungsweise in seinem Alter. Vielleicht auch älter. Paavo hasste Nutten. Der Gedanke, dass eine Frau es an einem Tag mit einer Menge verschiedener Männer trieb, widerte ihn an. Er hatte keine Schwierigkeiten eine Frau für die Nacht zu finden, die er nicht bezahlen musste, auch wenn die dann nicht immer aller erste Wahl war.

Vier Uhr dreiunddreißig zeigte das Display und die Nachricht:

Halt dich bereit, Paavo. Infos im Postfach.

Ein neuer Job. Und sicher kein einfacher. Er ging in das kleine Wohnzimmer und setzte sich an sein Notebook. Um das geheime Postfach zu öffnen, musste er in einem Torrent-Programm verschiedene, wechselnde Codes eingeben. Zwei Dateien lagen dort. Die eine zeigte die Zielperson. Die andere war ein aus GoogleMaps generiertes PDF. Er würde also eine Reise antreten müssen.

Geld?, schrieb er als Antwort auf die Nachricht. Es dauerte eine Zeit, bis das Handy wieder brummte.

Wie üblich.

Nein. x2.

Übertreib nicht, Paavo. x1,5.

Ok.

Paavo legte sich wieder zu Mathilde, die halbwach war. Sie roch nach Alkohol, Tabak und den Resten ihres impertinenten Parfums. Sie umarmte ihn. Und so nahm er sich ihrer noch mal an. Wann würde er das nächste Mal dazu kommen?

Kapitel 25

Mit der Halle in Järva hatte Maxim alles richtig gemacht. Sie war die perfekte Tarnung. Vorne war die Werkstatt, wo die Blödmänner tagsüber an Traktoren und Landmaschinen herumschraubten. Sie war riesig, so dass sogar ein Mähdrescher hineinpasste. So einer war auch vor ein paar Tagen gekommen und die Blödmänner kletterten wie Affen auf dem *Rostselmash Don* Baujahr 1980 herum. Er sprang nicht mehr an, das Mähwerk lief unrund, an allen Ecken trat Öl aus. Sie würden eine Zeit damit beschäftigt sein. Der Bauer, der das Ding gebracht hatte, wollte ihn sowieso nur als Ersatzgerät, wenn in sechs Wochen die Ernte losging. Längst hatte er eines von den neuen deutschen Teilen, die jetzt überall zu haben waren. Die musste man gar nicht kaufen. Die bekam man im Leasing.

Maxim war das egal. So lange die Blödmänner da vorne beschäftigt waren, bewachten sie, ohne es zu wissen, seinen Schatz im hinteren Teil der Halle. Den hatten sie noch gar nicht bemerkt. Sie dachten sicher, dass hinter der Mauer die Halle zu Ende war. Und ihr Chef, der den ganzen Tag in seiner kleinen Bürobude saß und rauchte, hatte einen Deal mit Maxim, der ihn blind und taub machte.

Hinter der Rückwand der Halle war ein Raum, der gut ein Viertel der gesamten Halle ausmachte. Dreihundert Quadratmeter Grundfläche. Auf der Hälfte ragten Regale bis unter die Decke in zwölf Metern Höhe. Der Rest der Fläche war von zwei Werkbänken für Reparaturen und Maxims Büro belegt, das aus zwei alten Schreibtischen und einem fast neuen IBM-Computer bestand. Die Regierung hatte in den letzten Jahren viel für den Ausbau des digitalen Netzes getan und so hatte er hier, weit weg von der Hauptstadt, eine schnelle und stabile Internetverbindung.

Er war erst vor einem Jahr hierhergezogen, weil der Platz in der Halle im Hafen der Hauptstadt nicht mehr ausgereicht hatte. Außerdem war es dort zu gefährlich geworden. Der Oberst war sofort begeistert gewesen vom neuen Standort und so hatten sie den kleinen Restbestand von vierhundert Stück hierhergeschafft. In den Wochen zuvor hatten sie nach und nach gut zwölftausend Stück auf die Seereise geschickt.

Ungefähr zwölftausend hatte er nun auch wieder auf Lager. Der Nachschub funktionierte. Der Oberst musste nur aus seinem Büro in der Hauptstadt ein paar Tage im Land herumtelefonieren, dann holte sich Maxim bei ihm Dollar oder Euro ab und die Adressen, wo er die Dinger einsammeln konnte. Es war eine anstrengende Arbeit und nicht ungefährlich, aber sein Einkommen war nun hundertmal so hoch wie damals in der Armee.

Maxim sah sich jedes Stück genau an. Er notierte Seriennummer, Baujahr und Ausführung in einer Excel-Tabelle. Er reparierte, was zu reparieren war. Er ölte, bog gerade und ersetzte Federn. Nachts, wenn die Blödmänner weg waren, ging er in den Keller, den er mit Strohballen ausgepolstert hatte, und probierte aus.

Die Kalaschnikow war ein Wunderwerk. Unverwüstlich, präzise. Sie war das erfolgreichste Sturmgewehr der Welt. Und von diesem Erfolg profitierte nun auch Maxim.

Und das war erst der Anfang. Der Oberst hatte eine Quelle aufgetan, über die sie bald größere Mengen der RPG-7 bekommen würden. Auch so ein Wunderwerk der russischen Waffentechnik. Eine leichte Panzerfaust mit enormer Schlagkraft. Mit den Dingern hatten sie damals in Afghanistan sogar Hubschrauber vom Himmel geholt. Für dieses neue Produkt in ihrem Sortiment würden sie neue Kisten beschaffen müssen, aber das sollte kein Problem sein.

Maxim lud die aktualisierte Inventarliste an den geheimen Ort und schaltete den Computer aus.

Mitternacht. Er trat ins Freie.

Kapitel 26

Acht Uhr. Joshi hatte kaum geschlafen. Die halbe Nacht war er durchs Haus getigert. Nun saß er in der Küche und trank Wasser. Er hatte Gewissensbisse. Jule war nett, offen, liebenswert. Was konnte sie dafür, dass sie die Tochter eines skrupellosen Geldsacks war, der, wenn sich die Vermutungen bestätigten, richtig Dreck am Stecken hatte. Aber es war nicht die Zeit für eine Romanze. Für seine Mission konnte Joshi das Geld gut gebrauchen und Jule würde darüber hinwegkommen. Und er trauerte um Monika, die war noch viel, viel großartiger gewesen als diese kleine Prinzessin.

Sein Handy brummte. Es war die Nummer von Dethleffsens Agenten. Ob der auch in die Geschäfte verwickelt war? Oder war er nur der Typ für die harmlosen Sachen, wie ausgebüxte Töchter? Wie ein Gangmitglied sah er eigentlich nicht aus. Eher wie ein Lehrer.

»In fünfzehn Minuten in unserem Stammcafé«, befahl die Stimme.

Joshi flüsterte.

»Was? Ich muss doch noch packen?«

»Wie soll das denn gehen, so lange Jule da ist? Kommen Sie her, dann sehen wir weiter. Packen können Sie später noch.«

Joshi schlich ins Schlafzimmer, wo seine Hose und sein Hemd lagen. Er steckte auch seine Brieftasche ein, die auf dem Tisch lag. Die Flipflops standen im Hausflur. Er verließ leise das Haus. Diese Martha von nebenan schlief bestimmt auch noch. Zügig ging er zu dem Café. Siebold saß schon dort, zwei Milchkaffee vor sich auf dem Tisch.

»Haben Sie das Geld?«, Joshi war nicht sicher, ob er dem Kerl trauen konnte. Was, wenn er ein Killer war, mit dem Auftrag, Joshi aus dem Weg zu schaffen? Wusste Dethleffsen, wer er war? Wusste der Reeder, dass Joshi und das Netzwerk ihm auf den Fersen waren? Woher? Eine Verbindung zu Monika konnte es nicht geben.

»Ja. Zeige ich Ihnen gleich. Haben Sie ihren Personalausweis dabei?«

»Ja. Wieso?«

»Weil es jetzt sofort losgeht. Um elf Uhr fünfzig geht ihr Flug nach Tallinn. Über Stockholm. Was wollen Sie eigentlich in Tallinn?«

»Ich habe Freunde dort. Aber Moment, ich muss doch noch meine Sachen holen. Ich kann doch nicht nur in Shorts und so ...«

»Das geht auf keinen Fall. Jule darf erst von ihrem Verschwinden erfahren, wenn Sie über alle Berge sind. Sie haben gleich genug Geld, um sich neu einzukleiden. Beim Maßschneider.«

Joshi bekam Herzrasen. Was tat er hier? War das alles in Ordnung? War er noch der Kämpfer für Gerechtigkeit oder schon ein korruptes Schwein?

Kurz ging er im Kopf seine Inventarliste durch. In Jules Haus waren nur wertlose Klamotten, auf die er gut verzichten konnte. Sein Handy hatte er dabei. Aber das Notebook nicht. Verdammt. Das brauchte er doch. Da war doch alles drauf. Nein, alle wichtigen Dokumente speicherte er immer in der Cloud, so gut wie nie auf der Festplatte. Er konnte also auch mit einem neuen Computer weiterarbeiten. Auf dem

Notebook, das jetzt bei Jule lag, würde erstmal niemand suchen. Und schon bald würde die Bombe sowieso hochgehen, dann würde alles öffentlich und es gab keine geheimen Dateien mehr.

»Und wie soll ich das Geld durch den Zoll bringen?«, fragte Joshi.

»Es gibt keinen Zoll. Sie fliegen innerhalb der EU. Ich habe Ihnen einen Koffer besorgt und ein paar alte Klamotten von mir reingepackt. Gewissermaßen zur Tarnung. Den Koffer geben sie als Gepäck auf. Da guckt keiner rein.«

Der Kerl bezahlte den Kaffee und führte Joshi auf die Straße. Er konnte gar nicht klar denken. Wenige Schritte entfernt schloss Siebold einen Fiat Panda auf und sie stiegen ein.

»Sie wollten mir das Geld zeigen«, sagte Joshi.

»Nicht hier. Später.«

Siebold fuhr die Landstraße am Meer entlang Richtung Alcudia. Plötzlich hielt er in einer Parkbucht. Er forderte Joshi auf, auszusteigen. Sie gingen hinter den Wagen und Siebold öffnete den Kofferraum. Darin lag ein mittelgroßer neuer Kunststoffkoffer. Er öffnete ihn. Wie er gesagt hatte, war er voll mit Kleidung. Ein Hemd, eine Hose, etwas Unterwäsche, ein Kulturbeutel. Alles Sachen, die Joshi weder gefielen, noch passten, aber darum ging es nicht. Zwischen den Sachen fingerte Siebold eine Ledertasche hervor und öffnete den Reißverschluss. Zum Vorschein kamen zwei dicke Stapel Geldscheine.

»Das sind tausend Hunderter. Wollen Sie nachzählen? Das können wir aber nicht hier machen. Da müssen wir uns besser verstecken.«

Joshi schüttelte den Kopf. Es würde schon stimmen. Und in ein Versteck wollte er mit diesem Mann und so viel Geld auch nicht. In der Öffentlichkeit fühlte er sich sicherer.

Sie fuhren weiter über die Autobahn Richtung Palma de Mallorca. Joshi schwieg eine ganze Zeit, bis er endlich das Wort ergriff.

»Machen Sie immer so Sachen für den Dethleffsen?«

»Was für Sachen meinen Sie?«

»Na, so Gorilla-Jobs, Leute bedrohen und ähnliches.«

»Ich habe Sie nicht bedroht«, sagte Siebold und sah Joshi verständnislos an. »Ich habe Ihnen ein Geschäft vorgeschlagen und Sie haben eingewilligt. Und wieso Gorilla? Dethleffsen ist kein Mafia-Boss. Nur ein besorgter Vater, der es sich leisten kann, sich von seinen Sorgen freizukaufen.«

Der Panda holperte mit neunzig Sachen über die freie Autobahn. Wieso fuhr der Kerl so langsam? Und wie naiv war er? Besorgter Vater.

»Arbeiten sie schon lange für Dethleffsen?«

»Nein. Das ist mein erster Job und sicher mein letzter. Ich brauche Geld, genau wie sie. Und was wir hier tun ist vielleicht unmoralisch, aber nicht illegal«, sagte Siebold.

»Da haben Sie sicher Recht, wenn wir die steuerlichen Aspekte mal beiseitelassen, aber glauben Sie wirklich, dass Dethleffsen so ein Schäfchen ist?«

»Was meinen Sie?«

»Ach, nichts. Ist noch zu früh.«

Joshi hätte diesem Hauke gerne mehr erzählt. Er schien kein schlechter Kerl zu sein und hatte offensichtlich wirklich keine Ahnung, was sein Auftraggeber sonst noch so trieb. Es war aber tatsächlich zu früh. Er hatte noch nicht genug zusammen und durfte nicht riskieren, dass dieser Siebold Dethleffsen warnte.

Eine halbe Stunde später fuhren sie am Flughafen vor. Siebold stellte den Panda im Parkhaus ab und begleitete Joshi ins Flughafengebäude. Joshi war das unangenehm.

»Ich komme jetzt allein klar, danke«, sagte er.

»Mein Job ist erst getan, wenn Sie im Flieger nach Tallinn sitzen. Und wenn Sie sich kurzfristig entschließen, doch nicht einzusteigen, dann bekomme ich das mit. Verlassen Sie sich darauf.«

Joshi konnte sich zwar nicht vorstellen, wie, aber er glaubte es.

»Ach, noch was«, sagte Siebold. »Sie müssen sich noch verabschieden.«

»Und wie?«

»Geben Sie mal Ihr Handy, bitte.«

Joshi gab ihm sein iPhone.

»Code?«

Echt jetzt, dachte Joshi. Was will der Kerl?

»Null – acht – fünfzehn«, murmelte er.

»Sehr originell«, sagte Siebold.

Er steckte das Handy in die Tasche.

»Hey, was soll das? Ich brauche das Ding«, rief Joshi.

»Gleich hinter der Sicherheitskontrolle können Sie sich ein Neues kaufen. Geld genug haben Sie ja. Es ist besser, wenn Sie erstmal nicht zu erreichen sind. Die Abschieds-SMS schreibe ich. Was Unverfängliches. Vertrauen Sie mir.«

So ein Arschloch, dachte Joshi.

»Bald werden Sie wissen, für wen Sie da wirklich arbeiten«, sagte er und ging zur Sicherheitskontrolle. Er musste jetzt schnell nach Tallinn und zu Katerina. Allein kam sie da nicht weiter.

Siebold sah ihm kopfschüttelnd nach.

Kapitel 27

Martha schloss nie ihre Pforte ab, wenn sie zu Hause war und so konnte Hauke einfach auf ihr Grundstück gehen. Er ging durch den von hohen Rosenstöcken gesäumten Weg zum hinteren Garten und hörte Stimmen. Martha sprach ganz ruhig, dazwischen ein Schluchzen. Als er auf die Terrasse trat, sah er Martha auf der Terrassen-Couch sitzen, dicht an sie gedrängt Jule. Völlig verheult.

»Oh«, sagte Hauke, »ich komme wohl ungelegen. Ich gehe wieder.«

»Nein, nein«, sagte Martha. »Bleib. Jule, das ist mein Freund Hauke.«

Hauke und das Mädchen nickten sich zu.

»Du kannst ein netter Junge sein und mir einen Gin Tonic machen. Und du, Jule?« Sie sah das Mädchen an. Jule schüttelte nur den Kopf.

Hauke ging durch die geöffnete Terrassentür ins Wohnzimmer und dachte über die Formulierung *mein Freund* nach. Am Barschrank tat er, was er eigentlich nicht tun wollte. Er hätte sich weigern sollen. Aber damit hätte er unnötige Diskussionen ausgelöst.

Er warf Eiswürfel in ein hohes Glas, füllte eine gute Portion Gin Mare dazu und öffnete eine kleine Flasche Fever Tree-Tonic. Dieses ganze Zeug war erst in den letzten Jahren so richtig in Mode gekommen. Jeder war jetzt ein Gin Tonic-Experte, konnte über Marken, Tonics und Gewürze schwadronieren. Hauke fand das lächerlich. Eigentlich wollten sie doch alle nur saufen und taten das mit kultivierter Attitüde. Er ließ eine Zitronenscheibe in das Glas fallen. War das jetzt richtig? Oder musste es eine Gurkenscheibe sein? Ein Zweig Thymian, Rosmarin? Egal. Er roch an dem Getränk und der würzige Duft des Tonics, gepaart mit dem beißenden Gestank des Alkohols, drohte gefährliche Reflexe zu aktivieren.

Hätte er nicht gerade einen guten Job zu Ende gebracht, wäre er nicht gerade um fünfzehntausend plus Bonus reicher geworden, wäre da draußen nicht eine begehrenswerte Frau, mit der er heute noch schlafen würde, dann hätte er vielleicht genippt. Und nach Nippen kommt Kippen. Aber er widerstand. Am ausgestreckten Arm trug er das Glas auf die Terrasse.

»Danke, mein Held«, sagte Martha und lächelte ihn zärtlich an. »Weißt du was unserer kleinen Jule heute passiert ist?«

»Nein, woher?«

»Ihr Freund hat Schluss gemacht. Per SMS. Ist das nicht schrecklich. Macht man das heute so? Sag mal, du als Mann.«

Hauke setzte sich in einen Sessel.

»Ich bin ein Mann von gestern und da hat man das nicht so gemacht.«

Martha hielt ihm Jules Handy hin. Er las die Nachricht, die er selbst geschrieben hatte:

Das wird nichts mit uns. Du bist zu gut für mich und zu lieb für den ganzen Unfug, den Du gerade machst. Bring Dein Leben in Ordnung, werde glücklich. Ich muss weiter. Dein Joshi.

Schön formuliert, dachte Hauke. Ob Joshi das auch so hinbekommen hätte?

»Ja, das ist nicht nett«, sagte Hauke.

Das Mädchen schluchzte, sah ihn an.

»Wir hatten so eine schöne Zeit hier. Das war die beste Zeit meines Lebens, ehrlich.«

»Und er ist einfach so verschwunden? Du musst doch gemerkt haben, als er gepackt hat«, sagte Hauke und kam sich vor wie ein Heuchler.

Jule kreischte fast vor Aufregung: »Er hat ja nicht gepackt. Er hat alles hiergelassen. Seinen Rucksack, seine Klamotten, sein Notebook. Der ist regelrecht geflüchtet.«

»Er wollte nicht, dass du ihn aufhältst, Liebes«, sagte Martha. »Es ist ihm auch schwergefallen, denke ich.«

»Ich halte das nicht aus, ich will nicht ohne Joshi leben«, schluchzte Jule.

Martha drückte das Mädchen wieder stärker an sich.

»Nun mal ganz ruhig, Süße, da draußen gibt es so viele Joshis und du kannst sie alle haben.«

So war vielleicht Marthas Sicht auf die Männerwelt, aber bei Jule verfing das nicht.

»Nein«, sie schluchzte wieder stärker. »So wie Joshi ist keiner. Ich werde nie einen anderen Mann lieben können.«

Martha lächele Hauke zärtlich an.

***

Zwei Tage später war Jule weg. Martha hatte sie zum Flughafen gebracht. Den Tag zuvor hatte Martha noch geduldig die Weinkrämpfe des Mädchens ertragen. In der letzten Nacht hatte sie sogar bei Jule übernachtet, damit die Kleine nicht auf dumme Gedanken kam.

Hauke hatte mit Dethleffsen telefoniert und sich von ihm für die erfolgreiche Joshi-muss-weg-Aktion ausgiebig feiern lassen. Er konnte sich also nun nach seiner Heimkehr insgesamt fünfundzwanzigtausend Euro bei dem Reeder abholen. Ein Grund zum Feiern. Und da Hauke nicht trank und wenig und nur vegetarisch aß, war das nur mit Shopping möglich. Er fuhr mit Marthas Beetle nach Palma und zog durch die Modegeschäfte, um die letzten Hunderter seiner Spesen zu verjubeln. Wann hatte er so etwas zum letzten Mal getan? Wahrscheinlich noch nie. Und es würde ihn zu Hause vor Probleme stellen. Wo sollte er als Obdachloser diese Sachen lagern? Und wann sollte er sie je anziehen?

***

»Was war denn dieser Joshi für einer?«, wollte Hauke von Martha wissen, als sie am Abend des letzten Freitags im Juli in einem netten Restaurant in Strandnähe saßen. Sie warteten, wie alle hier, auf die Mondfinsternis, die sich in einem sogenannten Blutmond zeigen sollte.

»Ein Journalist, angeblich. Aber das ist ja heutzutage jeder, der ein paar Unverschämtheiten ins Internet schreibt. Auf jeden Fall zu alt für unsere Prinzessin. Der war fast vierzig. Eher was für mich.« Sie lächelte.

»Und? War er dein Typ?«

»Nein. Der war so ein Neu-Hippie. Locken, Bart, Tattoos. Macht einen auf Softy, ist aber bestimmt ein ausgebuffter Macho. Ich stehe ja mehr auf die reifen Typen mit Stil.«

Hauke schmunzelte. Lange hatte ihm keine Frau mehr geschmeichelt. Er genoss es.

»Was wollte er von dem Küken? Ich meine, sie ist ja ganz süß und so ...«, fragte Hauke.

»Keine Ahnung. Eine Zeitlang ihren Körper konsumieren, den Duft ihrer Jugend inhalieren und dann weiter zur nächsten schönen Blüte.«

Es wurde langsam dunkel. Der Mond war noch nicht zu sehen. Am Strand saßen die Menschen dichtgedrängt. Es war verhältnismäßig still. Keine laute Musik, keine spontanen Strandparties, es ging wohl den meisten hier um die Erhabenheit des Moments. Der Kellner brachte das Essen. Für Hauke eine edle Tarte mit verschiedenen Gemüsen und Käsesorten, für Martha eine gegrillte Dorade.

»Kann es nicht auch sein, dass er an ihrem Vater interessiert war?«, fragte Hauke.

Martha lachte.

»Du meinst, er war schwul?«

»Nein. Eher an seiner Kohle. Jules Vater ist doch eine große Nummer, wenn ich das richtig verstanden habe.«

»Ja, Andreas Dethleffsen ist wichtig und reich. Aber der wird seine Tochter sicher nicht einem alternden Hallodri geben. Ein Krimineller war dieser Joshi aber auch nicht, soweit ich das beurteilen kann.«

»Und der hat wirklich alle seine Sachen dagelassen?«

»Ja. Und Jule hat sie alle eingepackt und mitgenommen. Irgendwas hatte sie vergessen, dafür mussten wir noch mal umkehren. Ich glaube, es war ein Notebook, bin mir aber nicht sicher. Sie meint, dass Joshi bald schon wieder zu ihr zurückkommt. Träum weiter, Prinzessin.«

»Und nun ist sie in Hamburg und wird von Daddy gegrillt?«

»Ja, klar. Der guckt sie einmal böse an, nimmt sie in den Arm und verwöhnt sie weiter wie bisher. Gibt genug andere Probleme in der Familie.«

»Du hattest sowas schon angedeutet.«

»Die Eltern sind geschieden. Jules Mutter ist ein alkoholdurchtränktes Wrack.«

Es war ein schwieriges Gespräch für Hauke. Die Rolle des Architekten im Ruhestand, der sich auf Mallorca ein Häuschen sucht, war schwer durchzustehen. Er wusste doch die richtigen Antworten auf die Fragen, die er Martha stellte. War es jetzt an der Zeit, sich zu offenbaren? Wenn das mehr werden sollte mit Martha, musste er ehrlich zu ihr sein. Wollte sie mehr? Wollte er mehr? Das waren Fragen, die er in dieser Nacht, wo sie auf den Blutmond warteten, nicht stellen durfte. Damit konnte er alles ruinieren. Es war ihre letzte Nacht. Vorläufig. Hauke würde morgen abreisen. Das hatte er Martha noch nicht gesagt.

Langsam zeigte sich am Horizont, nur ein kleines Stück über dem Meer, ein schwacher, dunkelroter Schemen. In der nächsten halben Stunde wurde er kaum größer oder heller. Hauke hätte fast gesagt, dass er sich das spektakulärer vorgestellt hatte, aber das wäre wieder typisch Mann gewesen. Kritisch, sachlich, destruktiv. Er schwieg.

»Das hatte ich mir spektakulärer vorgestellt«, sagte Martha plötzlich. Hauke sah sie an und beide mussten lachen.

»Ich fliege morgen nach Hamburg«, sagte Hauke.

Martha sah auf ihren Teller, auf dem das Gerippe der Dorade trocknete. Ein paar Fruchtfliegen schwirrten umher.

»Okay.«

Unmöglich für Hauke, die Gefühle hinter dieser Aussage zu deuten. Enttäuschung? Gleichgültigkeit? Oder sogar Erleichterung? Er hatte die subtile Kommunikation unabhängiger Frauen noch nie gut entschlüsseln können. Das war auch einer der zahlreichen Gründe für das Scheitern seiner Ehe gewesen. Mit zunehmendem Alter wurde es nicht besser.

»Ich werde die Haussuche später fortsetzen«, sagte Hauke und fügte nach kurzer Pause an, »wenn dir was Interessantes über den Weg läuft, kannst du mich ja informieren.«

»Klar«, sagte sie nur und sah ihn an. Was erwartete sie nun? Was musste sein nächster Schritt sein, um nichts falsch zu machen?

Hauke beschloss, nicht weiter darüber nachzudenken. Er freute sich auf die bevorstehende Nacht mit dieser fantastischen Frau und wollte den Dingen ansonsten ihren Lauf lassen.

Als er am nächsten Morgen das Haus verließ, schlief Martha noch. Er küsste sie sanft, schrieb ihr noch ein paar nette, unverbindliche Zeilen auf ein Blatt Papier, das er auf den Küchentisch legte und fuhr mit dem Fiat Panda zum Flughafen.

Kapitel 28

Paavo war ein paar Mal in Tallinn am Hafen gewesen, aber am Flughafen der estnischen Hauptstadt war er zum ersten Mal. Die Anlage war überschaubar. Ein Terminalgebäude, nur vierzehn Flugsteige, wenig Verkehr. Hier kann man niemanden, der ankommt, übersehen. Paavo stand nun schon zwei Stunden im Flughafengebäude. Erst an einem Kaffeestand, dann in einem Zeitschriftenladen. Er wechselte seinen Posten gelegentlich und wählte immer Orte, von denen er den Ausgang im Blick hatte. Es gab eigentlich nur vier Flüge, mit denen seine Zielperson eintreffen konnte. Um halb sechs abends aus Berlin, um neunzehn Uhr aus Stockholm, um Mitternacht aus Riga und kurz darauf aus München. Es war nun halb sechs und es wurde spannend.

Auf dem Handy hatte er ein Foto der Zielperson. Nicht wirklich markant, aber auch kein Dutzendgesicht. Er würde ihn erkennen. Und dann würde er ihn verfolgen. Weiter hatte er noch nicht geplant. Er würde den richtigen Augenblick abwarten.

Die Anzeige in der Halle zeigte die LOT-Maschine aus Berlin als gelandet an. Es dauerte eine Zeit, bis die ersten Passagiere durch die Absperrung kamen. Paavos Kunde war eindeutig nicht dabei. Nun hatte er also etwas über eine Stunde Zeit. Er ging in ein japanisches Restaurant am Rande der Flughafenhalle und bestellte Sushi und Misosuppe. Er konnte sich solche Genüsse nun leisten.

Die Maschine aus Stockholm hatte zwanzig Minuten Verspätung. Paavo ging von Geschäft zu Geschäft. Er wollte nicht auffallen. Endlich wurde der SAS-Flug als gelandet angezeigt und Paavo fixierte den Ausgang. Es standen nur wenige Menschen dort, die auf Ankommende warteten. Eine Gruppe junger Leute mit mehreren Pappschildern und einer Sektflasche sorgte für Unruhe. Paavo musste immer wieder die Position wechseln, weil die Gruppe ihm die Sicht versperrte.

Er bemerkte eine junge Frau, klein, unscheinbar, die etwas abseits ebenfalls den Ausgang im Auge behielt. Immer wieder sah sie auf ihr Handy.

Als Paavo wieder zum Ausgang blickte, kam der Mann gerade heraus. Die Haare und der Bart waren etwas länger, die Haut etwas gebräunter als auf dem Foto, aber es gab keinen Zweifel. Der Mann hatte nur eine Jeans, ein T-Shirt und einen Kapuzenpullover an. Er trug nagelneue Sneakers. Auch der kleine Schalenkoffer, den er hinter sich herzog, war neu.

Paavos Zielperson blieb stehen und sah sich suchend in der Halle um. Gerade war auch eine junge Frau durch den Ausgang gekommen, die von den Leuten mit Sekt und Schildern unter großem Gekreische und Umarmungen empfangen wurde. Paavo hatte Mühe, seinen Mann im Auge zu behalten.

Der hatte inzwischen die junge Frau am Rand entdeckt und musterte sie. Die junge Frau strahlte ihn an und ging langsam auf ihn zu. Zaghaft umarmte sie ihn. Distanziert. Die beiden waren kein Paar, das sah Paavo sofort. Diese Frau war sicher sein Kontakt in Estland und dies war ihre erste Begegnung.

Die beiden gingen durch die Halle in den Bereich der Mietwagenfirmen. Dort standen sie eine Zeit an einem Schalter und wickelten die Anmietung ab.

Paavo stellte sich neben das Paar, als würde er darauf warten, an die Reihe zu kommen. Als seine Zielperson den Autoschlüssel über den Tresen geschoben bekam, reichte ein kurzer Blick, um die wichtigsten Details auf dem Schlüsselanhänger zu erfassen. Peugeot und die ersten Ziffern des Kennzeichens: 307. Das musste reichen.

Nun konnte er sich mit seinem Auto an die Ausfahrt des Parkhauses für die Mietwagen stellen und musste nur warten, bis der Wagen herauskam.

Schnell machte Paavo sich auf den Weg zu seinem Fahrzeug. Der Angestellte der Mietwagenfirma, der ihn gerade nach seinen Wünschen gefragt hatte, sah ihm verwundert nach.

Während Paavo auf die beiden wartete, schrieb er eine Nachricht. Unverschlüsselt, für den Quatsch mit den Zahlen hatte er keine Zeit.

Was ist mit der Frau?

Die Antwort kam umgehend.

Welche Frau?

Sie ist bei ihm. Jung.

Besser sie auch.

?

Sie auch.

x3

Ok.

Kapitel 29

Die Maschine aus Palma war in Hamburg gelandet, Hauke hatte gerade den Flugmodus seines Handys ausgeschaltet, da kam schon die erste Nachricht:

Wir müssen dringend sprechen. 15 Uhr in der Glocke. Claudia.

Das war ja wie in ihren schlimmsten Zeiten, dachte Hauke. Was wollte seine Ex? Und warum im Befehlston? Fast war er geneigt anzunehmen, dass sie etwas von seiner Affäre mit Martha mitbekommen hatte. Aber das war unwahrscheinlich und überdies egal. Er war ein freier Mann.

Er beschloss, sich überraschen zu lassen und antwortete nur: *Ok.*

Es war noch genug Zeit, mit dem Taxi in seine WG zu fahren, zu duschen und sich umzuziehen. Er entschied sich für den beigen Leinenanzug und die hellbraunen Slipper, die er in Palma gekauft hatte. Dazu zog er ein weinrotes T-Shirt an. Er fühlte sich irgendwie verkleidet.

»Wow, Hauke, bist du unter die Sugardaddys gegangen?«, sagte Eli, als er in die Küche kam. Sie saß am Tisch und schaufelte ein Müsli in sich hinein.

Hauke verunsicherte ihre Frage.

»Sugardaddy? Echt? Hätte ich so Chancen bei dir?«

Eli lachte. Sie war groß, kräftig, hatte ein hübsches Gesicht und millimeterkurzgeschorene dunkle Haare.

»Ich steh auf Frauen, Hauke, weißte doch. Aber ich könnte dir da ein paar Tipps ...«

»Nee, lass mal lieber. Ich bin doch viel zu arm für einen echten Sugardaddy.«

Bin ich nicht, dachte er und machte sich auf den Weg, seiner Ex-Frau für ein vermutlich unangenehmes Gespräch gegenüber zu treten.

Die Glocke war eine urige Kneipe auf der Isestraße in Eppendorf. Günstiges Essen, eine gute Auswahl an Bier und Wein. Hauke war früher gerne mit Claudia hierher gegangen. Später nicht mehr, denn die Glocke übte auf einen Trinker wie ihn den Impuls aus, sich festzusaufen. Das lag nicht nur an der entspannten Atmosphäre, sondern auch am Publikum. Menschen mittleren Alters aus Eppendorf, alle gut bei Kasse, sonst könnten sie nicht in dieser Gegend wohnen. Kleidung und Umgangsformen tadellos. Wenn man sich inmitten solcher Menschen betrank, fühlte man sich als kultivierter Genießer und nicht als der versoffene Loser, der man wirklich war. Seit Betrinken nicht mehr sein Lebensinhalt war, mied er Läden wie die Glocke.

Claudia saß an einem Tisch, einen Becher Kaffee vor sich. Sie sah gut aus. Hauke überlegte, wie lange er sie nicht mehr gesehen hatte. Vier Wochen, sechs? Er wusste es nicht. Sie trug die Haare kürzer, sie schimmerten in einer Mischung aus Silber und blond, ihre Haut war glatt, die wenigen Falten um die Augen ließen sie wie Ende Vierzig erscheinen, dabei war sie Mitte fünfzig. Ihr Job als Stationsschwester im Universitätskrankenhaus Eppendorf war anstrengend, aber er schien ihr nicht zu sehr zuzusetzen.

Er trat an ihren Tisch und gab ihr aus alter Gewohnheit und um mögliches Eis zu brechen, einen leichten Kuss auf die Wange. Sie ließ ihn gewähren und schreckte nicht, wie in schlechteren Zeiten, zurück.

Hauke bestellte Kaffee und sah Claudia erwartungsvoll an.

»Und? Was gibt´s?«

»Wo warst du? Ich habe dauernd versucht, dich anzurufen. Und Annika auch.«

Das war nicht ganz richtig, dachte Hauke. Als er auf Mallorca war, hatte es einen Anruf von Claudia und einen von Annika gegeben, die er beide ignoriert hatte. Das tat er auch, wenn er im Hamburg war. Er hatte es sich lange abgewöhnt, auf jeden Anruf sofort zu reagieren. Wenn es um Leben und Tod ginge, würden sie es öfter versuchen oder Nachrichten schreiben.

»Ich war verreist.«

»Verreist? Wie kann einer in deiner Situation verreisen?«

»Es war ein kleiner Auftrag.«

»Wo?«

»Mallorca.«

»Ach, wie nett. Der feine Herr reist in die Sonne.«

»Hier ist auch Sonne. Mehr als auf Mallorca sogar im Moment.«

»Ja. Macht mich fertig, die Hitze. Hast du dich dort auch so hübsch eingekleidet? Steht dir. Hat sich wohl gelohnt, dein kleiner Auftrag«, stöhnte sie.

»Claudia, was ist los? Habe ich dir irgendwas getan? Du scheinst sauer zu sein.«

»Sauer vielleicht nicht, aber verzweifelt. Annika war bei mir. Zusammen mit Johanna, und ich denke, du weißt, worüber sie mit mir gesprochen haben.«

Hauke lehnte sich zurück und atmete tief durch. Er nickte.

»War das deine Idee, dass Annika gleich Johanna als Verstärkung mitbringt?«

»Nein, das war Annikas Idee. Sie dachte, dass Johanna als Beispiel für eine erfolgreiche Polizistin bei dir gewisse Vorurteile beseitigen hilft.«

»Hauke, ich will nicht, dass Annika zur Polizei geht.«

»Ich auch nicht.«

»Johanna beseitigt bei mir auch keine Vorurteile. Sie ist vielleicht keine spielsüchtige Trinkerin, aber sie macht auf mich auch nicht den Eindruck einer selbstbestimmten, rundum glücklichen Frau.«

»Wer ist das schon, selbstbestimmt und rundum glücklich? Du etwa?«

»Ich habe mir aus den Scherben, die du hinterlassen hast, jedenfalls wieder ein einigermaßen intaktes Leben zusammengeklebt.«

Geht das wieder los, dachte Hauke. Es gab Tage, an denen war Claudia eine gute Freundin, die beste, die ein Mann haben konnte, weil alle Höhen und Tiefen durchlitten waren. Und dann gab es Tage, an denen sie als permanenter Vorwurf auftrat. Dies war ein Tag der zweiten Kategorie.

»Claudia, Annika ist erwachsen. Sie trifft eigene Entscheidungen. Wir werden nach unserer Meinung gefragt, das ist schon eine Menge.«

»Sie will unseren Segen, Hauke. Sie will, dass wir das unterstützen und mittragen. Dazu bin ich nicht bereit.«

Hauke sah in seine Tasse. Sie war leer. Mehr Kaffee wollte er nicht und Cola und Bitter Lemon hingen ihm zum Hals raus.

»Wenn meine Tochter in meinen Beruf einsteigt, werde ich ihr meine Unterstützung, meine Erfahrung, nicht verweigern, das ist doch wohl klar.«

Claudia sackte in sich zusammen.

»Also ist das beschlossene Sache. Ich hatte mit mehr Hilfe von deiner Seite gerechnet, Hauke.«

Hauke wurde sauer.

»Ich habe es versucht, Claudia, das kannst du mir glauben. Aber sie hat ihren eigenen Schädel, das weißt du doch. Lass ihr Zeit. Vielleicht überlegt sie es sich ja auch noch. Wenn sie erstmal die ersten Lehrgänge macht, mit den ganzen Hornochsen, die da Ausbilder sind, ist sie es vielleicht schnell leid.«

»Ja, was soll ich auch sonst machen. Muss ich mich eben damit abfinden, dass meine Tochter irgendwann von einem Gangster erschossen wird oder im Suff endet.«

»Und Enkelkinder wirst du auch nie haben, weil sie als Polizistin natürlich keinen Mann findet. Mensch, Claudia, krieg dich wieder ein. Annika ist klug und wird ihren Weg machen. Wir dürfen sie da nicht unter Druck setzen.«

»Ja, wahrscheinlich hast du recht.«

Kapitel 30

Und wieder wurde Hauke eines großen Bargeldbetrages ansichtig, als Andreas Dethleffsen ihm am Montagmorgen in seinem Büro in der HafenCity einen bescheiden wirkenden Umschlag überreichte. Und diesmal durfte er ihn sogar behalten.

»Fünfundzwanzigtausend. Wie versprochen. Danke für ihre Hilfe, Herr Siebold.«

Sie saßen in Dethleffsens kargen Büro und tranken Kaffee. Hauke hatte dem Reeder noch mal jede Einzelheit der Aktion erzählen müssen.

»Und Sie sind sicher, dass diese Entführung nicht von diesem Joshi ausgeheckt wurde?«

»Ja. Der wusste gar nichts davon. Das hat die kleine Jule eingefädelt. Nicht besonders geschickt, wenn sie mich fragen.«

»Und dann hat der sich einfach aus dem Staub gemacht? Kann ja nicht so groß gewesen sein, die Liebe.«

»Ja, der hatte offenbar andere Pläne.«

»In Tallinn. Was treibt einen jungen Mann dahin? Ich war da ein paar Mal. Da gibt´s auch eine Kooperation mit dem Hamburger Hafen. Tallinn war auch mal eine Hansestadt, wussten Sie das? Hat sich in den letzten Jahren ganz nett gemausert, das Städtchen, aber der Mittelpunkt der Welt ist das nicht. Mit einem Haufen Geld in der Tasche geht man doch nach London oder New York.«

»Er hat dort wohl Freunde. Ich weiß nicht, was er da will. Aber ich kann natürlich auch nicht garantieren, dass er nicht irgendwann wieder hier auftaucht.«

»Ja. Aber dann zeige ich ihn an. Und, wenn ich meiner kleinen Tochter erzähle, dass der Gute sich für schnödes Geld von ihr trennen ließ, hat die sowieso genug von ihm.« Er lachte herzhaft.

»Darf ich Sie mal was fragen Herr Dethleffsen?«, sagte Hauke.

»Klar nur los.«

»Ich weiß, Sie sind ein reicher Mann, aber ist es nicht auf Dauer etwas teuer, sich so von den Liebhabern der Tochter loszukaufen? Der nächste Joshi wird sicher nicht lange auf sich warten lassen.«

»Da haben Sie sicher recht, Siebold, aber in diesem Fall hat meine Tochter etwas übertrieben. Das mit der Entführung ging zu weit und ich musste dem ein schnelles Ende bereiten. Jule wird aus der Enttäuschung lernen und reifer werden. Also rechnen Sie nicht mit einer Festanstellung, Siebold«, er lachte wieder laut. Selbstbewusst? Selbstgefällig?

»Außerdem«, fuhr er ernster fort, »war dieser Joshi speziell. Der wollte nicht nur das junge Ding. Der führte noch etwas anderes im Schilde. Wie der mich angesehen hat, als ich ihn mit Jule erwischt habe. Ich wollte den nicht in meiner Nähe haben – und in Jules auch nicht.«

Die Tür öffnete sich und die Geschäftspartnerin steckte ihren schönen Kopf durch den Spalt. Hauke hatte ihren Namen vergessen.

»Kann ich dich einen Moment sprechen?«

Dethleffsen verließ den Raum. Hauke stand auf und ging umher. Das Modell mit der Containerschule stand noch am selben Platz wie an dem Tag, als Hauke die Anweisungen für Mallorca bekommen hatte.

Eine tolle Idee. Er erinnerte sich an die Leidenschaft, mit der die junge Chefin ihr Projekt präsentiert hatte. Das war sinnvolle Arbeit, dachte Hauke. Wieso engagierte sich seine Tochter nicht in solchen Projekten? Das war doch viel befriedigender als Psychopathen zu jagen, die kurz nach der Verhaftung sowieso wieder auf freien Fuß kamen. Annika war doch mindestens so klug wie Dethleffsens Partnerin. Er überlegte, wie er Annika und diese Frau zusammenbringen könnte, da flog die Tür auf.

»Papa, warum gehst du mir aus dem Weg? Ich versuche seit Tagen, dich zu erreichen.«

Mit hochrotem Kopf stand Jule mitten im Raum. Hauke hatte sich zu ihr umgedreht. Sie sah ihn entgeistert an. Es dauerte eine Zeit, bis sie realisiert hatte, dass der Mann, der da im Büro ihres Vaters stand, nicht ihr Vater war. Und es dauerte noch etwas länger, bis sie sich erinnerte, woher sie diesen Mann kannte.

Noch bevor sie ihre neuen Erkenntnisse in eine weitere Schimpftirade verwandeln konnte, rauschte Dethleffsen in den Raum.

»Jule, mein Kind, jetzt beruhige dich doch. Ich war übers Wochenende vereist. Geschäftlich. Ich konnte mich nicht um dich kümmern.«

Er ging auf sie zu und nahm sie in den Arm. Sie zog sich zunächst zusammen, legte dann aber die Arme um ihren Vater und weinte leise.

»Schön, dass du wieder da bist, Jule. Vergessen wir einfach, was gewesen ist. Und jetzt komm wieder nach Hause. Bei deiner Mutter kann man es doch nicht aushalten.«

Das Mädchen löste sich von ihrem Vater und fixierte Hauke. Misstrauisch. Böse.

»Wer ist dieser Mann, Papa?«

»Das ist Hauke Siebold, ein Mitarbeiter ...«

Sie ließ Hauke nicht aus den Augen. Der stand wie starr an das Modell gelehnt. Das konnte für Hauke jetzt nur unangenehm werden.

»Dieser Mann, Papa, ist ein Freund von Martha. Ich habe ihn letzte Woche in ihrem Haus kennengelernt. Wie kommt der hierher?«

Dethleffsen suchte nach Erklärungen, Hauke auch, aber beide waren auf diese Situation nicht vorbereitet. Noch bevor einer von ihnen etwas sagen konnte, drehte Jule sich um und rannte Richtung Tür. Dort angekommen funkelte sie ihren Vater an.

»Ich verstehe. Er ist verantwortlich für Joshis Verschwinden. Hat er ihn bedroht? Umgebracht? Ich werde das herausfinden. Und du, Papa, bist für mich gestorben. Ruf mich nie wieder an.«

Dann knallte die Tür zu.

Hauke und Dethleffsen gingen wie auf ein Kommando auf die Sitzgruppe zu und ließen sich in Sessel sacken. Sie sahen sich ratlos an. Als Erster hatte Dethleffsen die Sprache wiedergefunden.

»Sie und Martha? Echt? Respekt. Hätte ich Ihnen gar nicht zugetraut. Tolle Frau.«

Hauke erkannte im Ton und im Gesichtsausdruck des Reeders Zeichen einer Kränkung. Das ließ ihn nicht kalt, dass der wohnungslose und verarmte Ex-Bulle da auf Mallorca einfach an der schönen Martha knabbert. Auch wenn Dethleffsen in Sachen Erotik längst bei der Geschäftspartnerin angedockt hatte, so betrachtete er Martha sicher noch als einen Teil seiner Flotte.

»Herr Dethleffsen, es erfüllt mich mit einiger Sorge, dass Jule es für möglich hält, dass ich ihren Joshi ermordet haben könnte. Wenn sie mit diesem Verdacht zur Polizei geht, habe ich mit einigen Schwierigkeiten zu rechnen.«

»Und? Haben sie ihn umgebracht?«

»Nicht für fünfundzwanzig Riesen. Aber ich müsste dann auch die Frage beantworten, wie ich nach Mallorca komme. Fast jeder bei der Hamburger Polizei kennt meine Geschichte. Das kann nur unangenehm für mich werden.«

»Machen Sie sich da mal keine Sorgen, Siebold, die Prinzessin habe ich im Griff.«

Klar, dachte Hauke, hat man ja gerade gesehen.

Sein Geld in der Jacke dicht an den Körper gepresst, verließ Hauke das Gebäude der Reederei. Er würde es so schnell nicht mehr loslassen. Aber keinen Cent ausgeben. Er hatte diesem Devil das Geld für den Panther gegeben. Aber wo war es hergekommen? Und wann würde der anonyme Spender auftauchen, um es sich zurückzuholen? Hauke musste auf alles vorbereitet sein.

Kapitel 31

Seit fast einer Woche war Joshi nun in Tallinn und es war noch nichts passiert. Jeden Tag lungerte er mit Katerina am Hafen herum, auf der Suche nach diesen ganz bestimmten Containern. Katerina hatte recherchiert, dass der internationale Containerverkehr über den Muuga Hafen, eine halbe Autostunde östlich des Stadtzentrums, abgewickelt wurde. Deshalb hatten sie während dieser Tage diesen Hafen am häufigsten im Visier. Zwei Mal waren sie auch zum Paldiskihafen gefahren, bis sie festgestellt hatten, dass es dort gar kein Containerterminal gab. Zwischenzeitlich war es Joshi immer wieder absurd erschienen, einfach nur die Augen offenzuhalten. So konnte man unmöglich zwischen Tausenden von Containern die drei oder vier herausfinden, die man suchte.

Joshi hatte sich mit Katerina beraten, wie sie an Datenbanken, Ladepläne oder Ähnliches kommen könnten. Sie hatten ja keine Ahnung, auf welchen Schiffen die Container eintreffen würden und ob gerade welche da waren. Nach ein paar Tagen hatten sie Kontakt zu einem Hacker aufgenommen, der gelegentlich für das Netzwerk arbeitete. Ihm war es aber nicht gelungen, in die Server des Containerterminals vorzudringen.

Das Containerlager im Muuga Hafen war klein, aber immer noch groß genug, um die Übersicht zu verlieren.

Mehrmals waren Joshi und Katerina als ahnungsloses Touristenpärchen in die abgesperrten Bereiche geschlendert und von Wachleuten mit Hunden aufgehalten worden.

Zwischendurch hatten sie in Hafenkneipen herumgehangen, mit Seeleuten gesprochen und Fragen nach Containern mit bestimmten Logos gestellt. Die Männer hatten sich meistens nur gewundert. Keiner von denen würdigte die Container, die sie täglich transportierten, auch nur eines genaueren Blickes.

Oft waren sie ziellos mit Joshis Mietwagen durch die Hafenanlagen gefahren und hatten aus dem Fenster gestarrt. Richtig professionell fand Joshi das nicht, was sie hier machten, aber er hatte keine bessere Idee.

Katerina war nett. Neunundzwanzig Jahre alt, hatte Physik studiert und war über Umwege zum Netzwerk gekommen. Sie war keine Journalistin, eher eine engagierte Bürgerin, die helfen wollte. Ihr Geld verdiente sie mit Seminaren an der Uni und Nachhilfe für ausländische Studenten.

Joshi schlief auf dem Sofa in ihrer kleinen, düsteren Wohnung in der Innenstadt von Tallinn. Mit seinem Vermögen hätte er auch in ein Hotel gehen können, aber es sollte nicht so aussehen, als ob er das schmale Budget des Netzwerks für seinen Komfort verschleuderte. Sein Geld hatte er in einem Schließfach in einer nahegelegenen Bank deponiert. Katerina wusste nichts davon.

Sie hatte Joshi gegenüber mehrfach Interesse signalisiert, wenn sie abends in ihrer Wohnung abhingen, Bier tranken und Serien auf Netflix guckten. Joshi fand sie anziehend, aber er hatte erstmal genug von Frauen. Das Drama mit Monika, die irgendjemand umgebracht hatte, weil sie zu viel wusste, ließ ihn nicht los. Und dann diese blöde Geschichte mit Jule, die ihm neben Schwierigkeiten auch unverhofft zu viel Geld verholfen hatte.

Sex mit Katerina war jetzt keine gute Idee. Sie mussten beide cool bleiben und in ihrer Sache weiterkommen.

An diesem Morgen standen sie wieder ratlos an einer der Zufahrten zum Containerterminal. Dort war ein Imbisswagen, an dem sie sich Brötchen und Kaffee holten. Sie kamen sich schon vor wie Wladimir und Estragon, die auf Godot warten, der nie kommen würde.

Da plötzlich, völlig unspektakulär und ohne dramatische Begleitmusik, sahen sie einen der gesuchten Container. Blau mit dem weißroten Logo. Er flog in einiger Entfernung einfach so durch die Luft, eingerahmt von einem strahlendblauen Himmel. Von einem Containerkran wurde er gerade behutsam wie ein Bauklotz auf einen LKW-Anhänger gesetzt.

Sie hatten das Objekt ihrer Suche gleichzeitig entdeckt und verfolgten nun ungläubig die Verladung. Dann stieß Katerina Joshi mit dem Ellbogen an, so dass er heißen Kaffee über seine Hand goss, und rannte los. Joshi warf den fast leeren Kaffeebecher in einen Mülleimer und rannte hinter ihr her.

Mit laufendem Motor warteten sie in einiger Entfernung zur Ausfahrt in ihrem kleinen Peugeot 208 auf den Lastwagen, bis der schließlich durch das Tor rollte.

Joshi fuhr langsam an und folgte dem LKW in einigem Abstand. Er achtete darauf, dass zwischen ihnen und dem Lastwagen immer mindestens ein weiteres Auto fuhr. Der dunkelblaue Container war von weitem gut zu erkennen. So lange es hell war, riskierten sie nicht, ihn zu verlieren und es würde noch lange hell sein, schließlich war es erst elf.

Der Wagen fuhr durch das Hafengebiet und bog dann in südöstlicher Richtung auf die Autobahn E 20 ein.

Auf der Autobahn gilt in Estland für PKW eine Geschwindigkeitsbegrenzung von einhundertzehn Stundenkilometern und die meisten Autofahrer halten sich daran. Wer mit achtzig hinter einem LKW herschleicht, wirkt seltsam, wenn nicht verdächtig. Aber Joshi blieb keine Wahl. Und ein Fahrzeug hinter ihm, ebenfalls ein Peugeot, überholte auch nicht.

Nach ungefähr zehn Kilometern verließ der LKW die Autobahn und fuhr auf der Landstraße weiter Richtung Südosten.

»Hier geht es nicht nach Kalesi«, sagte Katerina. Der will woanders hin.

»Aber vielleicht ist das genau die Lösung«, sagte Joshi. »Er fährt erst zu dem einen Ort und dann nach Kalesi den Rest laden. Wir bleiben dran.«

Kaum zehn Minuten später, sie fuhren eine gerade Landstraße durch ein dichtes Waldstück mit gut dreihundert Metern Abstand zu ihrem Zielobjekt, hielt der LKW plötzlich an. Joshi bog in den nächsten Waldweg ein und fuhr ein Stück weiter, so dass sie von ihrem Standort den LKW gerade noch sehen konnten.

Der Fahrer stieg aus und pinkelte an einen Baum.

»Geht gleich weiter«, sagte Joshi und ging ebenfalls pinkeln.

Der Fahrer stieg wieder in den Wagen, doch er fuhr nicht an. Minuten vergingen. Nach einer Viertelstunde kam ein PKW, ein Lada, aus der anderen Richtung und hielt hinter dem LKW an. Der LKW-Fahrer stieg auf der Beifahrerseite in den PKW, der Wagen wendete und fuhr schnell davon.

»Was war das?«, fragte Katerina. »Ist da noch ein zweiter Fahrer in dem LKW?«

»Nein, da saß nur einer drin. Was sollen wir machen?«

»Warten, was sonst«, sagte Katerina entschlossen. Sie sprach deutlich besser Englisch als Joshi. »Die werden den Container hier nicht ewig stehen lassen. Wahrscheinlich ist es zu früh. Die warten auf die Dunkelheit.«

»Das ist in«, Joshi sah auf die Uhr, »acht Stunden, frühestens.«

»Noch später, mein Freund«, Katerina lächelte ihn an, »Estland ist viel weiter nördlich als dein schönes Hamburg. Die Sonne geht hier im Sommer kaum unter.«

Joshi stieg aus und stapfte genervt durch den Wald. Katerina folgte ihm. Im Schutz der Bäume näherten sie sich dem Lastwagen. Still stand er dort. Als sie näherkamen, hörten sie das leise Knistern des sich abkühlenden Motors. Nur selten fuhr auf der Landstraße ein Auto vorbei.

»Sollen wir mal reingucken?«, fragte Joshi.

»Vergiss es. Der ist abgeschlossen und außerdem leer. Seine interessante Ladung bekommt er erst noch.«

Sie setzten sich auf einen abgesägten Baum. Es war ein heißer Tag und der schattige Wald bot Abkühlung.

Lange sagten sie nichts. Dann begann Katerina Fragen zu stellen. Nach Joshis Leben, nach Monika, nach dem Netzwerk. Das hatte sie die Tage zuvor kaum getan. Und er fragte sie. Ihre Leidenschaft für die Sache war ansteckend. Für das Netzwerk hatte sie schon über illegale Giftmülltransporte, Geldwäsche und Kinderpornografie recherchiert. Aufgeschrieben wurden ihre Erkenntnisse immer von anderen.

»Willst du nicht selbst mal die Autorin sein? Nervt es dich nicht, dass immer die anderen den Ruhm ernten?«, fragte Joshi.

»Nein. Mein Name soll gar nicht so publik werden. Das stört nur bei der Arbeit. Und Schreiben liegt mir nicht. Es langweilt mich, stundenlang am Computer zu sitzen und nach den richtigen Worten zu suchen. Das mag ich nicht mal in meiner Muttersprache und erst recht nicht in Englisch oder Russisch.«

»Zahlt dir das Netzwerk genug?«

»Sie zahlen eine Tagespauschale, wenn ich einen Auftrag habe. Nicht viel, aber ich will nur leben, nicht reich werden.«

Sie gingen zurück zum Wagen. Dort hatten sie Wasser, etwas Gebäck und Obst. Sie waren jeden Tag in der vergangenen Woche mit Proviant losgefahren, da sie ja immer damit rechnen mussten, länger unterwegs zu sein.

Joshi wollte ein Nickerchen machen und Katerina sollte den LKW im Auge behalten. Danach wäre sie an der Reihe. Katerina hatte ein Buch dabei: *Norma*, von Sofie Oksanen, einer estnisch-finnischen Schriftstellerin, wie Katerina erklärte. Das hatte sie auch in den letzten Tagen schon gelesen. Sie war gut vorbereitet auf lange Wartezeiten.

»Worum geht es in deinem Buch?«, fragte Joshi, obwohl es ihn nicht wirklich interessierte.

»Es geht um eine junge Frau, die ein Geheimnis hat. Ihre Haare wachsen unnatürlich schnell. Und so gerät sie in die Fänge einer Haarverlängerungsmafia.«

»Klingt ungemein spannend«, sagte Joshi und schlief ein.

Er wurde wach von zarten Lippen auf seinen Lippen. Kurz musste er überlegen, wo er überhaupt war und wer ihn da gerade küsste, aber dann erwiderte er den Kuss. Eine Zeitlang knutschen sie herum, ihre Hände glitten über seinen Körper und seine über ihren. Doch viel Bewegungsfreiheit hatten sie in dem kleinen Peugeot nicht und so gaben sie bald lachend auf.

Es war drei Uhr. Joshi hatte über zwei Stunden geschlafen und Katerina hatte ihr Buch ausgelesen. Der LKW stand immer noch einsam an seinem Platz.

»Das kann doch Tage dauern, bis den jemand abholt«, sagte Joshi.

»Geduld, Joshua. Jetzt haben wir den Container. Jetzt lassen wir ihn nicht mehr aus den Augen.«

Sie stieg aus und ging ein paar Schritte in den Wald, um sich hinter einen Busch zu hocken.

Kurz spielte Joshi mit dem Gedanken, zu ihr zu gehen, sich mit ihr auf den warmen Waldboden zu legen und es geschehen zu lassen. Aber dann kam sie wieder, lachte ihn an und er entschied sich, keine weitere Verwirrung zu stiften. Er hatte sich auch nicht aus einem gut bezahlten Redakteursjob verabschiedet und dem Netzwerk angeschlossen, um sich durch Europa zu vögeln.

Eine weitere Stunde verging. Dann bewegte sich etwas. Das Auto, das den Fahrer vor Stunden abgeholt hatte, kam wieder. Der Fahrer stieg aus. Joshi und Katerina waren sich nicht sicher, ob es der gleiche Mann wie vorher war. Aber das war auch egal. Sie waren hinter dem Container her, nicht hinter dem Fahrer.

Der Lada wendete und fuhr davon, der Fahrer stieg in den LKW. Es verging eine Zeit, bis sie das Brummen des Motors hörten. Dann setzte sich der Vierzigtonner in Bewegung. Dunkel war es noch lange nicht.

Nun fuhr Katerina. Sie lenkte den Wagen zurück auf die Landstraße und folgte dem Lastwagen. Die Straße war weiterhin schnurgerade. Sie musste Abstand halten, um nicht aufzufallen.

Sie waren fast eine Stunde so gefahren, als der LKW nahe einer Ortschaft namens Karavete auf die Landstraße 39 abbog. Gut zehn Kilometer weiter durchquerte er langsam eine Ortschaft namens Järva. Es war nun sechs Uhr und immer noch hell und warm wie am Mittag.

Am Ende des Ortes bog der Lastzug auf einen Waldweg ein und fuhr langsam weiter. Katerina hielt an der Einbiegung an. Hier wurde es zu auffällig, dem LKW im Auto zu folgen.

Sie stiegen aus, Katerina nahm ihre Kamera von der Rückbank. Es war eine kleine Spiegelreflexkamera mit Teleobjektiv. Die Tasche mit weiteren Objektiven ließ sie liegen.

Katerina und Joshi gingen parallel zum Weg langsam durch den Wald, den LKW immer im Auge. Sie gingen dicht beieinander und berührten sich immer wieder mehr oder weniger unabsichtlich. Ab und zu lächelte Katerina Joshi vertraut an.

Am Ende des Weges sahen sie eine große Halle. Der Lastzug hatte in gut zweihundert Metern Entfernung von der Halle angehalten.

Das große Tor der Halle stand offen. Man sah Landmaschinen darin. Einen riesigen Mähdrescher, Traktoren. Auch vor der Halle standen Landmaschinen. Kartoffelroder, Heuwender, Joshi kannte sich da nicht aus. Eine Werkstatt, vielleicht ein Händler für gebrauchte Landmaschinen, dachte er.

Kurze Zeit später kamen drei Männer aus der Halle. Das große Rolltor schloss sich automatisch. Die Männer verabschiedeten sich voneinander. Feierabend. Zwei stiegen in einen alten Volvo, der Dritte auf ein Motorrad und sie fuhren davon. Den LKW am Wegesrand beachtete niemand.

Als die Männer außer Sichtweite waren, setzte sich der LKW in Bewegung und fuhr zur Halle. Dort begann der Fahrer ein Wendemanöver. Es dauerte eine Zeit, bis er zwischen den Landmaschinen auf dem engen Platz sein achtzehn Meter langes Fahrzeug gedreht hatte. Nun fuhr er langsam rückwärts zum Ende der Halle.

Joshi und Katerina schlichen weiter. Sie mussten immer tiefer in den Wald, um nicht zu riskieren, von dem Fahrer entdeckt zu werden. Schließlich hatten sie die Rückseite der Halle im Blick.

Dort war kein Tor. Nur ein großer Stapel mit alten Paletten und ein paar große, halbvermoderte Sperrholzplatten lehnten an der Rückwand.

Der Fahrer stieg aus und ging um den LKW herum. Er setzte sich auf eine der alten Paletten und rauchte.

»Worauf wartet der?«, fragte Katerina im Flüsterton.

»Keine Ahnung«, zischte Joshi zurück.

Ein paar Minuten vergingen, da setzte sich der Haufen Gerümpel an der Hallenwand plötzlich in Bewegung. Langsam schob sich das ganze Zeug zur Seite, die Hallenwand entlang und gab eine Öffnung frei. Vielleicht drei mal drei Meter groß.

Sie schlichen etwas näher, Katerina machte unablässig Fotos. Es war etwas Wind aufgekommen. Das Blätterrauschen und Knacken kleiner Äste übertönte die Geräusche der Kamera. Immer wieder schaltete Katerina ihre Kamera in den Videomodus.

Nun trat ein Mann aus der Halle. Groß, mit einem stattlichen Bauch, vielleicht Ende Fünfzig. Er hatte Arbeitskleidung an, einen Blaumann. Er begrüßte den Fahrer und ging mit ihm zum LKW. Der Fahrer öffnete die Hecktüren des Containers. Nun konnten Katerina und Joshi direkt hineinsehen. Der Container war leer.

Die beiden Männer gingen in die Halle. Die Sonne ging langsam, sehr langsam unter. Der Eingang zur Halle lag bereits im Schatten. Joshi konnte nicht sehen, was sich in ihrem Innern abspielte. Was er erkennen konnte war, dass der Innenraum der Halle viel kürzer war, als die Außenmaße vermuten ließen. Hier war eine Wand eingezogen. Keine Frage, dieser Teil der Halle war ein gigantisches Geheimfach. Vermutlich wussten die Männer in der Traktorenwerkstatt nichts von diesem Raum oder sie hatten gute Gründe, keine Fragen zu stellen.

Nun kamen die Männer wieder aus der Halle. Beide schoben Hubwagen. Auf jedem Hubwagen war eine Europalette und auf jeder Palette acht längliche, ungefähr eineinhalb Meter breite Holzkisten.

Die Männer schoben ihre Ladungen zu dem LKW und begannen die Kisten einzeln in den Container zu heben. Zunächst nahm jeder jeweils eine Kiste. Sie lachten, es war eine Art Wettbewerb, wer die Kiste schneller in den Wagen heben konnte. Joshi schätzte das Gewicht. Ein Zentner vielleicht. Das war das Gewicht, das kräftige Männer einigermaßen gut auf die Höhe des Containers heben konnten. Nach ein paar Kisten wurde es ihnen zu anstrengend und sie gingen dazu über, die Kisten mit vereinten Kräften in den Laderaum zu hieven.

Als alle sechzehn Kisten an der äußersten Kante des Containers standen, bestiegen sie den Container und zogen Kiste für Kiste ans andere Ende des Laderaums. Dort stapelten sie die Kisten auf.

Anschließend schoben sie die Hubwagen wieder in die Halle und kamen nach wenigen Minuten mit der gleichen Menge an Kisten zurück, die sie ebenfalls in den Container luden. Das ging ungefähr zwei Stunden so weiter. Die Männer schwitzten und fluchten. Die gute Laune vom Anfang war dahin. Zwischendurch machten sie Pause, rauchten, tranken Bier und spuckten auf den Boden.

»Was ist da drin?«, fragte Joshi.

»Na, was wir vermuten: Waffen, Munition, vielleicht Drogen. Irgendwas Wertvolles«, sagte Katerina.

»Oder Gold.«

Katerina lachte leise.

»Gold in der Größe einer dieser Kisten würde weit über eine Tonne wiegen.«

»Ach ja, du bist ja Physikerin. Spezifisches Gewicht und so.« Joshi lächelte sie an.

Irgendwann holten die Männer keine weiteren Kisten aus der Halle. Im hinteren Teil des Containers waren die Kisten nun säuberlich aufgestapelt. Bis unter die Decke und bis an den Rand. Es sah so aus, als seien die Kisten genau auf die Maße des Containers abgestimmt. Um die obersten Kisten aufzustapeln, hatten die Männer eine kleine Leiter in den Container gestellt.

Joshi hatte genau einhundert Kisten gezählt.

Nun kamen die Männer mit großen Blechplatten aus der Halle. Sie sahen aus wie Containerwände, nur viel schmaler. Als sie näherkamen, sah Joshi, dass es tatsächlich Teile einer Containerwand waren. Ein Drittel der Breite der Rückwand. Sie hievten die Wände in den Container. Während der eine Mann die Platten vor den Kistenstapel schob, holte der andere Mann eine dritte Platte aus der Halle. Sie wurde ebenfalls vor die Kisten geschoben. Alles passte wie angegossen. Nun sah der Container wieder leer aus.

Joshi und Katerina nickten sich zu, als wollten sie sagen: Ziemlich clever.

Es war nun fast dunkel. Die Männer tranken noch ein Bier, dann verabschiedeten sie sich voneinander. Der eine ging wieder in die Halle, die gleich darauf vom fahrbaren Bretterhaufen verschlossen wurde. Der Fahrer bestieg den LKW und fuhr zügig los.

Nun mussten Katerina und Joshi schnell durch den Wald zu ihrem Auto. Der LKW musste nicht wenden, wäre also schnell wieder auf der Landstraße. Im Unterholz des nun deutlich dunkleren Waldes kamen sie nur schlecht voran. Joshi stürzte und stieß sich das Knie. Es schmerzte höllisch, doch er lief weiter.

Schon sahen sie den Peugeot. Der LKW würde nicht viel Vorsprung haben.

»Ist doch sowieso klar, wo der hinfährt. Nach Kalesi, Fertighausteile laden«, sagte Katerina japsend.

Als sie an ihrem Wagen ankamen, erstarrten sie. Dort lehnte ein Mann an ihrem Peugeot. Groß, muskulös, in Joshis Alter. Ein skandinavisch anmutender Typ. Stiernacken, kantige Gesichtszüge, die von den raspelkurzen hellblonden Haaren noch betont wurden.

»Hallo!«, sagte er freundlich lächelnd. In der Hand hielt er eine Pistole.

Kapitel 32

Johanna hatte das unangenehmste Gespräch im Fall Monika Cassati bereits vor Tagen hinter sich gebracht. Zuvor hatte sie Stuttgarter Kollegen mit einer Krisenbetreuerin zu den Eltern der jungen Frau geschickt, um dann selbst dort anzurufen. Wenn es sich irgendwie vermeiden lies, überbrachte man den Angehörigen Todesnachrichten nicht am Telefon. Ein paar Tage später hatten sich die Eltern schon etwas gefasst und doch war Frau Cassati am Telefon immer wieder in Tränen ausgebrochen. Irgendwann hatte ihr Mann übernommen, der aber nicht viel stabiler war.

So viel konnte Johanna herausfinden: Das Verhältnis zwischen Monika und ihren Eltern war etwas abgekühlt und so kannten sie keine Details aus ihrem Leben. Nicht, ob sie einen Freund hatte und auch nicht, wo sie arbeitete und wie es mit dem Studium lief. Sie überwiesen der Tochter monatlich Geld und erwarteten dafür irgendwann mit einem Studienabschluss belohnt zu werden. Ansonsten hätten sie sich gewünscht, dass sie sich mehr für ganz normale Arbeit und weniger für den politischen Kampf gegen was auch immer interessieren würde. Die Monika war so eine Linke, hatte der Vater gesagt und es klang, als wäre das eine schlimme Krankheit. Die Mutter hatte diesen Makel mit Monikas gutem Herzen erklärt.

Es hatte ein paar Tage gedauert, bis Johanna endlich dahintergekommen war, wo die Cassati als Werkstudentin gearbeitet hatte. In der Uni war das nicht erfasst und ihre Anfrage beim Finanzamt ging einen langen Dienstweg, der durch einen plötzlichen Herzinfarkt des zuständigen Beamten noch verlängert wurde. Aber nun wusste Johanna endlich, dass Monika Cassati bis März als Werkstudentin bei der Reederei Dethleffsen in der HafenCity beschäftigt gewesen war. Dort hatte sie nun einen Termin.

Der Personalchef Thomas Schaub, ein unscheinbarer Mann in Johannas Alter, empfing sie in seinem schmucklosen Büro. Er hatte nicht viel zu erzählen. Monika Cassati hatte im Dezember als Werkstudentin angefangen, wollte eine Promotion vorbereiten, bei der Logistik und weltweiter Handel und Transport eine Rolle spielten. Sie sollte eigentlich ein Jahr bleiben, musste dann aber im März wegen Unzuverlässigkeit entlassen werden.

»Was meinen Sie mit Unzuverlässigkeit?«

Der Personalchef sah in die digitale Personalakte, die auf seinem Bildschirm geöffnet war.

»Unpünktlichkeit, häufige Fehler bei den übertragenen Aufgaben. Solche Sachen. Hat sich wohl irgendwann gehäuft. Sonst geben wir den jungen Leuten gerne noch mal eine Chance, aber da war das Maß wohl voll.«

»Mit wem hat sie gearbeitet?«

»Sie war in mehreren Abteilungen. Sollte den ganzen Betrieb mal kennenlernen. Sie hat auch mit der Geschäftsführung gearbeitet. Da kam es dann auch wohl zu den Unregelmäßigkeiten. Herr Dethleffsen ist ein beliebter Chef, aber er ist auch streng. Schlampereien duldet er nicht. Wir sind vom Spirit her alle Seeleute, müssen Sie wissen. Auf hoher See muss sich jeder auf jeden verlassen können.«

»Verstehe. Kann ich Herrn Dethleffsen mal sprechen?«

»Ich versuch´s.«

Schaub telefonierte und kurz darauf wurde Johanna von einem jungen Mann abgeholt und in die obere Etage, ins Penthouse der Geschäftsführung, gebracht.

Dethleffsen saß auf einem braunen Ledersofa und sah niedergeschlagen aus. Als Johanna eintrat, stand er auf und begrüßte sie.

»Schaub hat mir schon gesagt, weswegen Sie hier sind. Das ist ja schrecklich. Das arme Mädchen. Ich habe eine Tochter in dem Alter. Für die Eltern muss das die Hölle sein.«

Sie setzten sich.

»Wie gut kannten Sie Monika Cassati?«

»Nicht so gut. Eine Praktikantin halt - und sie war ja auch nicht lange bei uns. Sie war eine kluge und nette Frau. Sehr hübsch. Ich hatte nicht so viel mit ihr zu tun.«

»Herr Schaub sagte, sie habe auch für die Geschäftsführung gearbeitet.«

»Ja, das stimmt. Mehr für meine Kollegin Frau Nestor. Aber es kamen immer mehr Beschwerden. Es lief wohl nicht so gut. Schade, eigentlich, wir sind sehr an jungen Leuten interessiert, die bei uns einsteigen wollen.«

»Kann ich Frau Nestor sprechen?«

»Die ist für ein paar Tage im Ausland.«

»Und wissen Sie woran Monika Cassati mit Frau Nestor gearbeitet hat?«

»Vermutlich an ihren Schulen für Afrika. Das ist so ein Charity-Projekt von uns. Das finden die jungen Leute natürlich reizvoll.«

Dethleffsen stand auf und führte Johanna zu einem Modell. Er erklärte, wie die Reederei aus Containern transportable Schulgebäude für Afrika herstellt. Das war zwar sehr interessant, brachte Johanna in ihrem Fall aber auch nicht weiter.

***

Als Johanna das mondäne Gebäude der Reederei verlassen hatte, bemerkte sie eine Nachricht auf ihrem Handy. Ein Anruf von einer Nummer, die sie nicht kannte und eine Mailbox-Nachricht. In der Ansage bat eine Angelika Bollrath von Europol um Rückruf.

Johanna setzte sich in ihren Wagen und rief die Frau an.

»Bollrath, BKA«, sagte eine raue Stimme, die einer eher älteren Frau zu gehören schien.

»Johanna Meermann hier, LKA Hamburg. Wieso jetzt BKA? Ich denke Europol?«

Die Frau am anderen Ende der Leitung lachte.

»Ja, stimmt beides. Ich bin beim BKA eine der deutschen Verbindungbeamten zu Europol.«

»Gut, was kann ich für Sie tun?«

»Ich habe eine Leiche, die vermutlich Ihnen gehört, Kollegin.«

»Wie darf ich das verstehen?«

»In der Nähe von Tallinn ist ein ausgebrannter Mietwagen mit einer verkohlten Leiche gefunden worden. Die Kollegen in Estland gehen von einer Straftat aus.«

»Und wieso soll das meine Leiche sein? Wir sind für Hamburg zuständig.«

»Der Wagen war von einem Hamburger angemietet. Joshua Tiemann sein Name. Es darf vermutet werden, dass er das Opfer ist. Aber das ist euer Bier, das rauszufinden. Ich habe veranlasst, dass der Bursche nach Hamburg gebracht wird. Ihr könnt da forensisch mehr tun, als die Esten. Und beerdigt wird er ja dann sicher auch in Hamburg.«

Johanna ging das alles zu schnell. Was hatte sie mit einem mutmaßlichen Mord in Tallinn zu schaffen?

»Und was hat nun Europol damit zu tun?«

»Im Moment noch nichts. Wir bitten nur um Nachricht, wenn es einen Verdacht gibt, dass die Tat irgendetwas mit Organisierter Kriminalität zu tun hat. Wenn dieser Tiemann aber nur ein Tourist ist, der sich mit den falschen Leuten angefreundet hat, halten wir uns raus. Ich schicke Ihnen alles, was es bisher an Ermittlungsergebnissen gibt und die Kontaktdaten von den Kollegen in Estland.«

»Ja, danke auch.«

Johanna startete den Wagen und fuhr ins Polizeipräsidium. Nun hatte sie also noch einen Mordfall und der spielte im hintersten Winkel Europas.

Es war nicht schwer, mittels Google mehr über Joshua Tiemann herauszufinden. Neununddreißig Jahre, freier Journalist, schrieb für die *taz* und verschiedene Blogs. Kritische Sachen über Wirtschaftskriminalität, Zwangsprostitution und Ähnliches. Gut möglich, dass er in Estland seine Nase zu tief in die falschen Angelegenheiten gesteckt hatte. Aber dazu ging aus den Informationen der estnischen Kollegen nichts hervor. Die wussten nur, dass Joshua Tiemann am fünfundzwanzigsten Juli, also vor einer Woche, am Flughafen Tallinn aus Stockholm angekommen war und einen Wagen angemietet hatte. Danach hatte sich seine Spur verloren. Kein Hotel, keine Abhebungen an Geldautomaten, kein Einsatz der Kreditkarte. Wo und wovon hatte der Kerl gelebt? Der Wagen mit dem Toten war, das hatten estnische Experten ermittelt, vermutlich am dreißigsten oder einunddreißigsten Juli abgefackelt worden. Natürlich konnte Tiemann zu diesem Zeitpunkt schon länger tot gewesen sein.

Die Fotos zeigten einen völlig verkohlten Kleinwagen, hinter dem Steuer ein grotesk verrenkter schwarzer Körper mit aufgerissenem Mund.

Er war in einem entlegenen Waldstück hundert Kilometer südöstlich der Hauptstadt von Waldarbeitern entdeckt worden.

Die Hamburger Polizei hatte nun die Aufgabe, zu ermitteln, was Tiemann in Hamburg getan hat und warum er in Tallinn gewesen war, offenbar allein und ohne Unterkunft.

Kapitel 33

»Johanna? Hauke hier, ich muss dich dringend sprechen. Können wir uns kurz treffen?«

»Hallo Hauke, du hörst dich ja gruselig an. Ok. Ich wollte gleich Feierabend machen. Wo bist du?«

»In Ottensen. Treffen wir uns im *Café Mikkels*.«

Eine halbe Stunde später saßen sich Hauke und Johanna im Café gegenüber. Johanna sah wieder fantastisch aus. Aber das lag vermutlich an Haukes Wahrnehmung. Sie könnte todkrank sein und würde ihm immer noch anziehend erscheinen. Doch die herzerwärmende Wirkung, die ihr Anblick sonst auf Hauke hatte, war abgeschwächt. Da war Martha, die ihm nicht aus dem Kopf ging und er spielte schon seit er in Hamburg gelandet war, mit dem Gedanken, wieder zu ihr zu fliegen. Geld genug hatte er ja. Oder nicht?

»Gut, Hauke, was gibt es so Wichtiges? Du machst mich neugierig.«

Er beugte sich zu ihr rüber, flüsterte fast, um von den anderen Gästen nicht gehört zu werden.

»Johanna, ganz ehrlich, hast du mir fünfundzwanzigtausend Euro geschickt?«

Die Polizistin setzte die Teetasse ab, die sie gerade an den Mund führen wollte und sah Hauke fassungslos an.

»Was?«

»Ich habe zwei Tage, nachdem ich Dir von Devil und der Forderung des Panther erzählt habe, ein Päckchen mit dieser Summe bekommen. In bar. Wolltest du mir heimlich helfen?«

»Glückwunsch, Hauke, aber das war ich nicht. Fünfundzwanzigtausend. Ich bin bei der Polizei, nicht bei der Mafia.«

Sie sagte das etwas lauter. Ein junges Paar am Tisch hinter ihnen drehte sich um.

»Vielleicht zusammen mit Claudia? Bitte, Johanna, wenn ihr es nicht wart, dann wird es echt unheimlich.«

»Mensch, Hauke. Ich war mit Annika vor ein paar Tagen bei deiner Ex, weil Annika mich darum gebeten hatte. Und du ja auch. Es ging ausschließlich um eine glorreiche Karriere und ewiges Glück für deine Tochter bei der Polizei. War übrigens ein anstrengendes Gespräch. Über dich und deine Probleme haben wir nicht gesprochen.«

Hauke war sprachlos. Wo kam das Geld her? Der edle Spender musste viel wissen. Woher wusste er von der Forderung, woher kannte er Haukes Bleibe und woher wusste er, wann er mit diesem Devil verabredet war? Hauke fühlte sich beobachtet.

»Okay, Hauke war´s das? Ich bin müde, möchte nach Hause. Jetzt muss ich mich auch noch mit Europol herumschlagen.«

»Europol? Was wollen die denn?«

»Eigentlich nichts. Nur, dass wir hier ihre Arbeit machen. Haben in der Nähe von Tallinn einen toten Hamburger gefunden.«

Hauke schreckte auf.

»Tallinn?«

»Das ist die Hauptstadt Estlands.«

»Danke. Ein toter Hamburger?«

»Ja. Schicken mir die Leiche jetzt zur forensischen Untersuchung rüber. Der Ärmste ist in seinem Mietwagen verbrannt. War wohl kein Unfall. Er ist erst vor wenigen Tagen aus Stockholm in Tallinn angekommen.«

Hauke starrte vor sich hin und sagte wie in Trance:

»Palma de Mallorca.«

»Was?«

»In Stockholm ist er nur umgestiegen. Er kam aus Palma de Mallorca.«

Johanna blinzelte Hauke misstrauisch an. Oder besorgt?

»Alles klar bei dir, Hauke? Was redest du da?«

»Johanna, ich muss dir was erzählen. Aber nicht hier. Lass uns rausgehen.«

Er zahlte und sie gingen vor die Tür. Johanna fixierte Hauke immer noch skeptisch.

Es war ein sonniger, warmer Donnerstagabend. Die Straßen in Ottensen waren voll mit Menschen, die bummelten, vor Cafés saßen, den Feierabend genossen. Hauke und Johanna gingen langsam die Bahrenfelder Straße hinunter.

»Heißt der Tote Joshua? Nachname habe ich vergessen.«

»Ja. Joshua. Tiemann mit Nachnamen. Journalist. Hauke, du machst mir Angst. Woher kennst du den Mann und was soll das mit Mallorca?«

»Ich habe ihm sein Ticket gekauft und ihn in Palma zum Flughafen gebracht.«

Johanna blieb stehen und sah Hauke an.

»Vielleicht mal von Anfang an? Ich verstehe kein Wort.«

Hauke ging langsam weiter. Johanna schloss zu ihm auf. Und dann erzählte er die ganze Geschichte. Von Anfang an.

Wie der Senator ihn zu Dethleffsen gebracht hatte, von der gefakten Entführung und dem Auftrag. Johanna unterbrach ihn.

»Deshalb hast du mich wegen der Toten von der Strandperle ausgefragt? Warum hast du mir nicht da schon alles erzählt?«

Hauke sprach weiter. Von seiner Reise nach Mallorca, von seinem Angebot an Joshi, zu verschwinden. Was er nicht erwähnte, war seine Liaison mit Martha. Das gehörte nicht in diese Geschichte und er wollte Johanna gegenüber nicht als Aufreißer erscheinen, der mitten in einem Auftrag noch mal schnell eine Frau flachlegt.

»Hauke, ich fasse es nicht? Wie konntest du dich auf sowas einlassen? Das stinkt doch zum Himmel.«

»Wieso? Bis eben war es noch eine ganz einfache Geschichte: Reiches Mädchen verknallt sich in einen charmanten, mittellosen Windhund und brennt mit ihm durch. Vati kauft sie frei aus den Fängen des Erbschleichers. Und der kleine Hauke spielt den Geldbriefträger.«

Johanna schüttelte den Kopf.

»Ja, Johanna, ich weiß, was du jetzt denkst. Das ist mies, aber nicht verboten. Und ich brauche das Geld, wie du weißt.«

»Hat Tiemann gesagt, was er in Tallinn will?«

»Nein.«

»Pass auf, Hauke, und jetzt komme ich mit einem Knaller. Und der handelt von meiner Toten an der Strandperle. Monika Cassati ihr Name. Sie hat bis vor ein paar Monaten als Werkstudentin bei deinem besorgten Vater in der Reederei Dethleffsen gearbeitet. Wie passt das jetzt zusammen?«

Sie waren am Spritzenplatz angekommen und setzten sich auf eine Bank, die um einen dünnen Baum herum gebaut war. Zwei junge Frauen mit Kopftüchern und langen Kleidern saßen dort, plauderten und beachteten Hauke und Johanna nicht.

»Ich weiß es nicht. Joshi hat vor dem Abflug noch ein paar Bemerkungen gemacht, dass Dethleffsen Dreck am Stecken hätte und dass ich mich noch wundern würde, für wen ich da arbeite.«

»Nicht genauer?«

»Nein. Er wollte da irgendwas hochgehen lassen. Vielleicht eine Story, an der er gearbeitet hat. Vermutlich hat er sich auch nur mit der kleinen Prinzessin eingelassen, um an ihren Vater heranzukommen.«

»Ich muss mit dieser Jule sprechen, die weiß doch sicher mehr«, sagte Johanna.

»Sie hat mich auf Mallorca gesehen und neulich bei ihrem Vater im Büro. Sie hat den Verdacht geäußert, dass ich ihren Joshi umgebracht habe.«

»Woher wusste sie, dass er tot ist?«

»Wusste sie nicht und weiß sie sicher immer noch nicht. Hat nur mächtig Drama gemacht. Wenn sie nun aber von seinem Tod erfährt, bin ich ihr erster Verdächtiger. Ich wäre gerne dabei, wenn du mit ihr sprichst.«

»Hauke, das geht auf ... . Na, gut. Aber ich führe das Gespräch.«

Kapitel 34

In Paavos Kino lief ein zwei Jahre alter Streifen aus Hamburg. Er heißt: *Die beste Nacht*. Eigentlich ein Porno. Nacht. Eine Hotelbar über den Dächern von Hamburg. Man blickt über den Hafen, die beleuchteten Kräne, das Dock der Werft Blohm & Voss. Der Kapitän der *Lady Bird* sitzt zusammen mit seinen Offizieren an kleinen Tischen. Alle sind in Zivil. Paavo ist auch dabei, obwohl er nur zur Mannschaft gehört. Der Kapitän mag ihn, warum auch immer. Die Stimmung ist gut, es wird viel getrunken. Der Film zeigt die Szenerie ohne Dialoge, nur mit cooler Jazzmusik unterlegt. Irgendwann kommen ein paar Männer und Frauen dazu. Sie gehören zur Reederei, haben dem Kapitän eine Flasche teuren Whiskey mitgebracht.

Die Kamera verharrt in einer Einstellung. In kurzen Überblendungen verschwinden die Menschen aus der Runde. Am Ende sitzen nur noch Paavo und diese Frau dort. Sie sind dicht aneinandergerückt und plaudern angeregt, lachen. Irgendwann steht die Frau auf und flüstert dem Barkeeper etwas zu. Nach einer Weile kommt der an ihren Tisch und legt der Frau ein kleines Pappheftchen des Hotels hin, darin eine Schlüsselkarte. Die Frau unterschreibt irgendetwas. Dann hält sie Paavo die Karte unter die Nase und lächelt verführerisch. Sie verlassen die Bar.

Die Jazzmusik geht weiter und man sieht Paavo mit der schönen Frau im Bett. Verschlungen, in den verschiedensten Stellungen. Die Frau spielt nicht in Paavos Liga. Er weiß gar nicht, in welcher Liga sie spielt. Sie hat irgendwas mit der Reederei zu tun. Aber es ist ihm auch egal. Sie ist nicht die erste Frau, die sich von seinem Körper angezogen fühlt und ihre gute Erziehung und ihren Standesdünkel vergisst.

Schnitt. Tag. Paavo verlässt das Hotel und zieht sein Smartphone aus der Tasche. Eine Nachricht ist eingegangen. Sein erster Auftrag. Noch unverschlüsselt: *Ginto Rizal. An Bord. Auf der nächsten Fahrt.*

ENDE

Immer, wenn dieser Film lief, hatte Paavo eine Erektion. Auch an diesem Abend, während er in seiner Hamburger Wohnung auf dem Bett lag und darüber nachdachte, wie er die Panne in Estland wieder hinbiegen konnte. Oder war es keine Panne? War es ein Glück, dass ihm die kleine Frau erst entwischt war? Er hatte gerade dem Mann eine verpasst, als die Kleine plötzlich auf ihn losgegangen war. Sie hatte getreten, gebissen, wie eine Furie. Ihr Handy war zu Boden gefallen. Paavo hatte die Pistole gezogen und geschossen. Er hatte aber nicht sie, sondern den Mann getroffen. Ins Bein. Der war gleich schreiend neben seinem Auto zusammengebrochen. Paavo hatte dem Gebrüll mit einem Kopfschuss aus nächster Nähe ein Ende gesetzt. Als er sich wieder umgedreht hatte, war die Frau verschwunden.

Paavo hatte sich im Wald umgesehen. Nichts. Er hatte gelauscht. Stille. Nur ein paar Vögel und das Rauschen der weit entfernten Landstraße. Oder war es der Wind in den Bäumen?

Er musste seine Spuren verwischen und so hatte er den Mann hinter das Steuer seines Wagens gesetzt und das Fahrzeug angezündet. Es brannte lichterloh.

Das Handy der Frau hatte er in die Flammen geworfen.

Paavo hatte Sorge, dass das Feuer auf der kleinen Lichtung auf den trockenen Wald übergreifen könnte, aber so schnell wie der Wagen aufgeflammt war, so schnell ging das Feuer auch wieder zurück. Nach zehn Minuten hatte da nur noch ein schwarzes Stahlgerippe gestanden mit einer verkohlten Gestalt auf den Resten des Fahrersitzes. Gestank nach verbranntem Fleisch.

Paavo war zu seinem Auto gelaufen und hektisch durch die Gegend gefahren. Er musste diese Frau finden. Wo konnte sie hingelaufen sein? Zurück zu der Halle? Sicher nicht. In den nächsten Ort? Schon eher. Paavo war langsam die Landstraße heruntergefahren und hatte dabei immer in den Wald gesehen. Und da hatte die Frau plötzlich am Straßenrand gestanden, wild mit den Armen fuchtelnd. Als sie ihn erkannte, war es zu spät. Da hatte er sie schon gepackt, in den Wagen gezerrt und mit der Pistole hart auf den Kopf geschlagen. Sie war auf dem Beifahrersitz zusammengesunken.

Paavo hatte eine eindeutige Anweisung gehabt, diese Frau auch zu töten. Aber das wurde ihm langsam zu viel. So jung und zart, wie sie dasaß. Paavo schrieb eine Nachricht.

Der Mann ist erledigt, die Frau habe ich lebend. Erwarte Anweisung.

Wer ist sie?

Keine Ahnung.

Paavo hatte in den Hosentaschen der Frau gewühlt, in der Hoffnung irgendeinen Hinweis auf ihre Identität zu finden. Nichts.

206

Bring sie zu Maxim. Dann sehen wir weiter.

Maxim?

Der Kerl in der Halle.

Und so hatte Paavo die Frau zu diesem merkwürdigen alten Mann in der Halle gefahren. Der hintere Teil der Halle hatte einen verblüffenden Anblick geboten. Regale voll mit Waffen. Kalaschnikows. Hunderte. Tausende. Die Frau war inzwischen wieder zu sich gekommen, aber wehrlos. Der Alte hatte geflucht, dass er keine Lust habe, den Babysitter zu spielen. Das Englisch des Alten war miserabel und so hatte es Paavo mit russisch versucht. Das hatte besser funktioniert.

Sie hatten die Anweisung bekommen, die Frau zunächst einzusperren und abzuwarten. Der Oberst würde sich melden.

Paavo hatte keine Ahnung, wer der Oberst war, aber er hatte schnell gelernt, dass er rund um seine Aufträge nicht alles wissen musste. Er wusste ja auch nicht, was es mit den ganzen Sturmgewehren auf sich hatte, die da in der Halle lagerten.

Nun, in seiner Wohnung in Hamburg, beschloss Paavo, dass die Frau in der Halle in Estland, der grummelige Alte mit seinen Gewehren und der ominöse Oberst nicht seine Probleme waren.

Kapitel 35

Hauke betrat die Wache in Altona und ging zügig auf Johannas Büro zu. Der Beamte, der ihn aufhalten wollte, war so verblüfft von Haukes *das geht schon in Ordnung, ist dringend*, dass er einen Moment zu lange zögerte.

Johanna saß allein im Raum an ihrem Schreibtisch und schrieb etwas am Computer. Als er eintrat, sah sie auf und blickte ihn überrascht an. Schweigend legte er etwas auf ihren Schreibtisch.

»Was ist das?«

»Ein iPhone sechs s.«

»Das sehe ich. Aber was ist damit?«

»Es hat diesem Joshi gehört. Ich hatte es ihm am Flughafen in Palma abgenommen, damit Jule ihn erst mal nicht erreichen konnte.«

Johanna stand auf, schloss die Tür und baute sich vor Hauke auf. Sie musste sich sehr bemühen, nicht die Beherrschung zu verlieren.

»Warum bekomme ich das jetzt erst? Warum nicht schon gestern, als du mir die ganze wahnsinnige Geschichte erzählt hast?«, sie sprach langsam. Aggression lag in ihrer Stimme.

»Ich war nicht mehr sicher, ob ich es auf Mallorca vergessen hatte. Das war ja nicht wichtig für mich. Ich konnte ja nicht ahnen, dass das noch mal Bedeutung bekommen könnte. Ich habe zu Hause noch mal geguckt. Es war in meinem Rucksack.«

Johanna setzte sich an ihren Schreibtisch. Sie nahm das Handy vorsichtig, fast ehrfürchtig in die Hand und betätigte den Homebutton.

»Es ist leer«, sagte Hauke.

Sie nahm ihr eigenes Ladekabel und schloss das Gerät an. Es dauerte ein paar Minuten, bis es hochfuhr. Noch während der weiße Apfel auf dem Display leuchtete, fragte Johanna:

»Code?«

»Null – acht – fünfzehn.«

»Sehr originell«, sagte Johanna.

Die Oberfläche mit vielen bunten App-Symbolen erschien. Am Symbol für Anrufe war in einem Punkt eine Neun, am WhatsApp-Symbol eine Zweiundzwanzig.

»Dann wollen wir mal sehen, wer den guten Joshi vergeblich versucht hat, zu erreichen.«

Im WhatsApp-Chat-Verlauf waren zwanzig Nachrichten von Jule. Die ersten Ungelesenen waren vom fünfundzwanzigsten Juli, die Letzte war wenige Stunden alt. Die Prinzessin wurde nicht müde, ihrem Traummann hinterher zu texten.

Zwei Nachrichten waren von einer Katy, die in Englisch geschrieben hatte. Beide Nachrichten waren vom Fünfundzwanzigsten.

What time do u arrive?

Heeellloooo? Jooooshuuaa?

»Katy hat es nicht weiter versucht. Das lässt darauf schließen, dass er sie direkt vom Flughafen aus mit einem neuen Handy kontaktiert hat«, sagte Hauke.

»Und wir dürfen vermuten, dass Katy ihn in Tallinn erwartet hat«, ergänzte Johanna.

»Und es ist nicht auszuschließen, dass Katy dabei war, als es Joshi an den Kragen ging.«

»Bleibt also die Frage: Wer ist Katy? Und: Lebt sie noch?«

Da war es wieder, dieses alte Pingpong-Spiel, das sie in besseren Zeiten als erfolgreichstes Duo des LKA 41 so oft gespielt hatten. Hauke genoss es, wusste aber auch, dass Johanna noch lange sauer auf ihn sein würde. Es würde eine Zeit dauern, ihr Vertrauen zurückzugewinnen.

Johanna scrollte sich weiter durch die WhatsApp-Nachrichten.

»Schau mal, das ist interessant. Chats mit Moni. Ob das meine Monika Cassati ist?«

Hauke schob seinen Kopf neben ihren und schaute auf das Display. Die Nähe, ihr Duft, waren verwirrend und vertraut zugleich. Und dann schob sich in Gedanken wieder Martha dazwischen. War er nicht eigentlich viel zu alt für diesen ganzen Gefühlsquatsch?

»Letzte Nachricht vom achten Juli. Moni, melde dich. Was ist los?«, las Johanna vor. »Unbeantwortet. Da war sie vermutlich schon tot.«

Der Verlauf zeigte einen regen Austausch dieser Moni mit Joshua Tiemann. Die Nachrichten waren nie besonders konkret. Immer nur Andeutungen und Hinweise auf E-Mails, in denen dann mehr stehen würde.

»Die E-Mails waren dann vermutlich verschlüsselt«, sagte Hauke. »Die beiden schienen wirklich an einer heißen Sache dran zu sein.«

Eine Nachricht von Monika war aus dem März:

Deth. hat mich gefeuert. Hat wohl was gemerkt.

Joshis Antwort:

Scheiße.

Eine ältere Nachricht von Monika aus Februar:
Differenz 4t. U r Wright!

»Was soll das heißen?«, fragte Hauke.

»Dass Joshi recht hatte mit irgendwas. Und vier T könnte eine Gewichtsangabe sein. Joshi lag wohl richtig in seiner Einschätzung, dass irgendwas vier Tonnen mehr oder weniger wiegt als gedacht.«

»Klingt gut, Johanna«, er lächelte sie anerkennend an.

»Hier, schau mal, auch Januar: Ene vertraut mir. Sie weiß von nichts. Wer ist Ene?«, fragte Johanna.

»Ene Nestor ist die zweite Frau in der Reederei Dethleffsen und sicher die erste im Privatleben des Chefs. Faszinierende Frau. Macht so ein Charity-Projekt, bei dem sie aus Containern Schulen bauen.«

»Ach so. Ich habe ein Modell davon bei Dethleffsen im Büro gesehen. Diese Frau Nestor kann uns sicher weiterhelfen. Vorgestern war sie noch verreist.«

»Gut«, sagte Hauke während Johanna weiter durch die WhatsApp-Nachrichten scrollte. »Dann wissen wir also, dass Monika bei Dethleffsen irgendetwas entdeckt hat, was zu ihrem Rauswurf und dann vermutlich zu ihrem Tod führte. Und nun sollten wir schnell herausfinden, wer Katy ist. Die dürfte auch in Gefahr sein.«

Johanna wählte eine lange Nummer und verlangte dann auf Englisch nach einem Arto Rauno. Kurz darauf stellte sie sich vor und bat um die Feststellung einer Handynummer.

Hauke hatte Johanna nicht oft englisch sprechen hören. Aber es klang gut. Souverän.

Es dauerte keine zehn Minuten, da rief der estnische Kollege zurück und gab einen Namen durch.

Katerina Tönisson, neunundzwanzig Jahre alt, aus Tallinn. Diplom-Physikerin, arbeitet an der Universität. Keine Auffälligkeiten.

»Was hat eine junge Physikerin in Estland mit einem Journalisten aus Hamburg zu tun? Und wie passen Moni, Jule und ihr Vater da rein? Hauke, das wird unübersichtlich.«

»Ja, das ist es. Aber, wie auch immer das alles zusammenhängt, du musst deine neuen Freunde in Tallinn veranlassen, nach Katerina Tönisson zu suchen.«

Johanna grinste ihn überlegen an.

»Vielleicht sollten wir sie erst mal anrufen.«

Sie tippte auf Katerinas Nummer, die häufig in der Anrufliste von Joshi auftauchte, und wartete. Nach dem ersten Klingeln sprang die Mailbox an. Johanna hielt das Handy so, dass Hauke die unverständliche Ansage auch hören konnte. Gesprochen wurde sie von einer etwas rauen, jungen Frauenstimme. Danach kam eine Ansage in Englisch, die dazu aufforderte, eine Nachricht zu hinterlassen. Johanna bat ebenfalls auf Englisch um Rückruf und sprach ihre Nummer mit deutscher Vorwahl.

»Sie wird nicht zurückrufen,« sagte Hauke nachdenklich.

»Nein. Wird sie nicht.«

Johanna rief wieder den Kollegen Rauno in Tallinn an und erklärte ihm ausführlich, worum es ging und warum Katerina so dringend gesucht werden musste. Das Gespräch dauerte länger und der Kollege in Tallinn erklärte offenbar ausführlich etwas, während Johanna nur nickte.

»Und?«, fragte Hauke, als das Gespräch beendet war.

»Ein guter Mann, wie es scheint. Hat sofort kapiert worum es geht und schickt jetzt eine Streife zu ihrer Wohnung und zur Uni. Gleichzeitig veranlasst er eine Handyortung. Davon verspricht er sich nicht viel, da das Handy sicher ausgeschaltet ist. Deshalb lässt er gleichzeitig vom Mobilfunkanbieter Daten kommen, die Aufschluss darüber geben, wo das Gerät in den letzten Tagen im Netz eingeloggt war. So kann er wenigstens ungefähr ihrem Weg folgen. Das kann aber etwas dauern. Der EU-Datenschutz gilt auch in Estland.«

»Es muss von Joshi noch ein Notebook geben. Das hat vermutlich Jule«, sagte Hauke.

»Wieso, wie kommst du darauf?«

»Hat er gesagt, als ich ihn zum Flughafen gefahren habe. Ich hatte ihm ja keine Zeit gelassen, zu packen.«

»Und das liegt jetzt noch in Dethleffsens Haus auf Mallorca?«

»Vielleicht hat Jule es auch mitgenommen.«

Hauke wusste natürlich genau, dass die Prinzessin das Notebook hatte. Aber das wusste er von Martha und die war in seiner Erzählung noch nicht aufgetaucht. Und sie würde auch nicht auftauchen.

Kapitel 36

Als Hauke und Johanna in der Wohnung von Carmen Dethleffsen erschienen, war es Mittag und die Dame des Hauses bereits volltrunken. Mit glasigem Blick stand sie in der Tür und fixierte Hauke.

»Hast du dir eine Anstandsdame mitgebracht, Hauke? Hast du Angst vor mir?«, lallte die Dethleffsen und obwohl Hauke Johanna vorgewarnt hatte, sah sie ihn fragend an. Hauke schüttelt nur missbilligend den Kopf, was bedeuten sollte: Die spinnt, die Alte.

»Johanna Meermann, Landeskriminalamt, Frau Dethleffsen, ist Ihre Tochter da?«

»Oh, die Polizei, ganz offiziell.« Sie machte die Tür frei und ließ Johanna und Hauke eintreten, sprach dabei weiter.

»Meine Kleine ist aber nicht entführt. Die ist gesund und munter. Also munter eher nicht. Sie hat schrecklichen Liebeskummer. Aber da könnt ihr ja bestimmt auch nicht helfen.«

Sie führte die beiden in die Küche und wankte wieder in den Flur.

»Jule, Schätzchen. Die Polizei ist da.«

Es öffnete sich eine Tür und die Prinzessin mit den Dreadlocks schlurfte in die Küche. Sie trug einen hellgrauen Jogginganzug und sah verheult aus. Ihre Mutter folgte ihr.

Jule sah erst Hauke fassungslos an, dann Johanna, dann wieder Hauke.

»Der Mann ist nicht von der Polizei, Mama, der gehört zu Papa«, sagte sie, ohne Hauke aus den Augen zu lassen.

»Die Frau hat gesagt, dass ...«

Johanna unterbrach Frau Dethleffsen. Sie hielt Jule ihren Ausweis unter die Nase.

»Ich bin von der Polizei, Jule, Johanna Meermann«, sie wandte sich an Carmen, »würden Sie uns bitte mit ihrer Tochter allein sprechen lassen?«

»Aber ich kann meinen Engel doch hier nicht allein lassen«, jammerte sie.

Hauke nahm die Frau behutsam am Arm und führte sie ins Wohnzimmer, wo er sie aufs Sofa setzte. Er lächelte sie an und ging.

»Was machen Sie hier?«, keifte Jule ihn an, als er wieder die Küche betrat. Sie stand neben dem Küchentresen, Johanna saß vor ihr auf einem Hocker.

»Herr Siebold ist ein pensionierter Kommissar. Ich hatte ihn gebeten, mitzukommen. Wir haben eine traurige Nachricht für Sie, Jule. Joshua Tiemann ist tot. Seine Leiche wurde vorgestern in Estland gefunden.«

»Was?«, hauchte Jule und schlug sich die Hände vor Gesicht. »Was? Das kann nicht sein? Wieso Estland? Was soll er da? Das ist nicht Joshi. Sie irren sich.«

Die junge Frau setzte sich auf einen Hocker und brach in Tränen aus.

»Es gibt keinen ernsthaften Zweifel, Jule«, sagte nun Hauke.

Jule riss den Kopf hoch und funkelte ihn böse an.

»Das ist Ihre Schuld. Sie stecken dahinter«, kreischte sie. »Sie und mein Vater. Er hat Sie dafür bezahlt, damit sie Joshi umbringen.« Sie schluchzte heftig.

Plötzlich stand ihre Mutter in der Tür. Ein großes Glas mit einer klaren Flüssigkeit in der Hand.

»Wer hat wen umgebracht? Was ist passiert, Schatz?« Niemand nahm Notiz von ihr.

Jule sprang auf und hämmerte mit den Fäusten auf Hauke ein, der sich nur ungenügend gegen die Schläge schützte. Seine Lippe platzte auf. Dann hielt Johanna die Arme des Mädchens fest, zog sie an sich, sprach beruhigend auf sie ein.

»Nein. Wir wissen noch nicht, wie es passiert ist. Aber wir werden es herausfinden. Und dazu brauchen wir ihre Hilfe. Sie müssen uns alles sagen, was Sie wissen, Jule.«

»Ich traue diesem Mann nicht«, sagte sie trotzig. »Er arbeitet für meinen Vater und der wollte Joshi loswerden, das ist doch klar.«

»Ja, Jule, das stimmt«, sagte Hauke. »Ich sollte Joshi überreden, dich zu verlassen. Aber dein Vater wollte Joshi nicht töten. Im Leben nicht. Das musst du mir glauben. Joshi ist in eine ganz andere Sache verwickelt. Das hat nichts mit deinem Vater und dir zu tun und wir müssen wissen, was das ist.«

Jule war auf einem Hocker in sich zusammengesackt und starrte auf den Boden.

»Hat Joshi irgendetwas von Estland erzählt?«, fragte Johanna, »hat er Ihnen erzählt, woran er gerade arbeitete?«

»Nein, daraus hat er ein Geheimnis gemacht. War wohl gefährlich.«

»Wo ist sein Notebook, Jule?«, fragte Hauke.

»Keine Ahnung, hat er bestimmt mitgenommen.«

»Nein, dazu hatte er keine Zeit. Ich weiß das, weil ich ihn selbst zum Flughafen gefahren habe.«

»Echt?«, Jule musterte Hauke verächtlich, »was sind Sie nur für ein Scheißtyp? Widerlich.«

Das traf und verletzte Hauke. Viel mehr als der Schlag auf die Lippe. Die Kleine hat recht, dachte er. Ich habe einen miesen Deal mit ihrem Vater gemacht, weil ich Geld brauchte. Aber ich bin nicht der Komplize eines Mörders. Und du, kleine Hippie-Prinzessin, lügst. Du hast das Notebook mitgenommen. Warum gibst du es uns nicht? Aber er schwieg. Vielleicht hatte Martha sich auch getäuscht und Jule hatte das Ding doch nicht dabei, als sie zum zweiten Mal aus dem Haus kam.

»Dann ist das Notebook noch im Haus Ihres Vaters auf Mallorca?«, fragte Johanna.

»Kann sein, keine Ahnung.«

Eine halbe Stunde lang führte Johanna noch eine zähe Vernehmung mit Jule, aber es kam nichts Verwertbares dabei heraus. Joshi hatte Jule gegenüber sicher eine Menge Dinge für sich behalten. Er vertraute ihr nicht. Oder sie war Teil eines Plans. Was will so ein Kerl mit so einem Küken? Vielleicht ja doch den Vater erpressen? Aber dann hätte er es doch auch getan.

»Joshi war in irgendeinem Netzwerk«, fiel Jule schließlich ein. »So eine Organisation, wo sich Journalisten zusammentun, um zu recherchieren.«

»Und wie hieß das Netzwerk?«, fragte Johanna.

»Habe ich vergessen. Aber vielleicht steht das auf der Website, für die Joshi geschrieben hat. truthblog dot com.«

In diesem Moment war ein dumpfes Geräusch, gefolgt von einem ebenso dumpfen Scheppern zu vernehmen. Alle drehten sich um. Carmen Dethleffsen, die das Gespräch wankend am Türrahmen lehnend verfolgt hatte, war zur Seite gekippt, mit dem Kopf gegen Kühlschrank gefallen und rutschte nun langsam zu Boden.

»Oh, verdammt!«, lallte sie.

Jule sprang vom Hocker auf und war in drei Schritten bei ihrer Mutter. Sie half ihr auf. Auf der Stirn der Frau bildete sich eine Beule. Blut war nicht zu sehen.

»Ich muss mich jetzt um meine Mutter kümmern«, sagte Jule und Johanna und Hauke verstanden. Johanna gab Jule ihre Visitenkarte und sie verließen die Wohnung. Im Hausflur blieben sie kurz stehen, sahen sich an und schüttelten die Köpfe.

Johannas Telefon brummte. Sie meldete sich und nahm eine offenbar längere Information entgegen. Schließlich bedankte sie sich und legte auf.

»Die Kollegen haben Joshis Wohnung durchsucht. Nichts Interessantes gefunden. Keine Unterlagen, keine Notizen. Nicht mal ein Festnetztelefon. Auch kein Notebook.«

»Wie auch?«, sagte Hauke, »er ist ja nach Mallorca gar nicht mehr in Hamburg gewesen.«

***

truthblog.com war eine Enthüllungswebsite, wie es sie sicher zahlreich im Netz gab. Kurze und lange Berichte, Fotos und Videos zu unterschiedlichsten Themen, die eines gemeinsam hatten: Es waren ausschließlich echte oder vermeintliche Skandale. Pestizide in Babynahrung, Geldwäsche bei einer renommierten Bank, Korruption bei der niedersächsischen Polizei und vieles mehr. Um die Seriosität der Meldungen zu überprüfen, reichte es nicht aus, sie zu lesen. Papier ist geduldig, aber die Geduld des World

Wide Web ist unendlich. Der Grat zwischen Journalismus und Verschwörungstheorie ist sehr schmal.

Hauke und Johanna sahen sich das Impressum an, das Verzeichnis der Autoren und googelten deren Namen.

truthblog.com war in Hamburg beheimatet und wurde offensichtlich von ernstzunehmenden Journalisten betrieben, die auch für andere Medien arbeiteten. Zeitungen, TV-Magazine, Blogs. Acht Autoren standen im Impressum darunter auch Joshua Tiemann. Von einem Recherchenetzwerk stand da nichts. Also rief Johanna den Mann an, der als verantwortlich im Impressum angegeben war und kündigte ihren sofortigen Besuch an.

Es war Freitagabend und eigentlich Zeit, sich ins Wochenende zu verabschieden, aber so gut kannte Hauke Johanna: Sie würde diese Spur nicht abkühlen lassen.

Rainer Lessmann war ein Mann um die Fünfzig, der in einer kleinen Wohnung auf St. Pauli lebte, die auch gleichzeitig die Geschäftsadresse der Website war.

Er öffnete mies gelaunt die Tür und ließ Johanna und Hauke eintreten. Ordnungsprinzip und Luftbeschaffenheit der Wohnung erinnerten Hauke an seine WG.

Lessmann, gekleidet in schlabberige Jeans und farbloses T-Shirt, ging voraus in die Küche.

»Bier?«, fragte er.

Hauke schüttelte den Kopf, Johanna sagte aber: »Gerne.«

Lessmann nahm zwei Flaschen Astra aus dem Kühlschrank und öffnete sie mittels eines Totenkopfringes an seinem Mittelfinger.

Die Küche war, entgegen Haukes Erwartungen, nicht mit schmutzigem Geschirr übersät. Lessmann bevorzugte offenbar die Ernährung außer Haus.

Der Journalist setzte sich und begann, eine Zigarette zu drehen.

»Gut, bevor wir hier anfangen, würde ich gerne einen Ausweis sehen.«

Johanna legte ihren Polizeiausweis auf den Tisch. Lessmann sah Hauke erwartungsvoll an.

»Ich bin nur Begleitung. In Pension. Nicht mehr bei dem Verein«, stammelte Hauke etwas unsicher.

»Ach so, Sie sind der Typ vom Verfassungsschutz, dessen Namen ich nicht erfahren soll? Hören Sie, Herr Schlapphut, ich bin kein Anfänger. Sie haben doch bestimmt einen Perso.«

Hauke legte seinen Personalausweis auf den Tisch. Lessmann schob die Dokumente zusammen und fotografierte sie mit seinem Handy. Dann schob er sie wieder ihren Besitzern zu. Johanna nippte amüsiert an ihrem Astra.

»Gut. Das hätten wir. Worum geht es?«

»Joshua Tiemann?«, fragte Johanna.

»Klar, Joshi, kenne ich, was ist mit dem?«

»Er ist tot«, sagte Johanna ohne Pathos und Hauke beobachtete Lessmanns Reaktion genau. Keine Frage, der Mann war echt geschockt. Fast wäre ihm seine Zigarette aus der Hand gefallen.

»Joshi? Tot?«

»Ja. Er wurde in Estland in einem verbrannten Auto gefunden. Die Polizei dort geht von einem Verbrechen aus.«

»Estland? Was reden Sie da, der war doch gerade noch auf Malle, mit soner Perle, keine Ahnung, wieso.«

»Von Mallorca ist er nach Estland geflogen und dort wohl getötet worden«, sagte Hauke. »Haben Sie eine Idee, was er in Estland wollte?«

Lessmann rang nach Fassung. Er stand auf. Ging zum Kühlschrank, nahm noch ein Bier heraus und öffnete es mit dem Ringtrick. Sein Erstes war noch halbvoll. Er sah aus dem Fenster, drehte sich ruckartig um. Er hatte Tränen in den Augen.

»Scheiße, wer bringt den Joshi um? Wer war das? Verdammt.«

Dann setzte er sich wieder und trank Bier in hastigen Schlucken. Langsam gewann er wieder die Kontrolle über sich.

»Nein, ich weiß nicht, was er in Estland wollte.«

»Woran hat er denn gerade gearbeitet? Darüber haben sie doch bestimmt gesprochen«, sagte Johanna.

»Nein, haben wir nicht. Tun wir nie. Jeder macht sein Ding und wenn es reif ist, sprechen wir darüber. Wir sind oft an Geschichten dran, die so verrückt sind, dass der andere nur sagen würde: Lass es, ist doch Blödsinn. Oder die Geschichten sind so heiß, dass jeder mehr, der davon weiß, in Gefahr ist. Wir reden nur über unsere Recherchen, wenn wir zusammen was machen. Das war im Moment nicht der Fall.«

»Überlegen Sie bitte«, bohrte Johanna weiter. »Hat er Namen genannt, Orte, Reisen?«

»Wir haben telefoniert, weil er auf Mallorca war. Ich sollte in seiner Wohnung die Blumen gießen.«

»Hä?«, wunderte sich Hauke.

»Ja. Er hat da so Orchideen. Keine Ahnung. Sind wohl empfindlich. Habe ich dann gemacht.«

»Hat er gesagt, was er auf Mallorca wollte?«

»Nicht viel. War mit ner reichen Tussi da, die war wohl für seine Geschichte wichtig.«

»Und hat er gesagt, wer die Tussi war?«, Johanna konnte sich nicht verkneifen, in die Aussprache die ganze Ablehnung für diese Bezeichnung zu legen.

»Nee. Wie gesagt. Da waren wir verschwiegen. Ich frag dann auch nicht.«

»Und hat er hier in Hamburg Kontakte gehabt, von denen Sie wissen?«

»Sie meinen eine Freundin, oder so? Glaube nicht. Er hat nur mal von einer Informantin gesprochen in seinem Fall, die er wohl toll fand. Hat sie dann wohl auch geknallt«, und mit Blick auf Johanna verbesserte er sich gekünstelt, »hat wohl eine Affäre mit ihr gehabt.«

»Name?«

»Keine Ahnung.«

»Vielleicht Monika Cassati?«, sagte Hauke.

Lessmann sah ihn entsetzt an: »Moment, ist das nicht die, die kürzlich an der Elbe gefunden wurde? Ey, scheiße, war das Joshis Informantin?«

»Sieht fast so aus.«

Der Journalist sackte auf dem Küchenstuhl zusammen und starrte Johanna an. Man konnte zusehen, wie er in seinem sicher von Fakten vollgestopften

Kopf nach Hinweisen suchte. Aber er fand offenbar nichts.

»Das ist irre, aber ich kann da nicht weiterhelfen. Ich habe keine Ahnung, woran er gearbeitet hat. Haben Sie sein Notebook?«

»Noch nicht«, sagte Johanna und Hauke wurde elend. Er musste Johanna endlich davon erzählen, dass Jule es hat.

»Na, das wird Ihnen auch nichts nützen. Joshi ist da, war da, echt paranoid. Der hat nichts auf der Festplatte behalten. Alles, was wichtig war, hat er in einer verschlüsselten Cloud gespeichert und E-Mails hat er meistens sofort wieder gelöscht. Sein Notebook ist vermutlich so leer wie das Hausaufgabenheft eines Achtklässlers.«

»Was war er für einer, der Joshua Tiemann?«, wollte Hauke wissen.

»Der Joshi war ein Guter. Die meisten von uns sind mit der Medienkrise aus den Redaktionen geflogen und schlagen sich seitdem notgedrungen als Freie durch. Der Joshi hatte seinen Job beim Spiegel irgendwann freiwillig gekündigt. Der wollte nur noch Geschichten machen, die ihn interessieren. Hat auf das gute Gehalt geschissen.«

»Was fällt Ihnen zu Estland ein?«

»Der nördlichste der baltischen Staaten, Hauptstadt Tallinn, solide Wirtschaftsentwicklung, EU-Mitglied seit, Moment, 1999. Leben in ständiger Angst davor, von Putin vernascht zu werden.«

Wikipedia ist nichts gegen den, dachte Hauke.

»Gut«, sagte Johanna unbeeindruckt, »aber im Zusammenhang auf Beiträge in ihrem Blog zum Beispiel oder Gespräche mit Joshua.«

»Nee. Hatten wir nicht, sorry.«

»Was ist das Netzwerk?«, fragte Hauke.

»Wie bitte?«

»Ach, kommen sie«, Johanna hatte keine Lust auf Spielchen, »so geheim kann das doch nicht sein. Jule Dethleffsen sprach von einem Recherchenetzwerk, mit dem Joshi arbeitete.«

Hauke erschrak. Wie konnte Johanna das passieren? Warum nannte sie den Namen der wichtigsten Zeugin? Hauke schaute auf ihre Astra-Flasche, die war fast leer.

»Ja, das Netzwerk. Nein, geheim ist das nicht. Aber es ist geheim, wer woran arbeitet.«

»Erzählen Sie, was ist das für ein Netzwerk?«

»Das ist schnell erzählt. Ein lockerer Verbund von Journalistinnen und Journalisten in ganz Europa, die sich gegenseitig helfen, wenn es um Recherchen über Grenzen hinweg geht.«

»Was ist die Klammer, was ist ihr gemeinsames Ziel?«, fragte Hauke.

»Ein antifaschistisches, gerechtes Europa, ohne Grenzen. Klingt einfach, ist es aber nicht.«

»Wie heißt das Ganze?«

»Das Netzwerk, the network, le reséau, el circuito, het netwerk. Die anderen Sprachen kann ich nicht.«

Hauke musste schmunzeln. Ihm gefiel dieser miesgelaunte Kerl. Rettete sich noch aus dem größten Horror mit Sarkasmus.

»Und in Estland?«, fragte Johanna.

»Keine Ahnung, aber da sitzen bestimmt auch Leute.«

»Wer ist in Estland?«, Johanna war nicht nach plaudern, sie wollte Informationen.

»Das weiß ich nicht. Muss ich nachsehen. Die Kontakte gehen über eine verschlüsselte Website. Dort startet man eine Anfrage, einen verschlüsselten Auftrag und da kann sich dann ein passender Kollege melden. Wir müssen höllisch aufpassen. Wir machen harte Geschichten, da geht es nicht um Klatsch und Tratsch. Unsere Leute in der Türkei sitzen im Moment fast alle im Knast.«

»Katerina Tönisson?«

»Sagt mir nichts. Soll Joshi mit der gearbeitet haben?«

Lessmann stand auf und ging aus der Küche, er gab ihnen ein Zeichen, zu folgen. Er öffnete die Tür zum zweiten Raum der Wohnung. Es war sein Schlafzimmer, wenn man den Blick auf das zerwühlte Bett richtete und sein Arbeitszimmer, wenn man die große Arbeitsplatte unter dem Fenster betrachtete. Auf der Platte standen Bildschirme, ein Notebook, externe Festplatten.

»Sie halten nichts von der Cloud, wie es scheint«, sagte Hauke.

»Ich stehe mehr auf eine ordentliche Verschlüsselung. Geschmackssache.«

An der Wand sah es aus, wie im Headquarter eines FBI-Sonderkommandos. An einer Styroporplatte hingen unzählige Fotos mit Nadeln angepinnt, die mit Wollfäden verbunden waren. Männer, Frauen, Autos, Häuser, eine Motoryacht. Dazwischen PostIt-Zettel mit handschriftlichen Notizen. Mittendrin das Foto einer Familie. Vater, Mutter, zwei erwachsene Kinder.

»Woran arbeiten Sie gerade?«, fragte Hauke.

Lessmann sah zu der Wand und grinste. »Nix. Das ist nur Deko.«

»Und was haben Sie jetzt vor?«, fragte Johanna.

»Ich will Ihnen nur zeigen, dass ich guten Willens bin. Ich öffne jetzt den verschlüsselten Chat und frage ins Netzwerk, wer gerade für Joshi in Estland arbeitet. Mehr kann ich nicht tun.«

»Gut«, sagte Johanna, »aber fragen Sie doch bitte, wer überhaupt gerade mit Joshi arbeitet. Nicht nur in Estland.«

Lessmann tippte schnell etwas herunter und stand wieder auf.

»Wie finanziert sich Ihr Netzwerk eigentlich?«, wollte Hauke wissen.

»Mehr schlecht als recht. Wir verkaufen unsere Geschichten an Medien, wenn sie denen nicht zu heiß sind. Wir bekommen Spenden. Auf unserem Blog gibt´s auch Werbung. Aber die bringt nicht viel ein. Wir sind sehr wählerisch, was die Kunden angeht.«

Lessmann brachte Hauke und Johanna zum Ausgang. Im Rausgehen fragte Johanna: »Warum sind Sie so misstrauisch der Polizei gegenüber? Das ist nicht verboten, was sie hier machen und wenn wir früher eingeschaltet würden, dann, wenn es gefährlich wird, könnten Joshua und Monika vielleicht noch leben.«

»Vielleicht, Frau Kommissarin. Aber wir haben auch zu oft die Erfahrung gemacht, dass ihre Kollegen aus Blödheit oder kriminellen Motiven unsere Recherchen gestört haben. Dieses Netzwerk wurde von Leuten mitgegründet, die Jahre, bevor die NSU-Morde als Naziterror entlarvt wurden, solche Zusammenhänge recherchiert hatten. Bei den Behörden haben sie damals nur auf Granit gebissen, wurden behindert und bedroht. Der Rest ist ja inzwischen bekannt. Wir sind misstrauisch. Ja. Nehmt´s nicht persönlich. Ihr seid vielleicht okay. Aber viele von euren Leuten sind es nicht.«

Hauke nickte kaum sichtbar und Johanna warf ihm einen vorwurfsvollen Blick zu.

»Danke, Herr Lessmann, wir melden uns. Und sie melden sich, wenn das Netzwerk antwortet.«

Kapitel 37

Jule saß im Mini ihrer Mutter und weinte. Sie hatte die volltrunkene Carmen ins Bett gebracht, ihren Autoschlüssel gesucht und dann das Auto. Bei der Parkplatzknappheit in dieser Gegend konnte das Auto weit weg vom Haus stehen. Ihre Mutter brauchte sie nicht zu fragen. Die fuhr glücklicherweise sehr selten mit dem Wagen und hatte sicher längst vergessen, wo er stand. Und sie hätte sich gewundert, dass Jule ohne Führerschein fahren wollte. Als ob das jetzt eine Rolle spielte.

Nach einer Viertelstunde hatte Jule den weißen Mini endlich um die Ecke in der Hansastraße gefunden. Sie wollte eigentlich zu Janine fahren, doch als sie die Autotür geschlossen hatte, als zum ersten Mal, seitdem sie die schreckliche Nachricht erhalten hatte, etwas Ruhe herrschte, war es aus ihr herausgebrochen. Bestimmt zwanzig Minuten saß sie nun schon da und explodierte förmlich vor Entsetzen und Trauer. Dann hatte sie sich wieder im Griff und startete den Motor.

Janine wartete schon, Jule hatte sich per Nachricht angekündigt. In ihren Armen weinte sie weiter, erzählte von Joshi und Mallorca und von ihrem großen Glück. Sie erzählte von ihrem Vater und diesem merkwürdigen Mann, der Joshi vertrieben hatte und offenbar Kontakte zur Polizei pflegte. Sie erzählte nicht, dass sie Joshis Notebook hatte. Das sollte vorerst ihr Geheimnis bleiben. Das Ding schien für die Polizei von Interesse zu sein. Warum auch immer. Sie würde es herausfinden. Noch lag es in ihrem Zimmer in der Wohnung ihrer Mutter unter dem Bett. Sie hatte schon versucht, es zu starten, doch es wurde ein Passwort abgefragt. Drei Versuche mit ihrem Geburtsdatum, Joshis Geburtsdatum und seiner Telefonnummer waren gescheitert.

Janine tat Jule gut. Sie redete nicht viel, streichelte sie einfach nur, machte ihr einen Vanilletee. Dann schlief Jule auf Janines Bett ein.

***

Kaum eine Stunde später war Jule wieder wach und entschlossen, der Sache mit Joshi weiter auf den Grund zu gehen. Es war inzwischen sieben Uhr und mit etwas Glück würde sie ihren Vater zu Hause antreffen.

Sie steuerte den Mini durch den dichten Freitagabendverkehr. Sie war in den letzten Monaten häufiger mit dem Wagen ihrer Mutter gefahren. Sie konnte Auto fahren, das hatte sie schon als Teenie auf Mallorca gelernt. Sie war noch nie von der Polizei angehalten worden.

Als Jule die Tür zur Villa ihres Vaters aufschloss, lief sie Butler Mario in die Arme.

»Hallo Jule«, sagte er freundlich. »Schön, dass du wieder da bist.«

Jule kannte Mario seit ihrer Kindheit. Sie mochte ihn und war fasziniert davon, wie er ihrem Vater ein perfekter Diener sein konnte, ohne dabei wie ein Lakai zu wirken. Er hatte Stolz und Selbstvertrauen. Es gab einen Haufen Sachen, die er nie tun würde, auch wenn der Alte es verlangte. Hundekacke aus den Sohlen von Kinderschuhen zu kratzen, gehörte zum

Beispiel dazu, daran erinnerte sich Jule, auch wenn es lange her war. Sie hatte es dann selbst tun müssen.

»Ist Papa da, Mario?«

»Im Wohnzimmer.«

Sie ging zügig durch die Halle und fand ihren Vater auf dem Sofa sitzend mit dem iPad auf dem Schoß, vor sich ein Glas mit Whiskey. Er las irgendwas. Aus den Lautsprechern klang leise irgendeine Jazzmusik.

»Guten Abend, Prinzessin. Schön, dass du da bist«, sagte er und legte das iPad auf den Tisch. »Bist du noch sauer?«

Jule streifte die Schuhe ab und zog die Beine aufs Sofa. Sie sah ihrem Vater lange in die Augen, wobei sie um einen möglichst neutralen Gesichtsausdruck bemüht war. Sie hatte diesen Auftritt genau geplant. Ihr erster Impuls war gewesen, auf ihren Vater zuzulaufen, sich vor ihn zu stellen und ihm die grauenhafte Neuigkeit ins Gesicht zu brüllen. Doch dann hatte sie etwas nachgedacht und eine andere Strategie entwickelt.

»Joshi ist tot«, sagte sie. Ganz ruhig. Fast tonlos. Ohne Zittern oder Schmerz in der Stimme. Sie verfolgte jede Regung im Gesicht ihres Vaters, jede Bewegung seines Körpers. Zunächst geschah nichts. Dethleffsen sah Jule genauso ausdruckslos an, wie sie ihn. Dann schien die Information endlich verarbeitet zu sein. Er riss die Augen auf, sein Kinn klappte herunter.

Jule kannte ihren Vater seit einundzwanzig Jahren. Sie hatte viel Zeit mit ihm verbracht und Momente großen Glücks und schlimme Tiefschläge erlebt. Sie hatte mitbekommen, wie er ihre Mutter immer und immer wieder angelogen hatte. Sie wusste, wann der kleine Mann spielte. Jetzt spielte er nicht. Die Information war neu und sie schockierte ihn.

»Was?«, fragte er schließlich.

Jule konnte jetzt nicht mehr an sich halten. Sie brach wieder in Tränen aus und ihr Vater nahm sie in den Arm. Sie ließ es geschehen. Ihr Bedürfnis nach Trost war stärker als ihre Wut.

»Ja«, schluchzte Jule, »er ist verbrannt. In einem Auto. Die Polizei glaubt, dass es Mord war.«

»Mord? Wieso? Wer sollte ihn ermorden? Jule, wenn du jetzt glaubst ...«

»Nein, Papa, glaube ich nicht. Aber sag mir jetzt die Wahrheit. Was sollte dieser Mann, der auf Mallorca war, für dich erledigen?«

Dethleffsen nippte an seinem Whiskey und sah seiner Tochter tief in die Augen.

»Jule, das habe ich dir doch neulich schon gesagt. Ich hatte nicht den Eindruck, dass dieser Joshi gut für dich ist. Aber ich hätte gar nichts unternommen. Du wärst schon allein dahintergekommen. Doch dann kam diese Sache mit der Entführung, da musste ich handeln.«

»Aber die Entführung war doch meine Idee«, schluchzte Jule, »Joshi wusste gar nichts davon.«

Butler Mario kam herein und fragte Jule mit einem Blick, ob sie etwas trinken wolle. Sie lächelte ihn an und schüttelte den Kopf.

»Mir war sofort klar, dass das keine echte Entführung war. Ich ging davon aus«, fuhr Dethleffsen fort, »dass dein Joshi das ausgeheckt hatte und wollte ihn ohne viel Aufsehen und ohne Polizei davon überzeugen, zu verschwinden. Siebold hatte von mir den

Auftrag, ihm Geld zu geben und dafür zu sorgen, dass er irgendwohin fliegt. Nur nicht nach Hamburg.«

»Und wieso ist er nach Estland geflogen?«

»Ich habe keine Ahnung. Es war seine Entscheidung. Er durfte sich das aussuchen.«

»Dort wurde er umgebracht. Wieso Estland?«

»Nochmal, Kind, ich weiß es nicht.«

Jule sah in die Ferne. Sie dachte nach.

»Stammt Ene nicht aus Estland?«, fragte sie schließlich.

»Ja. Ist aber schon seit frühester Kindheit in Deutschland. Die hat sicher nichts mit deinem Joshi zu tun.«

»Wo ist sie überhaupt? Habt ihr Streit?«

Dethleffsen lachte leise. »Nein. Sie musste geschäftlich weg. Rotterdam, glaube ich.«

»Am Wochenende? Papa, ruf sie bitte an und frag sie, ob sie von Joshi gehört hat.«

Widerwillig versuchte Dethleffsen, Ene Nestor auf ihren beiden Handys zu erreichen und hinterließ beide Male eine Nachricht.

»Sie wird mich zurückrufen. Aber glaube mir, Jule, sie kennt deinen Joshi nicht.«

Kapitel 38

Maxim saß an seiner Werkbank und baute das AK-74 nun schon zum dritten Mal auseinander und wieder zusammen. Das Spiel mit der perfekten Mechanik beruhigte ihn. Der matte Stahl fühlte sich gut an.

Er hatte eigentlich nicht viel zu tun. Das Lager war gut gefüllt und der nächste LKW erst in zwei Tagen zu beladen. So hätte er eigentlich Zeit, sich in der Hauptstadt mal ein bisschen auszuruhen. Er könnte etwas Gutes essen und trinken, ins Kino gehen, sich eine Frau nehmen. Was Männer so machen, wenn sie Zeit und Geld haben. Aber da war nun seit vier Tagen diese Frau im Keller. Er hatte sie mit einem dünnen Stahlseil an der Wand festgebunden. Das Seil gab ihr genug Bewegungsfreiheit und es war nichts in Reichweite, womit sie ihm gefährlich werden konnte. Das Schreien hatte sie auch nach einem halben Tag eingestellt. Es war ihr wohl klar geworden, dass aus einem Keller, in dem sonst Gewehre getestet werden, keine Geräusche nach außen dringen. Zweimal am Tag brachte er ihr Essen und Wasser. Einmal am Tag leerte er den Eimer, den er ihr hingestellt hatte. Immer, wenn er in den letzten Tagen nach unten gekommen war, hatte sie ihn angebrüllt, herumgezappelt, nach ihm getreten. Er war stets ruhig geblieben. Er befolgte nur die Anweisungen des Oberst. Und die hatten zunächst gelautet: festsetzen und am Leben halten.

Maxim hatte nichts gegen die Frau. Er fand sie sogar ganz nett. Jung, ganz hübsch. Aber sie war dem Oberst und ihrer Sache im Weg, sie würde ihnen die

Polizei auf den Hals hetzen und das konnte er nicht zulassen. Und so war es nicht verwunderlich, dass die neue Anweisung des Oberst, die schon vor Stunden auf Maxims iPhone erschienen war, schlicht lautete: verschwinden lassen.

Das klang so einfach, aber für Maxim war das schwer. Verschwinden lassen. Wie sollte er das machen? Irgendwo vergraben oder versenken? Ein See war nicht in der Nähe.

Und zuvor musste er sie töten. Eine kleine, wehrlose Frau. Maxim hatte viele Menschen getötet in seinem Leben. Er hätte nicht einmal ungefähr sagen können, wie viele. Fünf Jahre hatte er in Afghanistan gekämpft. Aber da war er jung. Und es ging gegen bewaffnete Männer. Diese Mudschaheddin waren fanatische Irre, Kamelficker mit Turbanen. Sie wurden damals von den Amerikanern mit besten Waffen versorgt. Wenn man die nicht sofort kalt machte, war man selbst fällig. Das war Krieg.

Er nahm die AK-74 und ging hinunter in den Keller. Das spärliche Licht hatte er wie immer angelassen. Die Frau saß apathisch an die Wand gelehnt und starrte vor sich hin. Er hatte sie nicht nach ihrem Namen gefragt. Er wollte ihn nicht wissen. Als sie Maxim kommen hörte, sprang sie auf und begann sofort wieder, ihn zu beschimpfen.

»Lass mich gehen, du Verbrecher. Sie werden dich sowieso kriegen. Und wenn du mir was tust, machst du es nur schlimmer.«

Sie sprach Estnisch. Maxim hasste diese Sprache. Sie erinnerte ihn daran, dass diese neue Nation ihn und Seinesgleichen immer noch als Nichtbürger betrachtete. Er hatte keinen Pass und in jedem Bereich des Lebens war er als Russe benachteiligt. Diese Frau sprach ganz gut russisch. Sie hatte ihn schon in seiner Muttersprache beschimpft und sie verstand ihn, wenn er Russisch sprach.

»Halt´s Maul«, murmelte er.

Doch sie gehorchte ihm nicht. Sie nervte wieder mit ihren Fragen.

»Was macht ihr mit den ganzen Waffen? Wohin verkauft ihr die? Nach Syrien? An europäische Faschisten? Auf jeden Fall werden damit unschuldige Menschen getötet. Ihr seid dafür verantwortlich.«

Maxim antwortete nicht. Er ging an den Schießstand, setzte die Ohrenschützer auf und lud das Gewehr durch. Langsam, Schuss für Schuss feuerte er das Zwanziger-Magazin auf die zehn Meter entfernte Zielscheibe ab. Natürlich traf er immer in die Mitte. Kein Kunststück auf diese Entfernung. Die Frau rollte sich zusammen und hielt sich die Ohren zu. Bei jedem Schuss zuckte sie zusammen. Dann rastete Maxim ein Hundertertrommelmagazin ein und zog durch. Patronenhülsen flogen durch die Luft, der Putz platze von der Kellerwand, blauer Rauch durchzog den Raum. Keine halbe Minute später war das Magazin leer. Maxim hatte von der enormen Rückschlagskraft des AK-74 ein taubes Kribbeln in Schultern und Armen. Aber er entspannte sich.

Er nahm das leere Magazin ab und steckte ein neues Dreißiger ein. Dann drehte er sich zu der Frau um. Ihr herausfordernder Blick war einer angstverzerrten Fratze gewichen. Sie bebte am ganzen Körper, ihre rissigen Lippen versuchten, etwas zu sagen, doch es war nicht zu verstehen. Maxim ging auf sie zu.

Kapitel 39

Jule hatte die Nacht im Haus ihres Vaters verbracht. Das hatte verschiedene Gründe. Zum einen, weil sie einfach völlig erschöpft war. Aber auch, weil sie da sein wollte, wenn Ene sich meldete. Doch von ihr kam nichts.

Am Samstagmorgen realisierte Dethleffsen erst, dass seine Tochter mit dem Auto ihrer Mutter unterwegs war. Ohne Führerschein. Dafür fehlte ihm jedes Verständnis. Er forderte Butler Mario auf, das Mädchen und das Auto in die Brahmsallee zu bringen. Noch während der Fahrt orderte Mario ein Taxi zu Carmens Adresse, das ihn zurück nach Blankenese bringen würde.

Mario fand natürlich vor dem Haus keinen Parkplatz, er fuhr einmal um den Block und parkte dann eher halblegal an einer Straßenecke. Als sie am Haus ankamen, war das Taxi schon da. Das war Jule nur recht. Sie hatte keine Lust auf Smalltalk mit Mario. Und zu ihrer Mutter wollte sie ihn auf keinen Fall mit hineinnehmen.

Jule sah dem Taxi noch gedankenverloren nach, als sie plötzlich neben sich eine Männerstimme hörte.

»Jule?« Sie zuckte zusammen.

Der Kerl war vielleicht so alt wie ihr Vater und sah ein bisschen aus wie ein Penner. Jeans, T-Shirt, Hoodie. Unrasiert. Er roch nach Tabak. Noch bevor sie antworten konnte, sprach er weiter.

»Ich bin ein Freund von Joshi. Ich muss mit dir reden.«

»Was ist denn mit Joshi?«, fragte Jule, um den Mann zu testen.

»Joshi ist tot. Er wurde in Estland ermordet.«

Jule versetzte diese Information einen Stich, als würde sie sie zum ersten Mal hören. Ganz glauben konnte sie es immer noch nicht.

»Ich weiß. Aber woher weiß ich, dass Sie nicht darin verwickelt sind? Woher weiß ich, dass Sie wirklich ein Freund sind?«

»Glaub mir. Ich heiße Rainer Lessmann und bin im gleichen Recherchenetzwerk wie Joshi. Wir sollten zusammenarbeiten.«

Das reichte nicht, um Jules Misstrauen zu zerstreuen.

»Woher wissen Sie, dass ich Joshi kenne? Und wie haben Sie mich gefunden?«

»Die Polizei war bei mir. Da fiel dein Name. Und die Adresse deiner Mutter ist online leicht zu finden.«

»Kommen Sie kurz mit rein. Hier draußen will ich nicht reden. Aber wundern Sie sich nicht. Meine Mutter ist, nun ja, speziell.«

Sie führte den fremden Mann durchs Treppenhaus zu Carmens Wohnung.

»Kannst ruhig du sagen«, sagte Rainer.

Carmen Dethleffsen war nicht zu sehen, als sie die Wohnung betraten. Jule führte Rainer in ihr Zimmer und sah nach ihrer Mutter. Die lag in ihrem Bett und schlief. Jule ging ganz nah mit ihrem Gesicht an das ihrer Mutter. Rötliche Haut, große Poren, sie sah krank aus. Und sie roch nach Ammoniak. Aber sie atmete.

Als Jule wieder in ihr Zimmer kam, saß Rainer am Schreibtisch und fummelte an seinem Handy herum. Jule setzte sich auf ihr Bett.

»Woran hat Joshi denn gearbeitet?«, fragte sie ohne lange Vorreden.

»Das hat er dir nicht erzählt? Habt ihr nicht seit Wochen zusammen abgehangen? Ich dachte, du wärst eingeweiht.«

»Nein.«

»Naja, irgendwie auch logisch. Du hättest das vermutlich nicht witzig gefunden.«

»Was hätte ich nicht witzig gefunden? Mann, red mal Klartext bitte.«

Rainer dreht sich auf dem Bürostuhl zu ihr um.

»Okay. Irgendwann musste du es ja erfahren. Joshi war deinem Vater auf der Spur. Der ist – mutmaßlich – in Waffenschmuggel verwickelt.«

Jule brauchte eine Zeit, um das gerade Gehörte zu verarbeiten.

»Waffenschmuggel? Mein Vater? Spinnst du?«

Rainer beantwortete diese Frage nicht, sondern sah sie nur an.

»Mein Vater, Rainer, ist ein Pfeffersack, einer, der auf seinen Schiffen Filipinos ausbeutet und mit diesen Dreckschleudern die Umwelt verpestet. Das ist schlimm genug, aber alles legal. Waffenschmuggel? Der ehrenwerte Herr Dethleffsen? Nein. Mein Vater hat auch so genug Geld, der muss nicht kriminell werden.«

Sie konnte sich ihren Vater wirklich nicht als Gangster vorstellen. Aber viel mehr noch beschäftigte sie die Frage, was Joshi von ihr gewollt hatte. War sie also am Ende nur eine Informantin für ihn gewesen? Hatte er sie angebaggert, um so an ihren Vater ranzukommen? Das würde erklären, wieso er nicht nach Mallorca gewollt hatte. Und es würde erklären, warum er nie mit ihr über seine aktuellen Recherchen gesprochen hatte.

»Woher willst du das überhaupt wissen?«, fragte sie schließlich. »Ich denke, ihr seid alle so verschwiegen.«

»Joshi hatte was angedeutet. Mehr aber auch nicht.« Er beugte sich vor und sah Jule streng an. »Jule, hast du Joshis Notebook? Oder sein Handy?«

Das Notebook, na klar, dachte Jule. Das Ding schien ja wahnsinnig interessant zu sein. In diesem Moment saß sie buchstäblich auf dem Gerät, aber durfte sie es diesem Rainer geben?

»Nein. Das hat er sicher bei sich gehabt.«

»Die Polizei hat nichts bei ihm gefunden. Dann ist es wohl noch auf Mallorca. Da hat er es ja bestimmt dabeigehabt, oder?«

»Kann sein.«

»Überleg mal, Jule. Estland. Tallinn. Hatte Joshi davon gesprochen?«

»Nein. Bei Estland fällt mir nur die Geschäftspartnerin meines Vaters ein. Die stammt von da. Ist aber schon als kleines Kind nach Deutschland gekommen.«

»Könnte aber doch kein Zufall sein, vielleicht ist die ...«

»Jetzt hör auf, Rainer. Wenn mein Vater schon kein Waffenschieber sein kann, dann Ene erst recht nicht. Die ist eine Heilige. Mein Vater hat sie mal Mutter Teresa in Prada genannt. Hamburger Tafel, Flüchtlingshilfe, Kinderkrebsklinik, irgendwelche Schulen in

Afrika, Ene hat alle Bedürftigen in ihr schönes Herz geschlossen.«

»Jule, wir brauchen das Notebook. Da hat Joshi wichtige Daten gespeichert. Und wenn nicht, dann komme ich darüber bestimmt in seine Cloud.«

»Ich weiß nicht, wo es ist«, sagte Jule und war sich schon nicht mehr so ganz sicher, ob das die richtige Strategie war.

»Und was machen wir jetzt?«, fragte Jule.

»Ich fahre jetzt in Joshis Wohnung und sehe mich da mal um.«

»Ich komme mit«, sagte Jule und sprang auf. Sie musste jetzt an Rainer dranbleiben. Sie musste verhindern, dass der Journalist den Verdacht gegen ihren Vater öffentlich machte, bevor er keine hundertprozentigen Beweise hatte. Und sollte Andreas Dethleffsen tatsächlich ein Waffenschmuggler sein, wollte sie die Erste sein, die ihn dafür an den Pranger stellte.

Sie gingen leise durch den Flur, doch zu spät: Carmen war aufgewacht und stand in einem seidenen Morgenmantel vor ihnen. Ihre glasigen Augen musterten Rainer.

»Wer ist der Mann, Jule?«, lallte sie.

»Ein Freund von Joshi. Er will mit mir die Trauerfeier besprechen.«

Carmen stellte sich dicht vor Rainer.

»Ja, die Trauerfeier. Das ist alles so traurig, finden Sie auch, oder?«

Rainer nickte verlegen.

»Die Jule hat ihn echt geliebt den Joshi. Und die Jule ist ein Engel. Wen Jule liebt, der kommt in den Himmel.«

Jule sah von ihrer Mutter zu Rainer und bemerkte Tränen in seinen Augen. Er schluckte.

»Das ist gut«, sagte Rainer zu Carmen. »Der war nämlich ein feiner Kerl, der Joshi.«

Jetzt kamen auch Jule die Tränen. Sie zog Rainer am Arm zurück in ihr Zimmer. Carmen stand einen Moment starr im Flur und stapfte dann ins Wohnzimmer.

»Okay, Rainer, ich will dir vertrauen. Ich weiß mir auch allein nicht zu helfen. Du musst mir aber eins versprechen.«

Rainer sah sie erwartungsvoll an.

»Mein Vater taucht in deiner Geschichte nur auf, wenn du absolut perfekte Beweise hast.«

»Okay.«

Jule legte sich vor ihrem Bett auf den Bauch und zog das Notebook hervor. Rainer sah sie mit einem Ausdruck an, der wortlos sagte: Wusste ich doch.

Er klappte das Gerät auf und sofort erschien das Eingabefeld für das Passwort.

»So weit war ich auch schon«, sagte Jule.

Rainer gab ein paar Zeichen ein, die sich nicht lesen konnte. Sie wurden nur als Punkte dargestellt. Die Eingabezeile wackelte und es erschien die Meldung: *falsches Kennwort*. Rainer gab wieder Zeichen ein. Er sah sich im Raum um, als würde er etwas suchen. Beim dritten Versuch war er durch. Es erschien der Startbildschirm. Ein Foto eines Mannes mit komischem rötlich-blondem Bart und langen blonden Haaren. Er trug einen hässlichen braunen Bademantel, Plastiksandalen und hatte ein Glas in der Hand. In dem einfachen Wohnraum, in dem er stand, vollführte er irgendeine ungelenke Tai-Chi-Übung.

»Wer ist das?«, fragte Jule, sie fand den Kerl auf den ersten Blick unangenehm.

Rainer schmunzelte. »Das ist der Dude.«

Jule sah ihn verständnislos an.

»Jeff Lebowski, genannt The Dude. Aus dem Film The Big Lebowski. Das war Joshis Lieblingsfilm.«

Hatte sie je mit Joshi über Filme gesprochen, fragte sich Jule. Vermutlich nicht. Sie hatte auch Lieblingsfilme. Avatar zum Beispiel, oder Der Herr der Ringe.

»Und wie bist du hinter das Passwort gekommen?«

»Joshi hat mir sein Prinzip verraten. Das ist besser, als wenn er mir sein Passwort sagt, weil er es so immer ändern kann und ich trotzdem eine Chance habe, dahinter zu kommen.«

»Und wie ist das Prinzip?«

Rainer schluckte. Er wollte nicht so richtig damit rausrücken.

»Sag schon.«

»Ganz einfach. Der Vorname der Frau, die gerade den Mittelpunkt seines Lebens darstellt und ihr Geburtsdatum. Verkehrtherum.«

»Und?« Jule sah Rainer an, sie glühte innerlich. Dieser Mann war in den letzten Minuten zu ihrem Komplizen geworden. Das spürte sie klar und deutlich. Dieser unscheinbare, müffelnde alte Mann war ihr letzter Anker. Sie musste sich in seine Obhut begeben.

»Sag. Welches Passwort ist es.«

»Jule970322«

Sie konnte sich nicht mehr zusammenreißen. Sie schluchzte hemmungslos. Laut, von Krämpfen geschüttelt. Rainer setzte sich neben sie aufs Bett und nahm sie in den Arm. Sie weinte in seinen nach Schweiß und Rauch riechenden Hoodie.

Carmen Dethleffsen stecke ihren hochroten Kopf durch die Tür.

»Mein Engel, was ist mit dir?«

Jule sah auf und noch bevor sie etwas sagen konnte, hatte Rainer Carmen mit einer lässigen Handbewegung des Raumes verwiesen.

»Woher kennst du eigentlich mein Geburtsdatum?«, fragte Jule, als sie sich wieder einigermaßen im Griff hatte.

Rainer lächelte triumphierend.

»Da oben an der Wand hängt eine Urkunde. Du hast wohl irgendwas im Tennis gewonnen. Da steht´s drauf.«

»Und wer waren die ersten beiden Versuche?«

»Der erste war seine Ex-Frau. War klar, dass das nicht klappt.«

»Joshi war geschieden?«

»Ja. Und beim zweiten Versuch hatte ich mich nur vertippt. Ich hatte Joshi statt Jule eingeben.« Er schluckte.

Sie kam mit dem Notebook an diesem Abend nicht mehr viel weiter. Es waren keine Daten zu finden, die irgendetwas mit der Waffensache zu tun haben konnten.

Rainer beschloss, das Gerät mitzunehmen und es weiter zu versuchen. Dann fuhren sie zu Joshis Wohnung.

Unterwegs bekam Jule eine Nachricht.

Jule, ich weiß, dass du das Notebook von Joshi hast. Bring es schnell zur Polizei. Heute noch. Es ist zu gefährlich für dich. Hauke Siebold.

Sie drückte die Nachricht weg.

»Was war das?«, fragte Rainer.

»Ach nichts, ne Freundin.«

Kapitel 40

Hauke war von Johanna an diesem Samstagnachmittag in ihr Behelfsbüro gebeten worden, um ihr noch einmal in jedem Detail seine Recherchen rund um Joshi zu erklären. Sie konnte sich einfach nicht vorstellen, dass der Kerl nicht noch irgendetwas hergab, was sie weiterbrachte.

Hauke hatte weiterhin keine Absicht, Johanna von Martha zu erzählen. Es war ihm peinlich, klar. Aber da war auch noch etwas anderes. Er wollte Johanna gegenüber nicht den Eindruck erwecken, dass er gebunden sei. Martha war weit weg. In jeder Hinsicht. Hauke wollte für Johanna verfügbar bleiben. Wenn er genauer darüber nachdachte, war das natürlich Blödsinn. Johanna würde sich nicht mehr mit ihm einlassen. Aber so tickte der Mann Hauke nun mal. Der Polizist Hauke konnte nicht aufhören, über Jules Lüge mit dem Notebook zu grübeln.

»Ich glaube der Prinzessin nicht, dass sie Joshis Computer nicht mitgenommen hat, Johanna«, sagte er bestimmt.

»Warum sollte sie uns das verschweigen?«

»Vielleicht, weil sie seine Arbeit vollenden möchte.«

»Na gut. Dann werde ich sie noch mal etwas heftiger bearbeiten müssen.«

In diesem Moment ging auf Johannas Bildschirm ein Fenster auf. Johanna las die Informationen, klickte auf ein paar Links.

»Die Kollegen aus Estland haben eine Spur. Das Handy dieser Tönisson war ein paar Tage vor ihrem Verschwinden in einem Dorf irgendwo auf dem Land eingeloggt gewesen. Sie können sich aber nicht ganz erklären, was sie da wollte. Da ist nichts, was von Interesse wäre, sagen die Esten. Sie hat dort aber wohl einen ganzen Tag verbracht, ohne zu telefonieren. Am Ende hatte sie eine Textnachricht verschickt, die bekommen die Kollegen aber nicht so schnell.«

»Wie heißt der Ort?«, fragte Hauke.

Johanna sah ihn verwundert an, dann sah sie wieder auf den Bildschirm. »Kalesi.«

Hauke drängte Johanna zu Seite und übernahm ihren Computer. Er öffnete im Webbrowser GoogleMaps und fand den Ort. Er zoomte näher und es öffnete sich neben der Kartendarstellung eine Leiste, die Unternehmen in diesem Ort zeigte.

»Was ist denn los in Kalesi?«, murmelte er. »Also da ist ein Reiterhof. Ist diese Katerina Reiterin?«

Johanna zuckte mit den Schultern.

»Hier, ein Unternehmen der ABB-Gruppe, irgendwelche technischen Anlagen, eine Waldorfschule gibt es auch. Und diese Firma hier heißt Perfekts Maja. Die machen Fertighäuser.«

Er klickte auf den Link. Die Website des Unternehmens wirkte modern und professionell. In einer Slideshow wanderten einfache, aber schöne Einfamilienhäuser über den Bildschirm.

Hauke sah Johanna an. Er dachte nach. Sie wartete gespannt auf eine Erkenntnis.

»Das letzte Mal, als ich von Fertighäusern gehört habe, war ich bei Dethleffsen im Büro, als die mir diese Containerschule erklärt haben«, sagte Hauke.

»Habe ich ja auch gesehen, dieses Modell. Aber ist das nicht etwas weit hergeholt? Totaler Zufall, dass in diesem Ort so ein Unternehmen ist. Wo werden die Teile für die Schulen denn gefertigt?«

»Keine Ahnung. Aber vermutlich nicht in Deutschland. Da sucht man sich was Billigeres.«

»Ich weiß nicht, Hauke. Auf jeden Fall haben sie da keine Hinweise gefunden. Vorher waren sie in der Gegend, wo das Handy zum letzten Mal Kontakt mit dem Netz hatte. Auch mitten in der Pampa. Nichts Verdächtiges, nur eine Werkstatt für Landmaschinen.«

»Zwischen den Orten muss es eine Verbindung geben und wir sollten die Kollegen dringend bitten, noch mal genauer nachzusehen.«

Johanna nahm den Telefonhörer auf und wählte die Nummer des estnischen Kollegen.

***

Hauke hatte noch ganz andere Sorgen. Er konnte nur noch wenige Tage in seiner Studenten-WG bleiben, dann brauchte er eine neue Unterkunft. Es war natürlich wieder zu spät für eine entspannte Lösung. Eine weitere WG schloss er kategorisch aus. Eine Anfrage auf seine Housesitter-Anzeige war auch nicht gekommen. Die Anzahl der Optionen lag aktuell bei Null. Er würde wohl ein paar Nächte in ein billiges Hotel oder ein AirBnB-Zimmer gehen müssen, bis sich wieder etwas Günstigeres auftat. Geld hatte er ja. Auch, wenn er vermied, an die fünfundzwanzigtausend Euro zu denken, die er ständig in seiner Jacke bei sich trug. Er würde sie irgendwann noch brauchen.

Sein Handy klingelte.

»Martha hier, hallo Hauke.«

Sie sagte es in einem Ton, als würde sie ihn täglich mehrmals anrufen. Beiläufig. Hauke hätte das ganze Geld, an das er eigentlich nicht denken wollte, darauf verwettet, dass sie sich nicht so schnell wieder melden würde. Wenn überhaupt. Er hatte in den vergangenen Tagen häufig an sie gedacht, aber er hätte sie nicht angerufen. In seinem Alter läuft man einer Frau nicht mehr hinterher. Aber er freute sich. Sehr sogar. Es war gar nicht so einfach, das zu verbergen.

»Hey, Martha, wie geht´s?« Klang das cool? Er wusste es nicht.

»Gut, danke. Ich bin in Hamburg. Können wir uns sehen?«

Das kam jetzt noch viel überraschender. So gerne er sie sehen wollte, er hatte nicht die geringste Ahnung, wo. Schließlich konnte er sie nicht in seine Studenten-WG einladen. Wie sollte er nun die Legende des wohlhabenden Architekten aufrechterhalten? Oder sollte er ihr die Wahrheit sagen? Jetzt war doch alles egal. Jule war bei ihrem Daddy und mit Joshis Schicksal musste er sie ja nicht sofort behelligen. Das würde nur die Stimmung trüben.

»Ja, äh, klar, gerne«, stammelte er und sah sich auf der Straße um, als ob dort irgendwo eine Lösung zu erwarten wäre. »Wann?«

»Am liebsten sofort. Komm du doch am besten zu mir. Ich muss noch auf einen Makler warten. Ich will die Wohnung verkaufen. Wenn der da war, können wir irgendwo essen gehen.«

Sie gab ihm die Adresse. Hauke freute sich wie ein Teenager. Der tote Joshi, die verrückte Jule, der verdächtige Dethleffsen, alle waren vergessen. Jetzt zählte nur noch Martha. Er ging zügig in seine WG, duschte und zog sich ein paar von den Sachen aus Mallorca an. Dann rief er ein Taxi und ließ sich in die HafenCity fahren. Die Adresse Dalmannkai hatte er erst für einen Scherz gehalten. Im Schatten der Elbphilharmonie gab es nur allerfeinsten Wohnraum.

Der Fahrer setzte ihn kurz vor den Marco-Polo-Terrassen ab und er ging das letzte Stück zu Fuß am Grasbrookhafen entlang. Es war ein traumhafter Spätnachmittag, immer noch fast dreißig Grad. Touristen schoben sich in Scharen durch den spektakulären neuen Stadtteil und machten Selfies mit der Elbphilharmonie im Hintergrund. Hauke sah Martha schon von Weitem auf dem Balkon eines dunkelroten Backsteinhauses stehen. Als sie ihn entdeckte, strahlte sie. Sie sah hinreißend aus. Hauke musste sich bemühen, nicht schneller zu gehen.

Ihre Wohnung war ein Traum. Sie hatte zwei Etagen und eigentlich nur zwei Räume. Ein Wohnbereich mit offener Küche und darüber ein riesiges Schlafzimmer mit Bad. Typisch für Singles mit viel Geld und dem ein oder anderen weiteren Wohnsitz, dachte Hauke.

Sie umarmte ihn, küsste ihn. Erst freundschaftlich, dann leidenschaftlich. Wahnsinn, dachte Hauke, was will diese Frau von ihm?

Sie erzählte, dass sie die Wohnung vor vier Jahren gekauft habe und kaum dort sei. Die Lage sei mal toll gewesen, aber inzwischen nervten sie die vielen Touristen. Ihre Heimat sei inzwischen Mallorca, wenn sie mal Sehnsucht nach Hamburg habe, könne sie auch ins Hotel gehen.

»Oder ich komme zu dir, Hauke.«

Sollte er jetzt den Vorhang aufziehen? Würde sie mit einem bettelarmen und obdachlosen Ex-Bullen immer noch ins Bett gehen? Hauke wollte es noch nicht darauf ankommen lassen.

Irgendwann klingelte es und ein schleimiger Makler forderte Marthas ganze Aufmerksamkeit. Hauke ging auf den Balkon und genoss die Aussicht.

Später saßen sie in einem italienischen Restaurant nur ein paar Fußminuten von Marthas Wohnung entfernt und sahen sich tief in die Augen.

»Ich habe gestern mit meinem Freund Andreas Dethleffsen gesprochen, weiß du, mein Nachbar in Port de Pollença.«

Hauke nickte.

»Du hast seine Tochter kennengelernt. Jule.«

»Die, der der Lover ausgebüxt ist?«

»Ja, genau die«, sagte Martha ernst. »Aber dieser Lover ist tot.«

Hauke wusste, dass er kein guter Schauspieler war, aber er gab sich Mühe.

»Was? Hat sie ihn umgebracht, oder was?« War es klug, jetzt witzig sein zu wollen?

»Sicher nicht. Er ist in Estland in einem Auto verbrannt.«

»Von Mallorca nach Estland? Hatte er einen Unfall?«

»Die Polizei vermutet wohl, dass er ermordet wurde.«

Hauke schwieg einen Moment. Als argloser Architekt, der er war, brauchte er einige Zeit um schreckliche Nachrichten wie diese zu verarbeiten.

»Und, hast du schon mit dem Mädchen gesprochen?«

»Nein. Ich möchte sie nicht einfach anrufen. Und besuchen möchte ich sie auch nicht, da sie bei ihrer Mutter wohnt. Der möchte ich auf keinen Fall begegnen.«

Hauke ging das Notebook nicht aus dem Kopf.

»Musstest du ihr nicht noch ein paar Sachen nachbringen? Die ist doch ziemlich zügig abgehauen. Da hat sie doch sicher noch Sachen vergessen.«

»Nein. Ich habe nichts mehr von ihr gehört seitdem. Sie wusste auch nicht, dass ich nach Hamburg komme. Das habe ich sehr spontan entschieden.«

»Wegen des Maklers«, sagte Hauke und legte seine Hand auf den Tisch.

»Ja, Hauke, auch wegen des Maklers«, entgegnete sie und legte ihre Hand auf seine.

Kapitel 41

Arto Rauno hatte sich erst nicht viel davon versprochen, noch mal nach Järvi zu fahren, um dort nach der verschwundenen Katerina Tönisson zu suchen. Klar, ihr Handy war dort zuletzt eingeloggt gewesen, aber in dem unscheinbaren Nest hatte es nicht die geringsten Anhaltspunkte gegeben, was die Tönisson dort gesucht haben könnte. Doch die nette deutsche Kollegin hatte so genervt, dass er einfach noch mal von vorne angefangen hatte. Zunächst hatte er die Wohnung der Tönisson in der Innenstadt von Tallinn erneut auf den Kopf gestellt und unter einem Mülleimer in der Küche eine einfache Visitenkarte gefunden. Sie war von einem Reparaturbetrieb für Landmaschinen in Järvi. Das war besser als nichts und so fuhr er nun an diesem sonnigen und für estnische Verhältnisse heißen Montagmorgen mit drei Fahrzeugen und sechs Beamten an der kleinen Ortschaft vorbei zu dem Waldstück, hinter dem die Werkstatt liegen sollte.

Sie kamen zu einer großen Halle. Auf dem Platz davor standen Traktoren und andere Landmaschinen. Das Tor zur Halle stand offen. Drei Männer kamen aus der Halle, neugierig, was denn die Polizei bei ihnen wolle.

Arto fragte nach dem Chef der Werkstatt und hatte ihn auch gleich vor der Nase. Ein alter, ungepflegter Kerl, dem die Dummheit deutlich ins Gesicht geschrieben stand. Er hatte diese rotzfreche Art der Leute, die öfter mit der Polizei zu tun haben und cool und unantastbar wirken wollen. Er wusste nichts von einer jungen Frau und seine Bemerkung, dass sich nur alte Bauern in seine Halle verlaufen würden, leider, wurde von seinen Leuten mit Lachern belohnt.

Die Polizisten sahen sich in der Halle um und schritten auch die Außenwände ab. Das Schwierigste war: Sie wussten überhaupt nicht, wonach sie suchen sollten. Um Landmaschinen wird es dieser Tönisson nicht gegangen sein. Aber worum dann? Hatte diese Halle ein Geheimnis?

»Chef!«, rief Paul, ein junger Beamter, der noch nicht lange bei Artos Team war. »Kommen Sie mal.«

Er stand neben der Halle, mit gut zehn Metern Abstand und fixierte die Außenwand.

»Was denn, Paul?« Arto stellte sich neben ihn.

»Sehen Sie mal, Chef, da stimmt was nicht. Entweder ist das eine verrückte optische Täuschung, oder die Halle ist außen größer als innen.«

Arto sah lange auf die Außenwand, dann lief er wieder zur Vorderseite der Halle und sah hinein. Schließlich kehrte er zu Paul zurück.

»Sie haben Recht. Aber an der Rückwand war keine Tür, oder so. Da war die Halle zu Ende.«

Sie liefen beide zur Rückwand der Halle. Über sein Funkgerät orderte Arto zwei weitere Kollegen dorthin und verlangte den Vorarbeiter.

Als der eintraf, glotzte er nur dämlich auf die Hallenwand. Auf die Frage, was da sei und wie man da hineinkomme, zuckte er nur mit den Schultern. Erst drohte Arto, dann machte er Versprechungen für mildere Behandlung, aber der Mann blieb stumm.

Auf Artos Zeichen gingen die Beamten näher an die Rückwand. Dort waren alte Paletten und Bretter aufgestapelt, ein Haufen Müll. Sie begannen, das Zeug

Stück für Stück zu entfernen, rissen sich Splitter in die Finger. Arto forderte den Vorarbeiter auf, zu helfen, doch der stand stur auf einem Fleck. In seinem alten, ölverschmierten Gesicht war schwer abzulesen, was er empfand. Angst? Gleichgültigkeit?

Als Arto zusammen mit Paul eine große, halbverfaulte Sperrholzplatte mit Kraft zur Seite schieben wollte, hörten sie ein Geräusch. Ein metallisches Schnarren. Das Durchladen einer Waffe. Dann kam eine Salve. Zehn, vielleicht fünfzehn Schuss aus einer Kalaschnikow, das war unüberhörbar.

Arto und Paul liefen in den Wald und versteckten sich hinter Bäumen. Sie behielten die Hallenwand im Auge. Arto zischte ein paar Befehle ins Funkgerät und schon kamen zwei der Fahrzeuge angerast. Die Männer verschanzten sich hinter den Autos und legten Schutzwesten und Helme an. Im Kofferraum eines Wagens waren auch ein paar schwere Waffen. Keine Kalaschnikows, die waren bei der estnischen Polizei lange nicht mehr im Einsatz. Man setzte inzwischen auf die deutschen SIG Sauer-Waffen.

An der Rückwand der Halle war es nach der ersten Salve still geblieben. Arto ließ sich den Vorarbeiter bringen und bearbeitete ihn mit Fragen und Drohungen. Was er aus ihm rausbekommen konnte war, dass dort jemand drin sei. Das hatte Arto schon selbst bemerkt. Doch wer und ob er allein war, konnte der Vorarbeiter nicht sagen. Es war also ratsam, sich auf ein paar gut bewaffnete Leute einzustellen. Verstärkung war angefordert, aber die würde sicher eine Stunde oder mehr brauchen. Hier in dieser Einöde waren keine Spezialeinheiten verfügbar, die mussten aus der Hauptstadt kommen.

So lange wollte Arto nicht warten. Er fasste Paul am Arm. Der junge Mann machte auf ihn einen mutigen und gleichzeitig besonnenen Eindruck. Arto deutete ihm an, dass er sich von links dem Müllstapel nähern solle, Arto würde von rechts kommen und der Rest der Truppe müsste hinter den Fahrzeugen Feuerschutz geben. Arto wollte unbedingt in diese Halle.

Auf Artos Zeichen rannten Paul und er selbst quer über den Platz hinter der Halle auf die linke und rechte Ecke zu. Arto war fast angekommen, da ging wieder eine Salve los. Die Geschosse schlugen nicht weit von ihm entfernt in den Boden. Dreck und Steine flogen umher. Kurz hatte Arto hinter dem Bretterstapel einen matt glänzenden Gewehrlauf gesehen und ein Mündungsfeuer. Doch nun hatte sich der Schütze wieder zurückgezogen.

Arto feuerte mit seinem Gewehr auf den Stapel, dorthin, wo er einen Eingang vermutete. Kurz darauf kam eine Salve aus der Halle zurück. Paul, an der anderen Ecke, verstand und schlich sich gebückt, den Rücken eng an die Wand gedrückt, näher an den Stapel. Das blieb offenbar unbemerkt. Arto feuerte und wieder kam die Antwort nur in seine Richtung. Das ließ auf nur einen Schützen schließen. Der Kerl in der Halle war allein.

»Komm raus«, brüllte Arto. »Wir haben dich sowieso. Du hast keine Chance.«

Es passierte nichts. Aber es kam auch keine Salve mehr.

Dann, plötzlich, setzte sich der Müllhaufen in Bewegung und schob sich langsam auf Arto zu. Der Haufen gab Arto Schutz, ließ den Kollegen Paul aber ohne Deckung. Der warf sich nun auf den Bauch, um der erwarteten Salve zu entgehen. Arto sprang um den Müllhaufen, der offenbar ein Tor war, herum, um den Kollegen zu sichern. Doch es kam keine Salve.

In einer Toröffnung stand ein Mann. Ende Fünfzig, dick, mit einem Blaumann bekleidet und einer Kalaschnikow aufrecht in der rechten Armbeuge. Im linken Arm hielt er eine junge Frau. Hände und Füße waren gefesselt, sie zitterte, sah die Polizisten panisch an.

»Haut ab, dann passiert ihr nichts«, brüllte der Mann und hielt der jungen Frau den Lauf des Gewehrs unters Kinn.

Arto wog blitzschnell seine Optionen ab. Und zahlreiche Lehrgänge zu Terrorabwehr und Geiselnahme, die er in den letzten Jahren absolviert hatte, erwiesen sich dabei als hilfreich.

Der Mann war allein. Kein Zweifel. Und er hatte die Frau nun eine Woche lang gefangen gehalten. Er hatte sie mit Essen und Trinken versorgt, sie beim Toilettengang bewacht. Sicher hatte er mit ihr gesprochen. Hatte er sie vergewaltigt? Gut möglich. Er sah aus wie einer, der sowas tut. Aber er hatte sie nicht getötet. Vermutlich, weil er keinen Befehl dazu hatte. Oder Skrupel. Und darum würde er sie auch jetzt nicht töten. Arto sah Angst in den Augen des Mannes, nackte Angst. Das war gefährlich. Aber auch eine Chance.

»Mikka, hast du ihn?«, rief Arto laut in den Wald, ohne den Blick von dem Mann mit der Kalaschnikow zu wenden. Er hatte nicht die geringste Ahnung, wo sich der Kollege gerade befand und ob er das Gewehr mit der Laserzieleinrichtung im Anschlag hatte.

»Ja, Chef. Ich bin bereit.«

Es funktionierte. Der Mann zögerte einen Moment, ließ schließlich die Kalaschnikow fallen, schubste die Frau von sich und hob die Hände.

»Nein, nicht schießen«, rief er.

Zwei Kollegen rannten zu ihm und legten ihm Handschellen an, zwei weitere suchten schnell und vorsichtig die Halle nach weiteren Personen ab.

»Es ist niemand mehr drin«, rief die junge Frau. Sie lag verkrümmt am Boden, an der Stirn hatte sie von dem Sturz eine kleine Schürfwunde. Arto sprang zu ihr, löste die Fesseln und half ihr auf.

Kapitel 42

Hauke war zu Johanna in die Dienststelle gekommen, um ihr zu sagen, dass er fast hundertprozentig sicher sei, dass Jule Joshis Notebook habe.

»Woher weißt du das?«, fragte sie misstrauisch.

»Ich weiß es nicht. Ich vermute es. Mit an Sicherheit grenzender Wahrscheinlichkeit. Ich habe sie auch schon aufgefordert, es zur Polizei zu bringen, aber sie reagiert nicht. Ich befürchte, sie will Joshis Werk allein zu Ende führen. Und das ist nicht gut.«

»Nein. Ich werde sie abholen lassen und dann grillen wir sie so lange, bis sie das Ding rausrückt«, sagte Johanna, während sie interessiert auf ihren Bildschirm blickte.

»Hey, die Kollegen haben Katerina Tönisson. Lebend. Und hör mal, was die noch haben.«

Johanna rückte näher an den Bildschirm. Sieht auch nicht mehr so gut, dachte Hauke.

»Was denn? Mach´s nicht so spannend.«

»Gewehre. Kalaschnikows. Mehrere Tausend. Konnten sie noch gar nicht zählen?«

Hauke nickte anerkennend.

»Und diesem Schatz waren Joshi und Katerina auf der Spur«, sagt er, »das ist verdammt heiß. Und für Joshi wurde es zu heiß.«

Johanna sah Hauke vorwurfsvoll an.

»So meinte ich das nicht«, sagte er rasch.

»Und ich wette«, sagte Johanna, »dass meine Tote von der Strandperle ihre Nase auch zu tief da reingesteckt hatte.«

»Diese Gewehre waren ja sicher nicht für den estnischen Markt bestimmt. Die werden vermutlich aus Russland eingeschmuggelt und dann über Tallinn weitergeschickt. Wohin?«

»Die Dinger sind überall beliebt«, sagte Johanna. »Die Kalaschnikow ist das am meisten verbreitete Gewehr der Welt. Wahrscheinlich werden in kleinen Kriegen überall mit den Dingern mehr Menschen getötet, als durch Bomben und Raketen.«

Johanna ging den Bericht aus Tallinn weiter am Bildschirm durch.

»Der Kerl, den sie da bei den Gewehren verhaftet haben, schweigt bislang. Und diese Katerina Tönisson sagt aus, dass sie mit Joshi zu dieser Halle gekommen sei, weil sie einem Container vom Hafen gefolgt sind. Einem Container der Reederei Dethleffsen.«

»Damit schließt sich der Kreis. Und Andreas Dethleffsen wird zur Zielperson, oder?«

»Klar. Aber da können wir jetzt nicht mehr allein weitermachen. Da muss ich die Kollegin von Europol einschalten. Internationale Waffenschieberei. Das ist eine Nummer zu groß für die kleine Johanna.«

»Glaube ich zwar nicht, dass das zu groß für dich ist«, sagte Hauke und lächelte Johanna an, »aber ich verstehe, dass du den Dienstweg einhalten willst.«

***

Keine zwei Stunden später, Hauke und Johanna kamen gerade vom Essen in einer nahegelegenen Kneipe zurück, stand eine Frau in Johannas Büro. Sie stellte sich als Angelika Bollrath vor und war eine Art Naturgewalt. Die vielleicht fünfzigjährige Frau war mittelgroß, dick, mit ausladenden Brüsten und breitem Hintern. Ihre dunkelgrauen Haare standen in wilder Krause vom Kopf ab. Sie trug ein kariertes Flanellhemd, verwaschene Jeans und grobe Schuhe und wirkte eher wie eine Marktfrau am Gemüsestand, als wie eine leitende Beamtin einer internationalen Behörde.

»Na, Frau Meermann«, bellte sie, »da lernen wir uns ja nun doch noch kennen. Da hat ihr toter Hamburger in Estland wohl eine Menge Staub aufgewirbelt.«

»Ja, das ist eine große Sache«, Johanna wirkte gegenüber der raumgreifenden Bollrath fast kleinlaut, »ich kann Ihnen kurz einen Überblick ...«

»Brauchen Sie nicht, danke. Ich habe alles gelesen.« Und mit Blick auf Hauke sagte sie: »Und wer ist dieser gutaussehende junge Mann?«

Der Moment der Wahrheit. Johanna würde ihn nun als Pensionär outen müssen, der hier überhaupt nichts zu suchen hatte und dann wäre er aus diesem Fall raus und könnte im Stadtpark Enten füttern. Aber die sonst so korrekte Johanna tat genau das nicht.

»Hauke Siebold«, sagte sie nur knapp und Hauke gab der Frau die Hand. Ihr Händedruck war so fest wie erwartet.

»Sie erzählen uns jetzt vermutlich«, sagte Hauke und sein Ton war etwas trotzig, »dass Sie schon lange an der Sache dran sind und V-Leute da drin haben und wir uns jetzt besser zurückziehen und den zwanzig Spezialbullen im Bus vor der Tür das Feld überlassen. Stimmt's?«

Die Bollrath sah Hauke einen Moment lang überrascht an. Dann schmunzelte sie, lachte.

»Na, Sie sind mir ja einer.« Und nach einer kurzen Pause fuhr sie fort: »Nein. Der Fall ist für uns neu. Kalaschnikows aus Lettland haben wir nicht auf dem Schirm. Und, lieber Herr Siebold, da steht kein Bus vor der Tür. Ich bin allein und freue mich über jede Hilfe.«

Johanna und Hauke entspannten sich.

»Und«, die Bollrath schmunzelte Hauke wieder an, »ich arbeite auch mit Pensionären zusammen, wenn sie hilfreich sind und sich keine Kompetenzen anmaßen, die ihnen nicht zustehen.«

Johanna grinste Hauke an, dann Angelika Bollrath.

»Sie haben Ihre Hausaufgaben gemacht, scheint mir.«

In der folgenden halben Stunde erfuhren Hauke und Johanna von der Europolizistin viel über Waffenhandel und seine Dimensionen.

Da gibt es den Handel der Rüstungskonzerne, die für das eigene Militär liefern und für die Nato-Mitglieder. Da muss nahezu jeder Deal von der Regierung genehmigt werden. Das ist legal. Im Schatten dieser legalen Geschäfte laufen die großen illegalen Deals. Eingefädelt werden sie als offizielle Waffenexporte, doch im Hintergrund sind längst die Drähte gespannt, um Waffensysteme, Panzer, Raketen, Geschütze in Länder zu schaffen, in denen sie eigentlich nicht landen dürften.

Und dann gibt es noch den Markt mit den Handfeuerwaffen, Gewehren und tragbaren Granatwerfern und Ähnlichem. Die werden gehandelt wie Drogen. Von kleinen organisierten Strukturen, über alle Grenzen und an Abnehmer in aller Welt.

»Seit dem Zusammenbruch der Sowjetunion vor fast dreißig Jahren sind Unmengen von Waffen aus Armeebeständen in den illegalen Handel gelangt«, erklärte Angelika Bollrath. »Im Baltikum, in Polen, Ungarn, überall lagerten gigantische Waffenbestände, über die keiner mehr einen richtigen Überblick hatte. Die Soldaten der Roten Armee verscheuerten an jeden, der Dollars hatte. Das ging weiter, als sich Moldawien und die Ukraine von der GUS lösten.«

»Aber das sind doch dann alles uralte Waffen. Die sind doch irgendwann auch hinüber«, sagte Hauke.

»Die Kalaschnikow hält ewig. Es sind Exemplare im Einsatz, die stammen aus den Kindertagen der Waffe, aus den fünfziger Jahren. Funktionieren immer noch. Afrikanische Warlords und kolumbianische Drogenbosse lieben das Ding. Und die Terroristen im Nahen Osten sowieso. Aber es sind auch neue Modelle illegal in Umlauf. Direkt aus dem Werk in Ischewsk oder auch aus den anderen Ländern, in denen lizensierte Nachbauten und Raubkopien hergestellt werden. Über hundert Millionen Kalaschnikows sind in siebzig Jahren gebaut worden. Sehr viele davon sind noch im Einsatz.«

»Und der Handel lohnt sich?«, wollte Johanna wissen.

»Ist wie bei allem. Angebot und Nachfrage. Dreihundert bis sechshundert Euro bringt eine ältere Waffe. Bis zu tausend eine neuere. Wenn man dann eine ordentliche Menge hat, lohnt sich das. Hat immer damit zu tun, wie schwer die Waffen in der jeweiligen Region zu bekommen sind. In Afrika sind die Preise zurzeit besonders hoch.«

»In dieser Halle da in Estland lagern wohl einige Tausend«, sagte Hauke.

»Zwölftausend schätzen die Kollegen dort. Wenn wir also von einem Durchschnittswert von fünfhundert Euro ausgehen, ist das ein Schatz von sechs Millionen. Und ich bin sicher, da kommt immer wieder Nachschub.«

»Hey«, sagte Johanna plötzlich und zeigte auf ihren Bildschirm. »Die Esten haben ein Phantombild geschickt. Es ist nach Angaben von Katerina Tönisson erstellt und zeigt den Typen, der Joshi getötet und das Auto angezündet hat. Sie konnte wohl entkommen und wurde von ihm wieder eingefangen und zu der Halle gebracht.«

Auf dem Bildschirm war die Zeichnung eines hellhaarigen Mannes mit kantigen Gesichtszügen zu sehen. In der anhängenden Beschreibung lasen sie, dass die Tönisson ihn als groß, gut einsneunzig, beschrieben hatte, sehr muskulös. Er hatte sehr gut Deutsch und etwas Englisch und Russisch gesprochen. Sie vermutete, dass er Skandinavier war. Um die vierzig Jahre alt. Er hatte selbst auch einen Mietwagen. Das hatte sie an einem Aufkleber am Nummernschild seines Peugeot gesehen. Recherchen bei der Autovermietung legten den Verdacht nahe, dass der Mann gefälschte Papiere vorgelegt hatte.

»Die Polizei in Tallinn fahndet nach dem Mann, schließt aber nicht aus, dass er Estland schon wieder verlassen hat. Auf den falschen Namen liegt auch eine Flugbuchung nach Hamburg vor. Über Helsinki.«

»Willkommen in der schönsten Stadt der Welt«, sagte Hauke. »Vermutlich hat er hier noch etwas zu erledigen, der Gute.«

Kapitel 43

Jule hatte bei Janine übernachtet. Weil sie ihre betrunkene Mutter nicht mehr ertragen konnte, aber auch, weil sie die halbe Nacht mit Rainer Lessmann an Joshis Notebook gesessen hatte. Rainer hatte noch ein paar versteckte Ordner gefunden, die ein paar interessante Screenshots und Notizen von Monika Cassati enthielten. Es sah so aus, als ob Monika hinter abweichende Gewichtsangaben bei einzelnen Containern gekommen war. Als Werkstudentin hatte sie auch mit Dethleffsens Schulen für Afrika-Projekt zu tun gehabt und mit der Erstellung von Listen der Inhalte der Container mit Gewichtsangaben. Es zeigte sich, dass die Fertighausteile zusammen mit Möbeln und Sanitär- und Küchenelementen dreizehn Tonnen wogen. Das Gesamtgewicht des Containers war aber mit einundzwanzig Tonnen angegeben. Zog man vier Tonnen Eigengewicht des Containers ab, blieben immer noch vier Tonnen Differenz. Monikas Screenshots zeigten, dass dies nicht ein einmaliger Mess- oder Eingabefehler war, sondern alle Container betraf, die für das Schulprojekt bestimmt waren. Sie wurden in Hamburg mit den letzten Komponenten befüllt. Und wo waren die Container vorher? Alle in Tallinn, Estland. Dort wurden wohl die Fertighauswände hergestellt und geladen.

»Aber fällt das nicht auf, wenn ein Container zwanzig Prozent mehr wiegt, als registriert?«, hatte Jule Rainer gefragt.

»Nicht unbedingt«, hatte der geantwortet, »bei der Beladung kümmert man sich nicht um den Inhalt.

Kein Mensch im Hafen weiß, was in den Container drin ist, schon gar nicht, was der Inhalt im Einzelnen wiegt.«

»Wenn ich mir das Modell im Büro meines Vaters vorstelle«, hatte Jule laut überlegt, »dann ist da nicht mehr viel Platz im Container, wenn alle Wände und das andere Zeug drin sind.«

»Deshalb«, hatte Rainer ihren Gedanken vervollständigt, »muss die obskure Zuladung sehr schwer sein und wenig Raum einnehmen.«

»Waffen.«

Sie sahen sich an.

»Aber es kann doch sein«, sagte Jule und unterdrückte ein Weinen, »dass mein Vater und Ene gar nichts davon wussten. Das ist für mich die einzige Erklärung. Die gucken doch nicht in jeden Container rein.«

»Ja, klar«, sagte Rainer, »kann sein.« Aber es klang nicht so, als ob er es glauben würde.

Mit diesem Gedanken war Jule mit dem Taxi zu Janine gefahren und nach einem Glas Wein auf deren Sofa eingeschlafen. Sie wurde vom Brummen ihres Handys wach und von dem Gepolter, das Janine in der Küche veranstaltete. Acht Uhr. Ihre Mutter rief an. Wegdrücken oder drangehen? Die immer gleiche Frage. Meistens entschied sie sich falsch.

»Ja, Mama?«

»Jule, Schatz, es ist was Schreckliches passiert.« Sie klang ganz aufgelöst, aber nicht total betrunken.

»Was denn, Mama?«

»Es ist eingebrochen worden.«

»Wo?«

»Was für eine Frage Kind, bei mir natürlich.«

»Und wo warst du?« Jule hatte genug Erfahrung mit ihrer Mutter, um nicht sofort alarmiert zu sein. Es konnte auch sein, dass sie im Suff ein paar Sachen umgestoßen, oder die Tür offengelassen hatte und sich nicht mehr daran erinnerte.

»Ja, aber wann war das denn? Du hättest doch was merken müssen.«

»Heute Nacht irgendwann. Ich habe tief und fest geschlafen. Es ist alles durchwühlt, das reinste Chaos.«

»Und was fehlt?«

»Weiß ich nicht, kann ich gar nicht sagen in dem Durcheinander. Ich habe Angst, Jule.«

»Du musst die Polizei rufen, Mama. - Oder warte, ich rufe die Polizei und komme sofort zu dir. Fass nichts an.«

Sie wählte den Notruf und informierte die Polizei über den Einbruch. Dann rief sie Rainer an. Er sollte sie abholen und mit zu ihrer Mutter fahren.

»Und bring das Notebook mit.«

Als sie zwanzig Minuten später vor Carmens Haus in der Brahmsallee eintrafen, hielt gerade ein Streifenwagen vor dem Gebäude. Offenbar war Jules Notruf nicht mit hoher Dringlichkeit behandelt worden. Sie hätte besser sagen sollen, dass sie nicht wisse, ob der Einbrecher noch da sei.

Sie stellte sich den Beamten vor und ging mit ihnen in die Wohnung.

Carmen hatte einen Jogginganzug an und eine Kaffeetasse in der Hand. Ihr glasiger Blick ließ aber darauf schließen, dass dies nicht das einzige Getränk zum Frühstück gewesen war.

Sie gingen von Zimmer zu Zimmer und sahen sich das Ausmaß der Verwüstungen an. Polster waren von Sesseln und Sofas gerissen, Schränke und Schubladen standen offen. Aus dem Bücherregal waren ein paar Bücher auf den Boden geworfen worden. Auch in der Küche standen ausnahmslos alle Schränke offen. Sogar in Carmens Schlafzimmer waren Schränke durchwühlt. Der Einbrecher hatte offenbar angenommen, dass von der komatösen Frau keine Gefahr ausging.

Die größte Verwüstung hatten die Einbrecher in Jules Zimmer hinterlassen. Hier stand kein Möbel mehr an seinem Platz. Kleider waren aus den Schränken auf den Boden geworfen worden, Schubladen aus dem Schreibtisch gezogen und ausgekippt.

Jule schnürte es die Kehle zu. Das war beängstigend. Nicht die Unordnung, das hätten sie schnell aufgeräumt. Beunruhigend war die Tatsache, dass ein Fremder, oder mehrere, lange Zeit, vielleicht eine Stunde, durch die Wohnung läuft und herumwühlt. Zum ersten Mal war sie für den Alkoholismus ihrer Mutter dankbar. Wenn Carmen wach geworden wäre und die Leute gestört hätte ... Gar nicht daran denken.

»Können Sie schon sagen, was fehlt?«, fragte der ältere der beiden Polizeibeamten Jule. Er hatte sofort verstanden, dass er mit ihr ein fruchtbareres Gespräch führen konnte, als mit ihrer Mutter.

»Schwer zu sagen.«

»Gemälde, Skulpturen, irgendwelche Dinge von Wert?«

»Ich glaube nicht.«

Der Polizist ließ den Blick über Jules aufgetürmte Kleider, Accessoires und Überflüssigkeiten wandern und sagte: »Dann hat er etwas gesucht. Haben Sie eine Ahnung, was?«

»Nein«, sagte Jule und sah Rainer an, der kaum sichtbar nickte.

Die Polizisten stellten fest, dass der Einbrecher die Wohnungstür mit einem Messer oder Ähnlichem geöffnet hatte. Das war wohl nicht schwer gewesen, weil Carmen weder die Tür verschlossen noch den Sperrriegel vorgelegt hatte.

Die Frau saß zusammengesunken in der Küche und zitterte leicht. Sie brauchte einen Drink, aber traute sich nicht, in Anwesenheit der Polizei um neun Uhr morgens zur Flasche zu greifen. Es muss etwas passieren, dachte Jule. Wenn sie mit dieser Joshi-Sache fertig war, würde sie sich um ihre Mutter kümmern. Niemand sonst käme dafür in Frage.

Rainer hatte das Notebook in einer Umhängetasche bei sich. Das Ding musste unsichtbar werden. Sie konnten es noch nicht in die Elbe werfen. Sicher waren noch wertvolle Informationen irgendwo darauf versteckt. Und zur Polizei würden sie es auch nicht bringen, da konnte dieser Siebold noch so nerven. Jule wollte Gewissheit, ob ihr Vater wirklich damit zu tun hatte. Und Rainer wollte seine Story, die ja eigentlich Joshis war.

»Mama, ich muss noch mal los, was erledigen«, sagte Jule, als die Polizisten gegangen waren. »Ich komme später wieder und räume hier auf. Versprochen.«

»Ja, Kind, ist gut. Und pass auf dich auf. Was haben die Einbrecher gesucht, Jule? Weißt du das wirklich nicht?« Sie wirkte plötzlich überraschend klar.

»Nein, Mama. Vermutlich Geld. Und das hast du hier ja nicht herumliegen.«

Carmen brachte Jule und Rainer zur Tür. Als die beiden im Flur standen, hörten sie das helle Klacken des Türschlosses und das dumpfe Einrasten des Sperrriegels.

Sie setzten sich in Carmens Mini und dachten nach. Irgendjemand schien zu wissen, dass Jule Joshis Notebook hat. Aber wer? Und woher? Vielleicht hatte es Joshi in Estland jemandem erzählt. Oder dieser zwielichtige Siebold steckte hinter dem Einbruch. Der war ja offensichtlich sowohl für die Polizei als auch für ihren Vater tätig.

»Ich habe einen Freund, der lebt im Alten Land auf einem Bauernhof. Da können wir das Ding verstecken und in Ruhe weiter untersuchen«, sagte Rainer und startete den Motor.

Im gleichen Moment fuhr hinter ihnen ein älterer Lieferwagen los. Ein Sprinter ohne Reklameaufschrift.

Kapitel 44

Paavo war müde. Er hatte die ganze Nacht nicht geschlafen. Eigentlich hätte er längst auf der *Lady Bird* sein müssen. Sie lief heute aus. Aber sein Auftrag ließ das nicht zu. Erst hatte er die Wohnung dieser betrunkenen Frau auf den Kopf gestellt. Die Chefin hatte recht gehabt. Die Alte hatte im Koma gelegen, da konnte er noch so viel Krach machen. Alle nur denkbaren Stellen hatte er nach einem Notebook durchsucht. Bestimmt eine Stunde lang. In ihrem Schlafzimmer hatte es nach Alkohol gerochen. Als er den Kleiderschrank öffnete, hatte sie sich umgedreht und etwas gemurmelt. Was hätte Paavo getan, wenn sie wach geworden wäre und geschrien hätte? Er hätte sie zum Schweigen bringen müssen. Dazu hatte er eigentlich keinen Auftrag und über die Bezahlung wäre dann auch noch zu sprechen gewesen. Aber davon abgesehen, wollte er die Frau auch nicht töten. Das wurde langsam etwas zu viel. Die Chefin konnte von ihm alles verlangen, das wusste sie. Aber er konnte nicht zum Serienkiller werden. Und was hätten sie beide davon, wenn er am Ende für alle Zeiten im Knast landen würde.

Nach dem erfolglosen Einbruch hatte er den Rest der Nacht im Auto vor dem Haus gewartet. Vermutlich hatte das Mädchen das Notebook mitgenommen. Irgendwann würde sie auftauchen, um ihrer Mutter zu helfen.

Während Paavo in dem gestohlenen Wagen gesessen hatte und gegen den Schlaf kämpfte, öffnete sein inneres Kino.

1988, Ende Oktober. Ein Friedhof in der nordfinnischen Provinz Oulu. Nieselregen. Es ist kalt. Wenige, teils verwitterte Grabsteine auf einer Waldwiese. Das Bild hat nur wenige Farben, etwas Dunkelgrün von Wald und Wiese. Himmel und Menschen sind grau, dunkelgrau, schwarz. An einem offenen Grab steht der Pastor in einer schwarzen Regenhaut und leiert lustlos Worte herunter. Neben einem schlichten Fichtensarg stehen Paavo, sein Vater, seine Großmutter und ein Nachbar, der mal mit Paavos Vater befreundet war, sich aber inzwischen von ihm fernhält. Der Vater heult, schluchzt, jammert unverständliche Sätze. Großaufnahme vom Gesicht des Jungen. Sein Blick auf den Sarg geheftet, scheint er vom Geschehen um ihn herum nichts mitzubekommen. Man hört seine Gedanken aus dem Off. *Man hat sie nicht gefunden. Der Sarg ist leer. Sechs Monate ist sie nun schon verschwunden. Warum begraben wir hier eine leere Holzkiste? Morgen muss ich wieder in die Schule. Da wird Elias wieder nerven. Aber morgen wird er eins auf die Fresse kriegen.* Schwenk auf die geballten Fäuste des Jungen.

Totale: Der Pfarrer ist fertig. Zwei Leute vom Friedhof kommen näher und lassen den Sarg in die Grube poltern. Sie wissen auch, dass die Kiste leer ist und geben sich nicht viel Mühe. Der Vater wirft mit einer kleinen Schaufel feuchte Erde in die Grube, dann drei verknickte Nelken.

Halbtotale: Der Junge sieht seinen Vater an. Ausdruckslos. Der Vater sieht den Jungen an, schluchzt wieder, versucht, ihn zu umarmen, doch der Junge windet sich aus den Armen des Vaters und geht langsam weg. Kameraschwenk in den grauen Mittagshimmel. Krähen. ENDE

Gegen acht Uhr morgens war die Kleine in Begleitung eines älteren Mannes angekommen, den Paavo nicht kannte. Für ihren Mini fanden sie ausnahmsweise direkt vor dem Haus einen Parkplatz. Ein Streifenwagen mit zwei Polizisten kam ebenfalls, wie erwartet. Gut eine Stunde waren die Polizisten im Haus, das Mädchen und der Mann nicht viel länger.

Der Kerl hatte eine Umhängetasche, die groß genug für ein Notebook war und so, wie er sie trug, hatte sie auch etwas Gewicht. Nun stiegen die beiden in den Mini. Es verging einige Zeit. Dann fuhren sie los.

Paavo folgte ihnen in einigem Abstand. Der Mini fuhr ziemlich schnell durch die engen, zugeparkten Straßen. Paavo hatte Mühe, mit dem Transporter dranzubleiben. Und er durfte nicht auffallen. Nach dem Einbruch waren die beiden sicher äußerst misstrauisch.

Sie fuhren aus dem engen Wohngebiet heraus auf die Schäferkampsallee Richtung Westen. Der Verkehr war recht dicht, doch der Mini schlängelte sich mit häufigen Spurwechseln zügig voran. Manchmal waren drei oder vier Autos zwischen ihnen. Paavo durfte sie nun nicht mehr verlieren. Er würde keine weitere Chance bekommen.

Auf der Fruchtallee war die Ampel rot. Paavo kam direkt hinter dem Mini zum Stehen. Der Mann am Steuer schaute in den Rückspiegel. Dann sprach er zu der Frau auf der Beifahrerseite. Sie drehte sich um. Hatten sie ihn entdeckt?

Die Ampel wurde grün und der Mini startete durch. Paavo war mit dem Transporter im Nachteil. Sie fuhren mit hoher Geschwindigkeit die vierspurige Straße weiter, irgendwann ging es rechts in die Kieler Straße.

Die Ampel schaltete auf Gelb, der Mini gab Gas. Paavo beschleunigte und fuhr mit gut achtzig Stundenkilometern bei Rot über die Kreuzung. Von rechts anfahrende Autos bremsten scharf, hupten.

Der Mini raste nun auf der rechten Spur, die einen Moment freier war, doch da sah Paavo seine Chance. Ein Linienbus scherte aus der Haltestelle aus, der Mini würde die Spur wechseln müssen, doch da war Paavos Transporter neben ihm und versperrte ihm jede Ausweichmöglichkeit.

Der Mini fuhr immer noch fast achtzig, zog nach links, touchierte kurz den Transporter, schwenkte wieder nach rechts, da war der Bus, viel langsamer. Der Mini-Fahrer stieg auf die Bremse. Es reichte nicht. Mit voller Wucht krachte der Wagen ins Heck des Linienbusses.

Der Bus fuhr noch ein paar Meter, bis er anhielt. Der Busfahrer hatte wohl nicht sofort bemerkt, was da an seinem Heck passiert war.

Paavo lenkte den Transporter zwischen den Bus und den völlig zerstörten Mini und sprang raus. Ein weiterer Wagen hielt, die Fahrerin, eine junge Frau, kam angelaufen.

»Rufen Sie Polizei und Krankenwagen«, rief Paavo und die Frau nahm ihr Handy ans Ohr. Das gab Paavo genug Zeit in den Mini zu sehen.

Der Mann war zwischen dem Lenkrad und seinem Sitz eingeklemmt. Er bewegte sich nicht. Der schlaffe Airbag vor seinem Gesicht war voller Blut. Die Frau war bei Bewusstsein und starrte fassungslos auf den Fahrer. Paavo sah sie nicht an.

»Hallo, wie geht es Ihnen, sagen Sie was«, rief Paavo, während er sich im Auto nach der Tasche umsah. Weitere Helfer standen schon neben dem Auto. Da war die Tasche. Sie war vom Rücksitz heruntergerutscht und zwischen Beifahrersitz und Rückbank eingeklemmt.

Paavo ging auf die andere Seite und öffnete die hintere Tür. Er schob den Sitz etwas nach vorne, sagte etwas von Sperre lösen, was den Umstehenden das Gefühl geben sollte, er würde etwas Hilfreiches tun. Außer ihm schien sich ohnehin niemand um die Verletzten zu kümmern. Paavo bekam die Tasche zu fassen. Hoffentlich war das Notebook noch in Ordnung. Neben ihm hielt ein Mann ein Handy am ausgestreckten Arm. Offensichtlich filmte er. Das konnte Paavo gar nicht gebrauchen. Er riss dem Mann das Smartphone aus der Hand, warf es auf den Boden und trat es kaputt. Dabei brüllte er:

»Was bist du denn für eine perverse Sau? Hast du gar keinen Respekt.«

Der Mann brauchte etwas Zeit, um zu begreifen, was da gerade passiert war. Aber er war klein, alt und pummelig. Er wusste, dass es besser für ihn war, Paavo nicht anzugreifen.

Aus allen Richtungen kamen nun Fahrzeuge mit Blaulicht. Feuerwehr, Krankenwagen, Polizei. Die Buspassagiere waren ausgestiegen und standen in einigem Abstand am Straßenrand. Der Verkehr staute sich.

Innerhalb von Sekunden war der Mini von Feuerwehrleuten umringt, die mit großen Zangen und Stangen die Eingeklemmten zu befreien versuchten. Der Mann hinter dem Steuer rührte sich immer noch nicht.

Den Lieferwagen bekam Paavo hier jetzt nicht weg. Besser war es, im Schutz der größer werdenden Menge von Schaulustigen zu verschwinden. Niemand nahm Notiz von ihm. Alle verfolgten die Landung eines Hubschraubers, der nun auf der gesperrten Kieler Straße aufsetzte.

Die Tasche fest an sich gepresst, entfernte sich Paavo durch Seitenstraßen vom Unfallort. Das Notebook hatte er jedenfalls. Dafür würde ihn die Chefin loben und sie würde sich auch wieder mit ihm treffen. Er hatte solche Sehnsucht nach ihr. Zu lange waren sie nun schon getrennt. Bei dem Gedanken an ein Wiedersehen beschleunigte sich sein Puls.

Kapitel 45

»Hauke, du musst mich abholen, ich muss zu Jule, es ist ja alles so schrecklich«, jammerte die Stimme in sein Ohr. Hätte Hauke die Nummer erkannt, hätte er das Gespräch nicht angenommen. Aber nun war es zu spät.

»Was ist denn passiert, Frau Dethleffsen?«, fragte Hauke und rechnete wieder mit einer ihrer Sufffantasien.

»Jule hatte einen Unfall. Sie liegt im Krankenhaus. Und dann noch der Einbruch. Hauke, ich bin völlig fertig. Hilf mir.«

»Wieso, was für ein Unfall? Und was für ein Einbruch?«

»Dieser Mann, der bei ihr war, dieser Rainer, der ist tot, Hauke. Das ist so schrecklich.«

Sie war schon wieder gut betankt, das war deutlich zu hören. Und er, Hauke Siebold, Ex-Säufer und Ex-Spieler, war sicher nicht der Richtige, um ihr zu helfen. Aber er musste genauer erfahren, wovon sie da sprach. Rainer? Etwa Rainer Lessmann, der Kollege von Joshi?

»Okay, Frau Dethleffsen, machen Sie sich fertig, ich komme.«

Es war später Nachmittag und eigentlich hatte Hauke vorgehabt, sich nach einer neuen Bleibe umzusehen. Er hatte begonnen zu packen. Aber das musste jetzt warten. Er rief ein Taxi und fuhr in die Brahmsallee. Dort ließ er den Taxifahrer warten und ging zu Carmen Dethleffsen in die Wohnung. Sie hatte sich ausgehfertig gemacht. Ausgewaschene Designerjeans, Cowboystiefel, eine weiße Bluse mit Spitzenapplikationen, darüber eine helle Wildlederjacke. Die langen blonden Haare hatten mit irgendwelchen chemischen Tricks merklich an Volumen gewonnen. Die ständige Gesichtsröte war mit Make-up etwas reduziert, die wässrigen Augen wurden durch den etwas ungeschickt aufgetragenen Lidstrich und die Wimperntusche allerdings eher betont.

Sie hakte sich bei Hauke ein. Er ließ es zu. Allein wäre die steile Treppe des Altbaus eine Gefahr für die Frau geworden.

Sie fuhren mit dem Taxi ins Universitätskrankenhaus Eppendorf. Hauke rief von unterwegs seine Ex-Frau Claudia an, die auf dem kleinen Dienstweg klären sollte, wo die Prinzessin zu finden sei.

Dann schickte er eine Nachricht an Martha: *Jule hatte einen Unfall, sie ist verletzt. Ich fahre jetzt zu ihr ins UKE. Ich melde mich.*

Martha war mit Jule und ihrem Vater befreundet, sie war irgendwie mit dem Schicksal des Mädchens verbunden, sie sollte wissen, was passiert ist. Aber eigentlich war Hauke nur dankbar für einen Anlass, mit Martha Kontakt aufzunehmen. Sie ging ihm nicht mehr aus dem Kopf.

Keine fünfzehn Minuten später standen sie an Jules Bett. Claudia war bei ihnen und dafür war Hauke dankbar. Sie hatte ein besseres Händchen für die völlig aufgelöste Carmen. Claudia hatte ihr einen Stuhl neben Jules Bett gestellt, wo sie nun saß, weinte und die rechte Hand ihrer Tochter tätschelte. Die linke Hand und der linke Arm hingen in einer Schlaufe. Der Nacken wurde von einer Manschette gestützt. Über einen Tropf bekam die Verletzte Schmerzmittel.

Die Verletzungen waren erheblich, aber nicht bedrohlich. Schlüsselbeinbruch und Bänderriss am Schultergelenk durch den Aufprall, dadurch auch vier Rippenbrüche. Schleudertrauma, aber keine verletzen Wirbel und eine leichte Gehirnerschütterung.

Schlimmer als die körperlichen Schäden waren die seelischen. Das Mädchen, das auf Mallorca noch so voller Energie gewesen war, hatte jede Kraft verloren. Sogar zum Weinen war sie zu schwach. Sie hatte sofort gesehen, erzählte sie, dass Rainer tot war.

»Der zweite Mann, der innerhalb kürzester Zeit meinetwegen sterben musste«, sagte sie fast tonlos.

»Das ist doch nicht wahr«, sagte Hauke. »Es ist nicht deinetwegen. Joshi wurde vermutlich ermordet und das jetzt, Jule, das war ein Unfall.«

Das Mädchen lachte sarkastisch.

»Ein Unfall? Ich habe bereits Ihren Kollegen gesagt, dass das kein Unfall war. Der Mann in diesem Transporter hat uns durch die halbe Stadt verfolgt, bis er uns gegen diesen Bus gedrängt hat. Und dann hat er uns das Notebook gestohlen. Während Rainer verblutete.« Sie weinte immer noch nicht. Sie schaute ins Nichts.

Die Tür ging auf und Johanna kam herein. Hätte Hauke sie anrufen sollen? Ob sie jetzt sauer war? Sie hatte bestimmt deutlich später von Jules Unfall erfahren, als ihre Mutter. Es hatte sicher etwas gedauert, bis die Beamten, die den Unfall aufgenommen hatten oder ihre Dienststelle dahintergekommen waren, dass die Unfallopfer in laufende Mordermittlungen verwickelt waren.

Nun stand Johanna da, lächelte Jule milde an und sagte erst mal nichts. Inzwischen war auch Carmen

Dethleffsen stiller geworden. Leicht zitternd saß sie auf dem Stuhl.

»Der Transporter, der den Unfall verursacht hat, ist als gestohlen gemeldet. Vom Fahrer fehlt jede Spur«, sagte Johanna halblaut zu Hauke.

»Also hat sie Recht? Es war kein Unfall?«

»Ja, sieht so aus.«

Dann ging Johanna auf das Mädchen zu, sah sie zärtlich an, eher große Schwester als Polizistin.

»Jule, wo wolltet ihr hin? Was hattet ihr vor? Du musst uns jetzt alles sagen. Es ist genug passiert.«

Jule schluckte. Sie dachte nach. Dann spannte sie ihren ganzen Körper an.

»Gut. Ich erzähle alles. Aber, Mama, bitte sag kein Wort, oder geh am besten raus. Deine Fragen und Vorwürfe ertrage ich jetzt nicht.«

Carmen nickte verbittert und ging aus dem Zimmer.

Dann erzählte Jule. Von Joshis Heimlichtuerei, von dem Notebook, das sie aus Mallorca mitgebracht und in ihrem Zimmer versteckt hatte. Und sie erzählte von Rainer, seinen Tricks, den Computer zu knacken und von Monika Cassatis Erkenntnissen.

Johanna und Hauke lauschten aufmerksam.

»Dann ist dein Vater der Waffenschmuggler, oder was?«, fragte Hauke ungläubig.

»Es sieht fast so aus«, sagte Jule, »aber ich kann es auch noch nicht so richtig glauben.«

»Hast du den Mann gesehen, der euch gefolgt ist, Jule?«, fragte Johanna.

»Ja. Er hatte kurze blonde Haare. Ziemlich muskulöser Kerl. Sonnenbrille.«

Johanna zog ihr Handy aus der Tasche, suchte ein Bild und zeigte es Jule. Es war das Phantombild aus Tallinn.

»Gut möglich«, sagte Jule. »Das könnte er sein.«

Kapitel 46

Johanna hatte den Krankenbesuch unverzüglich abgebrochen und raste Richtung HafenCity. Aus dem Auto rief sie Angelika Bollrath an und bat sie, sich um einen Haftbefehl für Andreas Dethleffsen und ein Team für eine Durchsuchung der Geschäftsräume zu kümmern.

Sie kamen fast gleichzeitig vor dem Gebäude der Reederei an. Beamte verteilten sich an allen Ausgängen und sicherten auch die Tiefgarage. Als Johanna und die Bollrath bei Dethleffsen ins Büro stürmten, hatte der zwar bereits Kenntnis von diesem Überfall, tat aber völlig ahnungslos.

»Was wollen Sie? Was ist passiert? Ich wollte gerade zu meiner Tochter, die hatte einen Unfall.«

»An dem Sie vermutlich nicht ganz unschuldig sind, Herr Dethleffsen«, sagte Johanna. Der Reeder sah sie ratlos an. Entweder ist er ein brillanter Schauspieler, dachte Johanna, oder er hat wirklich keine Ahnung.

Angelika Bollrath stand an dem Modell der Containerschule. Anerkennend nickend ging sie um den Tisch herum.

»Tolle Idee«, sagte sie an Dethleffsen gerichtet. »Aber das Modell ist nicht ganz richtig.«

»Wieso?«, fragte Dethleffsen. Er saß auf dem Sofa, die Unterarme auf den Knien, die Hände baumelten hinunter. Jede Spannung war aus diesem sonst so dynamischen kleinen Mann gewichen.

»Da muss irgendwo noch Platz sein für vier Tonnen Waffen, Gewehre, russische Qualitätsware.«

»Was reden Sie da?«, empörte sich Dethleffsen, »wie kommen Sie darauf?«

Er bekam keine Antwort.

»Ist ein solcher Schulcontainer gerade hier in Hamburg?«, fragte Johanna.

»Ja. Ich glaube schon.«

»Woher kommt der?«

»Aus Estland. Da werden in einer Fertighausfabrik die Wände hergestellt. Hier packen wir dann Küche und solche Sachen dazu.«

»Gut, Herr Dethleffsen, dann sehen wir uns den Container jetzt mal an.«

Es war nicht so einfach, wie Johanna sich das vorgestellt hatte, an diesen Container zu gelangen. Zunächst musste Dethleffsen über einen Mitarbeiter klären, wo genau der Container stand. Er wurde nämlich aus der Logistikkette herausgenommen und im Freihafen an einer Stelle außerhalb des Containerterminals mit den zusätzlichen Gütern beladen. Das war kein alltäglicher Vorgang, in den computergesteuerten Terminal-Prozessen aber auch kein großes Problem.

Sie fuhren mit drei Streifenwagen und Johannas Passat Richtung Container-Terminal Burchhardkai. Dethleffsen saß auf dem Rücksitz neben Angelika Bollrath und plapperte aufgeregt.

»Das ist eigentlich viel zu aufwändig, den Container rauszunehmen und dann wieder weiter zu schicken. Aber IKEA will seine Sachen nicht nach Estland liefern und außerdem machen sie manchmal ein paar Fotos, wenn ihre Kloschüsseln da reingepackt werden. Für die Öffentlichkeitsarbeit. Es wäre auch billiger, die IKEA-Sachen mit einem separaten Container runterzuschicken. Aber dann müsste man das in

Matadi umpacken. Da wird dann die Hälfte geklaut. Die Idee ist ja, dass die Container direkt vom Hafen an ihren Bestimmungsort gebracht werden.«

»Matadi?«, fragte die Bollrath.

»Das ist der einzige Hafen in der Demokratischen Republik Kongo.«

Sie fuhren über die Köhlbrandbrücke. Johanna kam nicht oft über die prächtige den Hafen überspannende Brücke und hätte gerne die Aussicht in der Abenddämmerung genossen. Sie sah über das Containermeer, über die Elbe, über die Stadt, kurz mal wieder nach vorne auf den Verkehr, dann wieder auf den Hafen. Gerade legte am Burchhardkai ein Containerriese ab, dessen charakteristische Farbgebung und das große Logo an der Seite ihn als Schiff der Dethleffsen-Reederei kennzeichneten. Das Schiff wurde von einem Schlepper aus dem Hafenbecken gezogen. Es musste in Fahrtrichtung Nordsee gedreht werden.

»Ihr Schiff da unten?«, fragte Johanna, während sie im Auslauf der Brücke eine enge Kurve fuhr. Nun hatten sie das Schiff im Rücken. Als sie am Hauptzollamt rechts Richtung Burchhardkai abbogen, sahen sie den Pott wieder. Von weitem wirkten die Container, die sich zu Tausenden auf dem Schiff türmten, wie bunte Bauklötze, von einem sehr pedantischen Kind aufgestapelt.

»Ja, das ist die *Lady Bird.* Hat hier ein paar Wochen im Dock gelegen und geht heute zum ersten Mal wieder auf Fahrt.«

»Wohin?«, fragte Johanna.

»Südafrika. Mit ein paar Zwischenstopps.«

»Dann hätte der Schulcontainer doch an Bord sein müssen, oder nicht?«

»Keine Ahnung. Wir fahren die Route alle zwei Wochen, der ist dann beim nächsten Mal dabei.«

»Ist denn dort jetzt eine andere ihrer Schulen an Bord?«

Dethleffsen zuckte mit den Schultern.

Als sie am Containerterminal ankamen, waren Zoll und Hafenpolizei schon mit großem Aufgebot vor Ort. Johanna hatte sie informiert, weil sie wusste, dass man im Hafen keinen Schritt ohne die zuständigen Beamten machen durfte.

Der Container stand etwas abseits der Containerlager auf einem Auflieger am Straßenrand. Eine kleine Zugmaschine hatte ihn dorthin gezogen. Sie bog gerade wieder auf das Terminalgelände ein. Zwei Gabelstapler standen bereit und ein paar Männer in Arbeitskleidung mit Helmen, die den Container nun entladen sollten.

Das dauerte. Es wäre leichter gewesen, wenn der Container ebenerdig gestanden hätte, doch das hatte wohl niemand bedacht. »Hier wird eigentlich nur noch eine Kiste in den freigelassenen Raum am Ende des Containers gepackt«, erklärte Dethleffsen. »Das geht ganz fix mit dem Stapler. Wir haben die Teile hier noch nie ausgeladen.«

Die Arbeiter befestigten Gurte an den Holzteilen und zogen sie mithilfe des Gabelstaplers langsam aus dem Container. Mit dem zweiten Stapler sicherten sie die Wand, wenn sie fast ganz herausgezogen war, damit sie nicht unsanft auf den Boden knallte. Eine Wand nach der anderen wanderte so aus dem Container. Dann war er leer.

»Und? Was haben Sie jetzt gefunden?«, fragte Dethleffsen triumphierend. »Der Container ist leer.«

»Wollen Sie mich verarschen?«, sagte die Bollrath
sauer. Sie ließ sich von einem der Arbeiter eine
Brechstange geben und kletterte erstaunlich behände
auf die Ladefläche.

»Das sieht doch ein Maulwurf, dass der Innenraum
kürzer ist, als die Außenmaße, oder spinne ich?« Sie
sah herausfordernd in die Runde. Die umherstehen-
den Männer blickten in den Container, gingen ein
paar Schritte zur Seite, um die Außenwand zu be-
trachten. Viele nickten zustimmend.

Die Bollrath ging ans Ende des Laderaums, setzte
zwischen Rückwand und Seitenwand das Brecheisen
an und hebelte mit wenig Mühe eine Metallwand los.
Sie war ein Drittel so breit wie die ganze Rückwand.
Die Frau sprang zur Seite. Scheppernd knallte das
Blech auf die Ladefläche. Mühelos löste sie die anderen Wandteile. Der Blick wurde frei auf einen dicht-
gepackten Stapel von Holzkisten.

»Kann mir vielleicht mal jemand helfen? Ich komme da oben nicht dran.«

Zwei Arbeiter sprangen in den Container und zogen eine Kiste ganz oben vom Stapel. Sie hatten Mühe, die Kiste war schwer. Sie trugen sie zur Kante des
Containers. Ein Beamter der Hafenpolizei nahm ein
schmaleres Brecheisen und hebelte den Holzdeckel
auf.

Dethleffsen, der schon längst keine Farbe mehr im
Gesicht hatte, trat näher und sah in die Kiste. Holzwolle. Zwischen der Holzwolle schimmerte matt-
schwarzes Metall. Der Zollbeamte griff zu und för-

derte eine Waffe ans Abendlicht. Wie eine Trophäe hielt er sie für alle sichtbar hoch.

Johanna nahm Handschellen von ihrem Gürtel und legte sie Dethleffsen an.

»Davon habe ich nichts gewusst«, stammelte der Reeder und Johanna war fast geneigt, ihm zu glauben.

Sie schob ihn auf den Rücksitz ihres Wagens, setzte sich neben ihn und bat Angelika Bollrath, das Auto zu fahren.

»Herr Dethleffsen, Ene Nestor, was ist das für ein Name? Skandinavisch?«

»Estnisch. Sie stammt von dort. Ist aber seit ihrer Kindheit in Deutschland.«

»Und das finden Sie nicht merkwürdig? Fertighausteile aus Estland, Waffen aus Russland? Alles Zufall?«

»Nein, das ist kein Zufall. Also das mit den Fertighausteilen. Ene hatte die Empfehlung von einem Onkel in Tallinn. Eine gute Firma, die sehr günstig produziert.«

»Kennen Sie den Onkel?«

»Nein. Ene kennt ihn auch kaum. Sie ist nicht oft bei ihrer estnischen Verwandtschaft. Glauben Sie mir, Ene hat nichts damit zu tun. Waffenschmuggel? Völlig absurd.«

»Und wo ist sie jetzt?«

»Ich habe keine Ahnung, wirklich. Ich erreiche sie seit Tagen nicht.«

»Sie sind nur geschäftlich verbunden?«

»Nein, auch privat. Wir wollten heiraten. Aber ich weiß jetzt gar nicht mehr, was ich noch glauben soll.«

Als sie wieder über die Köhlbrandbrücke fuhren, war die *Lady Bird* längst außer Sicht.

Kapitel 47

Hauke war noch nicht ganz aus dem Krankenhaus heraus, da wählte er Marthas Nummer. Er konnte nicht anders.

»Hey, Hauke hier, ich war gerade im Krankenhaus.«

»Ja, gut. Wie geht es der Kleinen?«

Hauke berichtete Martha in groben Zügen von Jules Gesundheitszustand. Von seinen Ermittlungen erzählte er nichts. Sie fragte auch nicht, woher er überhaupt von dem Unfall wusste. Musste es sie nicht stutzig machen, dass der pensionierte Architekt, der das Mädchen gerade erst flüchtig kennengelernt hatte, von dem Unfall erfahren hatte? Dieser Gedanke war ihm erst gekommen, als er sie auf dem Weg ins Krankenhaus per SMS informiert hatte. Er war mit seiner Legende durcheinandergekommen und sie hatte es nicht bemerkt. Das ließ nur eine Erklärung zu: Sie wusste von seinem Jule-Job für Dethleffsen. Warum auch nicht? Sie war mit Dethleffsen befreundet, Hauke selbst hatte dem Reeder gegenüber kein Geheimnis daraus gemacht, dass er mit Martha eine Romanze hatte.

Aber warum hatte sie ihn dann nicht demaskiert? Wollte sie ihn nicht bloßstellen? Oder spielte sie mit ihm?

»Und wie geht es dem Mann, der bei ihr war?«, fragte Martha.

Das wiederum machte nun Hauke stutzig. Der Unfall war noch nicht in den Medien. Woher wusste Martha von einem Mann?

»Der hat´s nicht geschafft«, sagte Hauke. »Kanntest du ihn?«

»Nein, aber Jule hatte mir von ihm erzählt.«

Das war gelogen. Jule hatte nicht mit Martha gesprochen, seit sie in Hamburg war. Da war er sich ziemlich sicher.

»Du, Martha, ich muss jetzt Schluss machen. Ich melde mich wieder.«

»Ja, Hauke, tu das. Ich freue mich darauf.«

Vor dem Krankenhaus stand ein Taxi. Hauke stieg ein und ließ sich in die HafenCity in die Nähe von Marthas Wohnung bringen.

Langsam ging er die Häuserreihen entlang. Er sah zu Marthas Balkon. Die Tür zur Wohnung war geschlossen. Nichts rührte sich. Auch im Fenster daneben war alles still und dunkel, dabei war es hier, wo die Abendsonne nicht mehr hinkam, schon dämmrig genug, um das Licht einzuschalten.

Vor der Eingangstür stand ein Mann und telefonierte. Ein großer Kerl, Bodybuildertyp. Kurze, blonde Haare, Sonnenbrille. Er sprach in sein Handy, wurde lauter, schrie fast. Hauke verstand nur Fetzen. Melde dich. Ruf mich an. Ich habe das alles für dich getan. Dann ging der Mann in den Hauseingang und drückte auf einen Klingelknopf, lange. Es war, soweit Hauke das erinnern konnte, Marthas Klingel.

Und jetzt erkannte er auch den Mann. Es war der Typ von der Phantomzeichnung aus Estland. Wie konnte das sein? Was machte der bei Martha?

Hauke rief Johanna an und berichtete ihr von seiner Entdeckung.

»Wenn du ihn verhaften willst, musst du schnell hier sein«, sagte er.

»Ich schicke Leute. Hauke, mach du nichts. Halt dich von dem Typen fern.«

»Und wo bist du?«

»Ich bringe deinen Freund Dethleffsen aufs Präsidium. Den habe ich gerade verhaftet.« Mehr sagte sie nicht.

Hauke ging vorsichtig auf den Mann zu, der immer noch im Hauseingang stand. Er klingelte nicht mehr. Er hatte sich offenbar damit abgefunden, dass Martha nicht zu Hause war und würde nun sicher auf sie warten. Das konnte Hauke auch. Und während er wartete, konnte er noch weiter über die Frage nachdenken, was seine Mallorca-Liebe mit diesem Kerl zu tun hatte, der allem Anschein nach der Mörder von Joshi und vermutlich auch von Rainer Lessmann war.

Nach zwanzig Minuten war immer noch kein Kommando angerückt, den Kerl zu ergreifen. Worauf warteten die?

Der Mann hatte sich auf eine niedrige Mauer gegenüber von Marthas Haus gesetzt und sah immer wieder in beide Richtungen die Straße entlang. Sie kam nicht. Und das machte den Kerl immer nervöser. Er stand auf, ging ein paar Schritte, setzte sich wieder hin, nahm sein Handy, sprach hinein.

Dann kam Bewegung auf die Promenade am Dalmannkai. Von der einen Seite sah Hauke zwei Männer in Zivil kommen. Sie gingen langsam. Von der anderen Seite näherten sich zwei Frauen und ein Mann in Uniform. Sie gingen etwas schneller. Sie kannten ihr Ziel. Gerade sah der Muskelmann wieder die Straße entlang und entdeckte die drei Uniformierten. Er blickte in die andere Richtung und sah die beiden Männer, die mit Blaulicht auf dem Kopf nicht auffälliger hätten sein können.

Langsam stand er auf, ließ den Blick schweifen, suchte wohl nach der besten Option. Hauke hatte er noch nicht im Blick.

Dann rannte der Blonde plötzlich los. Hauke musste nur drei schnelle Schritte machen, um sich dem Kerl in den Weg zu stellen. Doch er hatte den Muskelberg unterschätzt. Mit sicher hundert Kilo Körpermasse rannte er Hauke einfach um. Der schlug unsanft aufs Pflaster und sah dem Flüchtenden hinterher. Die drei Uniformierten blieben gut dreißig Meter vor ihm stehen. Im gleichen Moment zog der Gejagte eine Pistole und zielte auf die Beamten.

»Lasst mich durch. Einen von euch erwische ich bestimmt«, rief er.

Hauke sah, dass oben an der Straße Großer Grasbrook Einsatzfahrzeuge eingetroffen waren. Polizisten in Schutzkleidung stiegen aus und warteten offenbar auf ihre Befehle.

Der Kerl hob seine Pistole in die Luft und schoss. Wer von den umherflanierenden Touristen noch nichts mitbekommen hatte, war jetzt alarmiert. Menschen blieben stehen, einige legten sich sogar flach auf den Boden. Der Mann zielte wieder auf die Beamten.

»Geben Sie auf, sie haben doch keine Chance hier herauszukommen«, rief eine der Polizistinnen, die er im Visier hatte.

Hauke war immer noch von allen Beteiligten am nächsten an dem Mann. Und er war hinter ihm. Er hatte die Chance, ihn zu entwaffnen. Ein Sprung, ein gezielter Schlag auf den Arm. Doch wenn es schief ging, würde der Kerl schießen und vermutlich eine der Polizistinnen treffen. Durfte Hauke das riskieren? Durfte der frühpensionierte Hauke hier den Superbullen spielen?

Er nahm sich nicht die Zeit, den Gedanken zu Ende zu denken. Er machte zwei große Schritte auf den Kerl zu, warf sich mit seinen gesamten achtzig Kilo in seinen Rücken. Gleichzeitig griff er den rechten Unterarm des Mannes und zog ihn nach unten. Es löste sich ein Schuss. Betonsplitter flogen umher. Der Mann taumelte, fing sich, aber die Waffe war ihm aus der Hand gefallen. Hauke, auf dem Boden liegend, erwischte die Pistole mit dem Fuß und kickte sie mit Kraft in Richtung der Beamten. Eine der Frauen hob sie auf, die anderen warfen sich auf den Hünen und fixierten ihn am Boden, legten ihm Handschellen an.

»Wer sind Sie denn?«, fragte eine der Polizistinnen.

»Nur ein Bürger, der zufällig in der Nähe war«, sagte Hauke.

»Das ist Hauke Siebold, Kollegin«, vernahm Hauke eine Stimme in seinem Rücken. »Und der ist bestimmt nicht zufällig hier.«

Hauke drehte sich um. Lothar Wiese. Ein Schnösel, dem er vor Jahren die ersten Schritte im Polizeiberuf beigebracht hatte.

»Hallo Lothar, auch schon da?«

»Was machst du hier, Hauke?«

»Ach nichts. Ich freue mich immer, wenn ich helfen kann.«

Dann traf auch Johanna ein.

***

Johanna war absolut dagegen gewesen, dass Hauke an der Vernehmung des Mannes teilnahm, den sie mit seiner Hilfe in der HafenCity verhaftet hatten. Solche Gespräch werden per Video aufgezeichnet und sie würde es keinem Vorgesetzten erklären können, dass da ein pensionierter Ex-Cop dabeisitzt. Aber Angelika Bollrath sah das entspannter. Irgendwas schien sie in Hauke zu sehen, was der Sache dienlich sein konnte.

Nun saßen Johanna und Angelika Bollrath in einem Vernehmungszimmer im Polizeipräsidium Paavo Virtanen, so hieß er laut mitgeführter Papiere, gegenüber und sahen ihm beim Schweigen zu. Hauke saß abseits in einer Ecke, die von der Videokamera nicht erfasst wurde. Er hatte den beiden Polizistinnen versprechen müssen, den Mund zu halten. Johanna hatte sein Versprechen mit einem Glaube-ich-nicht-Gesicht entgegengenommen.

Der Verhaftete stammte aus Finnland, lebte seit Jahren in Hamburg, war Bootsmann auf Schiffen der Dethleffsen-Reederei und das war auch schon alles. Mehrfach kündigte er an, dass sein Anwalt bald käme. Aber es erschien niemand. Einen Pflichtverteidiger lehnte er ab. Johanna wies ihn darauf hin, dass sein oberster Boss, Andreas Dethleffsen, ebenfalls in misslicher Lage sei und sich bestimmt nicht um seinen Rechtsbeistand kümmern könne. Virtanen erwiderte trotzig, dass er Dethleffsen nicht kenne und sein Boss der jeweilige Kapitän des Schiffes sei. Niemand sonst.

Hauke verließ den Raum und beschäftigte sich mit Virtanens Handy, das Johanna auf ihrem Schreibtisch hatte liegen lassen. Er scrollte die WhatsApp-Nachrichten durch. Es waren fast durchweg Codes. Zahlenkolonnen. Immer in Dreiergruppen. 42-822-

12, oder 4-312-9. Hauke versuchte, die Zahlen durch Buchstaben zu ersetzen, aber er wusste selbst, dass so bei den Drei Fragezeichen verschlüsselt wurde, aber nicht im Organisierten Verbrechen von heute. Es musste irgendeine Referenz für diese Zahlen geben. Ein Tool, vielleicht im Internet.

Es lagen noch ein paar Sachen auf Johannes Tisch herum. Die meisten in Plastikbeutelchen mit Beschriftungen. Datum, Aktenzeichen, Name des Verdächtigen. Ein Schlüsselbund, ein Klappmesser. Die Pistole war vermutlich unter Verschluss oder bei der KT zur ballistischen Untersuchung.

Draußen war es längst dunkel. Hauke war müde. Was war das für ein Ding? In einer Plastiktüte steckte ein schwarzes Teil. Ungefähr doppelte so groß wie ein iPhone. Hauke nahm es heraus. Johanna würde das nicht gefallen und wenn dieser Virtanen weiter so sprachlos bleibt, würde sie gleich kommen. Kindle stand auf dem Ding. Ein E-Book, oder E-Reader, wie es wohl korrekt heißt. Hauke wusste natürlich, was das war und er kannte auch Leute, die sowas benutzten. Er selbst nicht. Er las nicht viel, auch jetzt als Rentner nicht, obwohl er sich das vorgenommen hatte, aber wenn, dann las er richtige Bücher. Lagen einfach besser in der Hand.

Er schlug den Reader auf. Auf einem grauen Bildschirm erschien ein Inhaltsverzeichnis. Hier waren die Bücher abgebildet und aufgelistet, die auf dem Reader gespeichert waren. Ganz schön viele. So belesen sah der Muskelprotz gar nicht aus. Und die Mischung war etwas verrückt. Ein paar Krimis, ein Buch über Hundeerziehung, ein anderes über Brustkrebs. Was wollte dieser Kerl damit? Mehrere Kinderbücher. Je länger

Hauke die Liste durchscrollte, umso klarer wurde ihm: Diese Liste ist beliebig. Sie bildet nicht die Interessen dieses Virtanen ab. Dieser Reader hat eine andere Funktion.

Er nahm das Handy mit den Codes zur Hand und versuchte wieder aus den Zahlenkolonnen schlau zu werden.

Gerade als er versuchte, einen Zusammenhang zwischen den Büchern auf dem Reader und den Zahlen herzustellen, kam Johanna rein.

»Hey, was machst du denn da?«

»Deine Arbeit, aber du brauchst mir nicht zu danken.«

»Red keinen Quatsch, Hauke, lass die Finger von den Sachen. Das sind Beweisstücke.«

Hauke schob E-Reader und Handy beiseite.

»Und, was berichtet der schweigsame Finne?«

»Nichts. Auch, wenn er nicht besonders helle ist, so gelingt es ihm doch, sich nicht noch mehr in Schwierigkeiten zu bringen. Es reicht natürlich nicht, dass er einem Phantombild ähnlichsieht. Wir werden ihn wieder laufen lassen müssen.«

»Und wenn Jule ihn als den Fahrer des Transporters identifiziert, der sie abgedrängt hat?«

»Dann ist das Unfallflucht. Mehr nicht. Der Kerl hat keine Vorstrafen, einen festen Wohnsitz, einen Job. Der wird hier nicht mal frühstücken, so schnell ist der wieder draußen.«

»Dann lass mich noch ein bisschen in seinen E-Books lesen, ist gerade so spannend.«

»Hä?« Johanna war verwundert – und interessiert.

Hauke zeigte ihr die Zahlenkolonnen im Handy und die Bücher im E-Reader. Auch sie hielt es für möglich, dass es einen Zusammenhang gab.

»Wenn die erste Zahl ein Buch meint, dann meint die zweite Zahl vielleicht eine Seite in dem Buch und die dritte ein Wort«, sagte sie, nachdem sie sich die Zahlen eine Zeitlang angesehen hatte.

»Ja, so wurde schon bei Sherlock Holmes chiffriert«, sagte Hauke, »mit dem Unterschied, dass ein E-Book keine Seiten hat.«

»Wieso?«

»Na, du kannst bei einem solchen Reader die Schrift doch einstellen, wie du willst. Wenn du eine große Schrift nimmst, hat das Buch viel mehr Seiten.«

Johanna nickte.

»Aber dann gibt es doch sicher eine andere Möglichkeit, eine Stelle im Buch zu benennen. Hier: Position. Was bedeutet das, du superschlauer Hauke?«

»Keine Ahnung.«

Angelika Bollrath stand plötzlich neben ihnen.

»Na, noch ne kleine Lesestunde? – Ich habe unseren Gast bis morgen eingecheckt, das nehme ich auf meine Kappe. Wenn wir den jetzt laufen lassen, ist der weg. Und ich gehe jetzt schlafen.«

Hauke und Johanna fummelten weiter an E-Book und Handy herum. Sie kritzelten Buchstaben und Zahlen auf Papier, suchten Wörter aus den E-Books. Nichts ergab einen Sinn. Zwischendurch mussten sie im Präsidium nach passenden Ladegeräten suchen, weil die Akkus schlapp machten.

Weit nach Mitternacht hatten sie es und es war so einfach, dass es fast schon peinlich war.

Die erste Zahl benannte ein Kapitel in einem Buch auf dem E-Reader. Man konnte es über das Inhaltsverzeichnis einfach ansteuern. Dann zählte man vom Anfang des Kapitels die Worte gemäß der zweiten Zahl ab und hatte das Wort. Die letzte Zahl bezeichnete das Buch auf der Liste im E-Reader. Aber, ganz clever, nicht von vorne, sondern von hinten gezählt.

»Das ist nicht von Profis gemacht. Das ist zu simpel«, sagte Hauke.

»Es ist vor allem nicht für Profis gemacht, denke ich. Unser Freund wirkt nicht wie jemand, der in Kryptologie promoviert hat.«

Die letzte Nachricht, die auf Virtanens Handy eingegangen war, lautete: *Fahre mit der Morning Due, sag M. Bescheid, soll nachkommen. E.*

»Morning Due«, sagte Johanna, »ein Schiff. Ich rufe bei der Hafenpolizei an, wo es steht.«

»Nicht nötig«, sagte Hauke und schob Johanna von ihrem PC weg. Er gab eine URL ein und im Browser erschien eine Karte des Hamburger Hafens. Auf der Elbe und in den Hafenbecken waren jede Menge verschiedenfarbige Punkte und Pfeile dargestellt. Johanna sah in anerkennend an.

»Das sind alle Kähne, von der Elbfähre bis zum Containerriesen, die im Moment hier stehen oder fahren. Und hier unten ist die Liste aller Schiffsnamen.«

Die alphabetische Liste umfasste einige hundert Schiffe mit den Flaggen ihrer Heimatländer. Die *Morning Due* war auch dabei. Hauke klickte auf den Namen und es erschien ein Fenster mit einem Foto des Schiffes. Gleichzeitig zentrierte sich die Karte auf dessen Standort.

»Ein kleineres Containerschiff, hundert Meter lang, fährt gerade durch den Nordostsee-Kanal in Richtung Kiel.«

»Mit welchem Ziel?«

»Abkürzung EETLL, das wird Tallinn sein, aber ich schaue noch mal nach. Ist in achtundvierzig Stunden dort.«

»Und E. ist an Bord, das wird Ene Nestor sein. Und M. soll nachkommen, wer immer das sein mag«, sagte Johanna und sah Hauke durchdringend an.

»Jetzt mal ehrlich, Hauke. Was hast du da vor dem Haus in der HafenCity gewollt? Hatten dieser Virtanen und du vielleicht das gleiche Ziel?«

»Das ist eine lange Geschichte«, sagte Hauke und fühlte sich dabei, wie ein beim Schummeln ertappter Grundschüler.

»Erzähl sie mir, die Nacht ist sowieso im Eimer.«

Und dann erzählte Hauke die ganze Geschichte. Er erzählte alle die Abschnitte, die er bisher ausgelassen hatte. Die Kapitel, in denen Martha vorkam. Johanna hörte geduldig zu, stellte keine Zwischenfragen. Immer wieder meinte Hauke in ihrem Gesicht Regungen von Ärger, Enttäuschung, Ratlosigkeit zu entdecken. Aber im Entschlüsseln der Gefühle von Frauen war er nie gut gewesen.

Als er fertig war, schüttelte Johanna nur leicht den Kopf und schwieg eine Weile.

»Und jetzt glaubst du, dass deine große Liebe in den Waffenschmuggel verwickelt ist?«

»Nenn sie bitte nicht meine große Liebe, aber ja, sie ist verwickelt, vermutlich tiefer, als sich im Moment abschätzen lässt. Die letzte Nachricht auf dem Handy, die von M Punkt, ist von ihr. Keine Frage.«

Hauke dachte einen Moment nach. »Johanna, tu mir einen Gefallen: Lass mich mit ihr reden, wenn ihr sie habt. Nur kurz.«

Johanna nickte.

***

Hauke und Johanna hätten Paavo Virtanen am Liebsten noch in der Nacht aus seiner Zelle geholt und mit den Nachrichten auf seinem Handy konfrontiert. Aber das mögen Anwälte nicht besonders, sie stufen Schlafentzug gerne als Folter ein.

Also ließen sie ihn am Morgen um sieben Uhr antanzen. Johanna hatte Hauke in der Nacht an seiner WG abgesetzt und am Morgen wieder abgeholt. Für ein paar Stunden Schlaf und eine Dusche hatte es gereicht.

Nun saßen sie dem verstocken Virtanen gegenüber. Johanna schaltete das Handy ein und schob es ihm entgegen. Im Display war die letzte Nachricht zu sehen.

»Wissen Sie, was das heißt?«, fragte Johanna.

Virtanen zuckte mit den Schultern.

»Wer ist E?«, fragte Johanna sachlich weiter.

»Wer ist M?«

In diesem Moment brummte das Handy. Eine Nachricht ging ein. Sie dürfte in der vergangenen Nacht gesendet worden sein, nachdem Johanna das Gerät ausgeschaltet hatte. Diese Nachricht war nicht verschlüsselt. Sie lautete: *Wir können uns nicht mehr sehen. Leb wohl. M.*

Virtanens Gesicht erstarrte, wie paralysiert glotzte er auf das Display.

»Also, wer ist M?«, fragte Johanna wohlwissend, dass diese Nachricht einiges geändert hatte.

Der Hüne schluckte, rutschte nervös auf seinem Stuhl herum. Er stand kurz vor dem Explodieren. Hauke vergewisserte sich mit einem Blick zu dem Beamten an der Tür, dass der auch einen möglicherweise bevorstehenden Gewaltausbruch im Blick hatte. Doch Virtanen beruhigte sich wieder. Dann begann er zu sprechen.

»M ist Martha. Martha Schomburg. Sie ist die Chefin.«

Johanna sah Hauke an. Der sah zu Boden.

»Woher kennen Sie sie?«

»Ich habe sie vor zwei Jahren in einer Bar kennengelernt. Ein Paar Leute von der Reederei waren dabei. Sie ist mit dem Chef und mit Kapitän Kruse befreundet.«

»Sie arbeitet für die Reederei?«

»Nein, sie hat keinen richtigen Job.«

»Und Ene Nestor?«, fragte Hauke.

»Sie ist die Nummer zwei, der Kontakt nach Estland. Inzwischen glaube ich, Martha und Ene sind ein Paar«, sagte Virtanen.

»Und Andreas Dethleffsen?«, fragte Johanna.

»Soweit ich weiß, hat der keine Ahnung, was da auf seinen Schiffen vor sich geht.«

»Sie denn?«, fragte Hauke.

»Da in dieser Halle in Estland habe ich einen Haufen Waffen gesehen. Gewehre. Darum wird es wohl gegangen sein. Ich wurde nicht fürs Fragenstellen bezahlt.«

»Nein«, sagte Johanna bitter, »fürs Töten. Monika Cassati, Joshua Tiemann, Rainer Lessmann. Die gehen alle auf Ihr Konto. Richtig?«

Der Hüne schwieg. Und dabei blieb es auch.

Kapitel 48

Martha hatte in der Nacht, gegen zwei Uhr, die Nachricht an Paavo Virtanen geschickt. Sie wusste also noch nicht, dass er verhaftet worden war. Folglich war sie zum Zeitpunkt der Aktion in der Hafen-City nicht zu Hause gewesen. Wo war sie dann? Noch in Hamburg? Schon unterwegs?

Eine Direktverbindung von Hamburg nach Tallinn gab es nicht, dafür fast im Viertelstundentakt Flüge über andere Flughäfen. Riga, Stockholm, Amsterdam, Kopenhagen. Johanna informierte die Flughafenpolizei und gab eine Fahndung nach Martha Schomburg heraus. Zusammen mit Angelika Bollrath raste sie zum Flughafen.

Die Bollrath hatte viele Stunden darauf verwendet, Andreas Dethleffsen zu einem Geständnis zu bringen. Aber der Reeder blieb dabei: Er wusste nichts. Die von Monika Cassati an Joshua Tiemann übermittelten Daten deuteten darauf hin, dass seit zwei Jahren große Mengen an Kalaschnikows mit Dethleffsen-Schiffen nach Afrika gelangt waren. Zunächst mit beliebigen Waren zusammen, schon bald in den Containern des Schulprojekts. Man durfte annehmen, dass das Schulprojekt überhaupt nur ins Leben gerufen worden war, um die Waffentransporte zu tarnen. Im internationalen Containerverkehr wird sowieso nicht viel überprüft. Keine zwei Prozent aller Ladungen werden einer genaueren Untersuchung unterzogen. Wenn es sich um Hilfsgüter handelt, werden die Aufsichtsbehörden völlig blind. Wie viele Gewehre so transportiert worden waren, konnte Angelika Bollrath nur grob schätzen. Sie sprach von zwanzig Containern in zwei Jahren. Davon zwölf als Schulcontainer. Wenn jeder Container mit tausend Gewehren bestückt gewesen ist, sind das zwanzigtausend Kalaschnikows. Bei einem Durchschnittserlös von fünfhundert Euro pro Stück wurden so zehn Millionen Euro umgesetzt, wovon den Bossen nach Abzug aller Kosten sicher die Hälfte geblieben ist. Und das wäre immer so weiter gegangen, wenn nicht eine aufmerksame Werkstudentin an einer läppischen Gewichtsdifferenz von vier Tonnen pro Container Anstoß genommen hätte.

Dethleffsen hatte von alldem nichts bemerkt. Die Frau, mit der er das Bett und die Geschäftsführung teilte, die Nachbarin im Ferienort auf Mallorca, alle hatten ihn an der Nase herumgeführt. Das würde ihm lange zu knabbern geben, dem großen Reeder, aber ein Haftgrund war das nicht. Möglich, dass Zoll und Wirtschaftsbehörden sich noch an ihn wenden würden, weil er als Geschäftsführer auch dann verantwortlich ist, wenn er nichts mitbekommt. Aber das war eine andere Geschichte.

An Hauke nagte die Wut darüber, Martha auf den Leim gegangen zu sein. Alles nur ein Spiel. Von Anfang an hatte sie von seiner Mallorca-Mission gewusst und hatte ihn den pensionierten Architekten spielen lassen. Und sie wusste, was Reporter Joshi in Jules Arme getrieben hatte. Aber kannte sie auch Joshuas Reiseziel? Hauke hatte noch so viele Fragen. Und wenn sie von Virtanens Verhaftung noch nichts mitbekommen hatte, würde sie vielleicht sogar mit ihm sprechen. Er tippte auf ihre Nummer in seinem Smartphone.

»Hauke, wie schön, dass du dich meldest«, säuselte sie, »ich hatte es auch schon versucht.« Gelogen, dachte Hauke. Wieso behaupten Menschen so etwas immer noch, wo man doch an jedem Telefon sehen kann, wer angerufen hat?

»Bist du noch in Hamburg, oder schon wieder auf deiner Insel?«

»Ich bin noch in Hamburg. Ich wollte Jule noch im Krankenhaus besuchen. Aber morgen fliege ich dann. Komm doch mit.«

Was war sie doch für eine Schlange. Sollte sie wirklich nichts davon wissen, dass die ganze Waffenschieberei aufgeflogen war? Irgendjemand hatte doch bestimmt diese Ene über die Durchsuchung der Reederei und des Containers informiert. Wenigstens per E-Mail oder SMS, wenn sie schon nicht ans Telefon ging. Und Ene hätte dann Martha gewarnt. Also spielte sie mit ihm? Wollte sie von ihrer Flucht ablenken?

Wenn sie in diesem Moment am Flughafen wäre, würde er es hören, diesen typischen Airport-Sound. Nein, sie saß in einem Auto.

»Ich bin jetzt am Krankenhaus, muss Schluss machen.« Er hörte, wie sie offenbar mit einem Taxifahrer sprach. »Stimmt so«, sagte sie. Dann öffnete sie die Tür und Außengeräusche waren zu hören. Menschenstimmen und dezente Musik. Hauke dachte kurz nach, dann hatte er es: So klang nicht das Universitätsklinikum Eppendorf, so klang der Hauptbahnhof. Dort spielte man seit einiger Zeit Lounge-Musik im Eingang. Vielleicht für ein angenehmes Shopping-Erlebnis, vielleicht um die Junkies und Penner dort zu nerven. Davor hatte man es mit Klassik versucht und das hatte auch nicht funktioniert. Aber der Sound war unverkennbar.

Klar, dachte Hauke, so hätte er es auch gemacht, um unbemerkt die Stadt zu verlassen. Nicht über den Flughafen, der leicht zu überwachen war. Und auch nicht über den Hafen. Er würde mit dem Zug fahren. Nach Kopenhagen oder Warschau und von dort nach Tallinn fliegen.

Er rief Johanna an, die bereits durch den Flughafen rannte und sprang dann in ein Taxi mit Fahrtziel Hauptbahnhof.

Auf dem Handy suchte er Züge, die in nächster Zeit in den Osten oder Norden fuhren. Nach Warschau musste man immer in Berlin umsteigen, aber ein durchgehender Zug nach Kopenhagen ging in einer Viertelstunde. Hauke würde alles auf diese Karte setzen.

Der Verkehr war dicht und es wurde knapp. Hauke trieb den Taxifahrer an. Sonst brettern die Kerle wie irre und wenn man es mal braucht, halten sie sich an die Verkehrsregeln. Er zahlte viel zu viel, sprang aus dem Taxi und rannte zum Gleis 8. Von der Empore sah er hinunter auf die Gleise. Der Zug stand schon bereit, Menschen stiegen ein. Und da war Martha. Fast am anderen Ende des Bahnsteigs stieg sie gerade in einen Wagen der ersten Klasse. Sie hatte einen kleinen Koffer dabei, trug Jeans, Sneakers und ein dünnes Blouson.

Hauke hastete die Treppe hinunter, lief fast eine Mutter mit Kind um und sprang in den Zug. Die Tür schloss sich und der Zug fuhr los. Er würde erst in einer halben Stunde in Lübeck wieder anhalten.

Hauke setzte sich auf einen freien Platz und atmete durch. Schon zum zweiten Mal innerhalb weniger Tage musst er sich so verausgaben.

Der Zug zuckelte durch Hamburg. Hauke rief Johanna an und brachte sie auf den letzten Stand.

»Dann blase ich die Fahndung am Flughafen jetzt ab und lasse den Zug stoppen«, sagte sie.

»Nein, noch nicht«, bremste Hauke ihren Eifer, »ich bin nicht sicher, ob sie es ist. Ich kann mich auch geirrt haben.«

»Zu viel Martha in deinem Kopf, verstehe«, sagte Johanna.

»Ja, genau. Lass mich erstmal nachsehen.«

Hauke wollte Zeit mit Martha. Und die hatte er jetzt. Langsam ging er Richtung erster Klasse. Aufmerksam sah er sich jeden Passagier an. Manche blickten misstrauisch zurück.

War Martha gefährlich, fragte er sich auf seinem Weg durch die Waggons. Sie hatte vermutlich drei Morde zu verantworten, wenn auch nicht selbst begangen. An die Opfer, die die von ihr geschmuggelten Waffen forderten, wollte er gar nicht denken. Sie war skrupellos, keine Frage. Aber hatte sie eine Waffe? Würde sie hier im Zug damit herumfuchteln, am Ende vielleicht Geiseln nehmen? Immerhin war ihr eine lebenslange Haft fast sicher.

Hauke betrat die erste Klasse. Die Geräusche des Zuges klangen hier gedämpfter. Als er den zweiten Waggon betrat, sah er sie. Martha saß allein an einem Vierertisch und tippte und las auf ihrem Handy. Als Hauke in der Mitte des Waggons war, blickte sie auf. Erst schaute sie ungläubig, überrascht, dann lächelte sie.

»Hauke, hast du mich gefunden? Du bist clever. Die Polizei hat mit dir einen guten Mann verloren. Setz dich doch.«

Er setzte sich ihr gegenüber und sah sie prüfend an. Hatte sie aufgegeben? Oder führte sie etwas im Schilde?

»Ich glaube«, sagte Hauke, »deine Reise ist zu Ende.«

»Vielleicht«, sie lächelte ihn an und das wirkte immer noch, trotz allem, »beginnt hier aber auch deine Reise.«

»Wieso?«

»Komm mit mir. Wir lassen das alles hinter uns und gehen irgendwohin. Wohin du willst. Uns steht alles offen.«

»Ja, Martha, sehr verlockend. Aber selbst, wenn ich mein Leben mit einer Mörderin und Waffenschmugglerin verbringen wollte, würde ich dir nie vertrauen können.«

Er sprach sehr leise, flüsterte fast und doch sahen ihn die alten Menschen am Tisch neben ihnen merkwürdig an.

»Warum, Martha, du hast doch alles? Warum noch mehr?«

»Ich hatte gar nichts mehr. Mein verstorbener Mann war total verschuldet. Ich war pleite. Und ich wollte nicht mehr von vorne anfangen. Da ergab sich die Gelegenheit.«

»Du hast Ene kennengelernt?«

»Ene kenne ich schon seit vier Jahren. Damals fing sie bei Andreas an und war mal mit auf Mallorca. Wir haben sofort gespürt, dass wir zusammengehören.«

»Das überrascht mich. Nach allem, was ich selbst erlebt habe, bist du gerne mit einem Mann zusammen. Sexuell, meine ich.«

»Ich bin gerne mit klugen und leidenschaftlichen Menschen zusammen. Auch sexuell.«

»Dethleffsen?«

»Klug, aber nicht leidenschaftlich.«

»Und Ene hat dich dann zu der Waffensache überredet?«

»Nein, das kam anders. Sie hat mich mal mit nach Tallinn genommen, zur Hochzeit einer Cousine. Da haben wir einen Onkel kennengelernt. Ein alter Mann, der mal Oberst in der Roten Armee war. Der handelte schon mit Waffen aller Art und freute sich, dass seine Nichte nun im Logistikgeschäft war. Wir fanden es irgendwie reizvoll, verwegen, in den Waffenschmuggel einzusteigen und so sehr schnell viel Geld zu verdienen. Und dann hatten wir schon bald die Idee mit den Schulcontainern.«

Der Zug hatte Hamburg verlassen und fuhr nicht besonders schnell über die Felder, vorbei an Dörfern. Auf den Feldern stand das Getreide, Mähdrescher wirbelten riesige Staubwolken auf. Ein herrlicher Sommertag.

»Warum hat Ene das gemacht? Sie wäre bald Frau Dethleffsen geworden und hätte ausgesorgt.«

Martha lachte.

»Ene hätte Andreas nie geheiratet. Sie war so schon abhängig genug von ihm. Er nervte sie, er ekelte sie an. Sie wollte ihre Freiheit und da konnte das Geld sehr hilfreich sein.«

»Du bist keine Kriminelle, Martha, diese Ene sicher auch nicht. Die hat einen Doktortitel und alles. Hattet ihr keine Skrupel, keine Angst?«

Sie lehnte sich zurück und lächelte ihn an, überlegen, arrogant.

»Ach weißt du, Hauke, das mit der Moral, das ist relativ, wenn man eine Zeit darüber nachdenkt. Es geschieht so viel Unmoralisches jeden Tag, völlig legal. Menschen verdienen sich dumm und dusselig mit legalen Waffenexporten oder mit der Zerstörung der Umwelt. Ganze Volkswirtschaften in Afrika und Asien werden von Banken und Konzernen ruiniert und es gibt kein Gesetz dagegen.«

»Ach, und darum darfst du noch mehr Waffen exportieren, weil es sowieso schon egal ist?«

»Es ist vielleicht nicht egal, aber auch nicht der Tropfen, der den Ozean der Ungerechtigkeiten in dieser Welt zum Überlaufen bringt. Die Vorstellung von Gerechtigkeit, die Trennung der Welt in die Guten und die Bösen, ist eine zutiefst kleinbürgerliche Sicht. Genährt von der Hoffnung, dass am Ende die Guten gewinnen. Das ist Bullshit. Es gewinnen die Stärkeren, die mit den schärferen Zähnen und den geringeren Skrupeln. Das war immer so und das wird immer so bleiben. Und wer das verstanden hat, wird sich für die Stärkeren entscheiden, wenn er die Möglichkeit dazu hat.«

»Nett gesagt. Und deine Opfer? Die Cassati, Joshi, Lessmann. Mit Joshi hast du noch auf deiner Terrasse gesessen. Macht dich das nicht fertig?«

»Das war nicht geplant. Ene hätte besser auf diese Cassati aufpassen müssen. Die hat ihre Nase zu tief in

Dinge gesteckt, die sie nichts angingen. Dumm gelaufen.«

»Ja, dumm gelaufen. Und was war das mit uns?«

Sie lächelte nun fast mitleidig.

»Ich wusste von Ene, dass jemand kommen würde, um Jule nach Hause zu holen. Die Kleine hatte diesen Blödsinn mit der Entführung ausgeheckt, das konnten wir gar nicht gebrauchen. Aber sie brachte Joshi mit und den hatte Ene schon zusammen mit der Cassati gesehen. Den musste ich im Auge behalten und deshalb auch dich.« Sie machte eine Pause. »Aber das war eine angenehme Aufgabe. Du gehörst zu der Kategorie klug und leidenschaftlich. Ich habe die Zeit mit dir genossen, ehrlich.«

Das half Hauke nicht wirklich über seine Kränkungen hinweg. Aber es ließ ihn nicht völlig blöd dastehen.

»Und dieser Virtanen? Der war euer Bluthund?«

»Paavo ist ein nützlicher Idiot. Sensibel und gewalttätig. Eine gefährliche Mischung. Für Geld macht der fast alles und für die Illusion einer großen Liebe noch viel mehr. Und er ist ein grandioser Liebhaber.«

»Und jetzt ist Ende, Martha, war es das wert?«

»Einen Kampf zu verlieren, ist immer noch besser, als ihn erst gar nicht zu beginnen.«

»Das kannst du dann ganz groß in deiner Gefängniszelle an die Wand schreiben, meine Liebe.«

Martha stand auf. »Entschuldige mich.« Sie nahm ihre Handtasche, ging in den Vorraum des Waggons und verschwand in der Toilette. Kurze Zeit später ertönte ein Schuss. Hauke und die anderen Fahrgäste zuckten zusammen. Martha hatte also doch eine Waffe dabei, dachte Hauke.

Kurze Zeit später erreichte die *Morning Due* das Ende des Nord-Ostsee-Kanals, die Schleuse Kiel-Holtenau. Die Wasserschutzpolizei hatte den Kapitän bereits über Funk angewiesen, am Kai der Schleuse festzumachen. Dort standen viele Beamte, unter ihnen auch Angelika Bollrath. Ene Nestor ließ sich widerstandslos abführen.

Die estnische Polizei fuhr zur gleichen Zeit am Anwesen von Oberst Wladimir Nestor vor. Die moderne Villa vor den Toren Tallinns mit Blick auf die Ostsee war leer. Der Oberst unauffindbar. Auch Kontrollen am Flughafen und an den Grenzen waren erfolglos.

Kapitel 49

Katerina hatte es nur drei Tage im Krankenhaus von Tallinn ausgehalten. Ihr fehlte nichts. Der Kerl in dem Waffenlager hatte sie gefesselt, was Abschürfungen an Handgelenken und Knöcheln verursacht hatte, aber sonst war sie unversehrt. Er hatte sie weder misshandelt, noch vergewaltigt und zu essen und zu trinken hatte sie auch bekommen. Warum also im Bett liegen, wo es noch so viel zu tun gab.

Dieses anhaltende Gefühl einer diffusen Angst, dieses immer wiederkehrende Bild von Joshuas grauenhaftem Tod, würde ihr im Krankenhaus auch niemand nehmen können.

Der Polizist, der gerade Wachdienst vor ihrem Krankenzimmer hatte, wollte sie begleiten, rief aufgeregt seine Dienststelle an. Doch Katerina ließ sich nicht aufhalten. Jetzt brauchte sie keinen Beschützer mehr.

Sie betrat ihre kleine Wohnung und fand sie ziemlich verwüstet. Sie war von den Polizisten, die sie vernommen hatten, vorgewarnt worden. Sie waren es gewesen, die hier alles nach Hinweisen auf Joshua und ihr Verschwinden durchwühlt hatten. Sie begann damit, aufzuräumen, hörte aber schnell wieder auf. Keine Kraft. Sie setzte sich aufs Sofa, auf das Sofa auf dem Joshua eine Woche geschlafen hatte, und weinte. Das brauchte sie jetzt, das entlastete.

Seine Sachen lagen verstreut herum. Er hatte nicht viel. Einen Koffer, ein paar Kleidungsstücke. Sie hob eine Hose auf und griff in die Taschen. Das war so eine Angewohnheit von ihr. Sie tat das immer vor dem Waschen, aber auch sonst. Und in Joshis Hose fand sie einen Schlüssel. Es war ein flacher, moderner Schlüssel. Sehr klein war das Logo der Äripank eingraviert und die Nummer 1206.

Die Bank war ganz in der Nähe, Katerina brauchte zu Fuß keine zehn Minuten. Im Vorraum waren die Schließfächer. Ein paar Menschen gingen in die Bank, kamen heraus, zogen an Automaten Bargeld. Niemand beachtete sie. Es gab zwei Größen von Schließfächern. Viele recht flache und einige, die doppelt so hoch waren. Dazu gehörte das Schließfach mit der Nummer 1206. Es lag in einer Ecke. Zitternd schob Katerina den Schlüssel ins Schloss. Er passte. Lautlos öffnete sich die glänzende Stahlklappe. Katerina zog die schwarze Kunststoffschublade heraus. Darin lag ein dunkelbraunes Lederetui mit Reißverschluss. Katerina schaute sich um, ob sie niemand beobachtete. Dann öffnete sie den Reißverschluss.

Geld. Sehr viel Geld. Ausschließlich Einhunderteuroscheine. Woher hatte Joshua so viel Geld? Und warum hatte er ihr nichts davon erzählt? Sie legte das Etui wieder in das Schließfach und schloss ab.

Sie würde hinter das Geheimnis dieses Geldes kommen. Und dann würde sie damit große Dinge bewegen. Das wäre auch Joshuas Wunsch. Es ist noch viel zu tun, bis die Guten gewonnen haben.

Kapitel 50

Schon drei Nächte hatte Hauke nun bei seiner Tochter Annika auf dem Sofa übernachtet. Sie war so großzügig gewesen, ihm das anzubieten, als seine Studenten ihn auf die Straße gesetzt hatten, weil ihr Kumpel von seiner Reise zurück war. Kurz hatte er überlegt, für ein paar Nächte ins Hotel zu gehen. Aber dafür hätte er das Geld angreifen müssen und das hatte er sich bis auf Weiteres verboten. Unangetastet steckte es immer noch in seiner Jacke.

Die ersten beiden Abende hatte er allein in der Wohnung vor dem Fernseher verbracht und immer wieder über Martha gegrübelt. Ihr Selbstmord machte ihn traurig. Zuneigung empfand er nicht mehr für sie. Nicht, bei all den Verbrechen, die sie begangen hatte. Er haderte mit sich selbst, dass er so lange an der wahren Martha vorbeigesehen hatte.

Am dritten Abend hatte Annika endlich mal nichts vor und sie aßen zusammen. Hauke hatte eine vegetarische Lasagne gekocht. Annikas Wunsch zur Polizei zu gehen, war ungebrochen und sie hatte auch schon Bewerbungsschreiben an die entsprechenden Stellen geschickt. Es konnte nicht lange dauern, bis man sie zu einem Bewerbungstermin einladen würde.

Die Teller waren leer gegessen. Annika schenkte sich noch Wein nach. Sie würde keinen Wein trinken, wenn Hauke sie nicht dazu aufgefordert hätte.

»Zu einem guten Essen trinkt der genussserprobte Europäer einen guten Wein. Nur Alkis dürfen das nicht. Also bitte, mein Kind, genieße.«

Und dann stellte Hauke die Frage, die ihn in den letzten Wochen noch am Meisten beschäftigte.

»Annika, ich habe vor drei Wochen unverhofft und anonym ein Paket mit sehr viel Geld bekommen. Punktgenau in dem Moment, als ich es unbedingt brauchte, um nicht in große Schwierigkeiten zu geraten. Seitdem frage ich mich, wo das Geld wohl hergekommen ist.«

Annika schaute in ihr Weinglas.

»Ich weiß nicht, ein unbekannter Gönner. Es gibt vielleicht Leute, denen dein Wohl am Herzen liegt.«

»Mama?«

Annika lachte ihr liebenswertes Mädchenlachen.

»Meinst du, dass du ihr am Herzen liegst? Ich wäre da nicht so sicher.«

»Dann kann es nur von dir kommen.«

Sie schwieg und goss noch Wein nach.

»Woher hast du so viel Geld, Annika?«

»Es gab doch diesen Ausbildungsfond, den Opa bei meiner Geburt angelegt hat. Mama hat nach Opas Tod weiter einbezahlt und als ich achtzehn wurde, war da ein hübsches Sümmchen zusammen.«

»Ich weiß, aber das ist zehn Jahre her.«

»Ich habe das Geld nie angerührt. Ich bin immer so klargekommen. Ich dachte, es kann helfen, wenn es mal eng wird. Und das hat es ja jetzt auch.«

Hauke war überwältigt. Von Zuneigung aber auch von Schuldgefühlen.

»Das ist dein Geld, das soll nicht deinen Vater retten.«

»Richtig. Es ist mein Geld. Und ich mache damit, was ich will.«

Hauke war fast versucht, sich auch ein Glas Wein einzuschenken.

»Johanna hat behauptet, ihr hättet nicht über meine Probleme gesprochen.«

»Weil ich sie darum gebeten hatte. Sei ihr deswegen bitte nicht böse.«

»Du bekommst das Geld zurück, Annika. Wenn du möchtest, heute noch. Mein kleines Mallorca-Abenteuer hat ja gut was eingebracht. Ich habe das Geld sogar bei mir.«

»Lieber nicht, Papa. Mit so viel Geld unter dem Kopfkissen schlafe ich schlecht. Wir bringen das lieber morgen zur Bank.«

Dann rief Johanna an.

»Suchst du immer noch eine Bleibe?«

»Ja, immer.«

»Meine Cousine Inge geht für zwei Monate nach Australien, Sabbatical. Sie sucht einen, der ihre Wohnung hütet. Ist keine Villa, wie du es sonst gewöhnt bist, aber schön und mitten in Eppendorf.«

»Das klingt gut. Ab wann?«

»Ab morgen schon. Ihr ursprünglicher Housesitter ist abgesprungen. Und, Hauke, sie kann aber nichts zahlen. Du kannst frei wohnen.«

»Ja, das ist doch prima. Alles klar, danke Johanna.«

»Und noch was, Hauke: Inge hat drei Katzen, die sich auf deine Zuwendung freuen.«

Hauke schluckte.

»Ja, toll«, sagte er, sah seine Tochter an und verdrehte die Augen, »ich liebe Katzen.«

Annika kicherte in ihr Weinglas.

Epilog

Vier Wochen, nachdem die *Lady Bird* der Dethleffsen-Reederei vom Burchardkai Richtung Afrika abgelegt hatte, machte sich der zwölfjährige Takka in der kongolesischen Provinz Kasai, tausend Kilometer entfernt von der Hafenstadt Matadi, mit seinen Kameraden auf zu einer Mission.

Takka war stolz darauf, diese fast neue Waffe tragen zu dürfen. Und er war stolz darauf, dabei sein zu dürfen, wenn es gegen die Verräter ging. Sein zwei Jahre jüngerer Bruder Okwundu, den alle Okki nannten, begleitete ihn. Aber er durfte noch keine Waffe tragen.

Sie fuhren auf Lastwagen in die Nähe eines Dorfes, in dem Anhänger der verhassten Regierung lebten. Der Befehl lautete, dieses Dorf zu säubern. Takka wusste, was das hieß und er war bereit. Lange genug hatte der Commander mit ihm und den anderen Jungen darüber gesprochen. Immer und immer wieder hatten sie ihre Verbundenheit mit der *Kamuina Nsapu* beschworen, die die Regierung stürzen und für ein besseres Leben sorgen würde. Früher oder später.

Im Dorf war es ruhig, die Bewohner schliefen noch. Es dämmerte, als sie sich anschlichen. Der Commander zeigte auf Takka und dann auf ein Haus. Takka verstand. Er ging auf das kleine, einstöckige Haus, eigentlich eher eine Hütte, zu. Die dünne Holztür war nur angelehnt. Er trat sie mit dem Fuß auf, die Kalaschnikow im Anschlag. Plötzlich stand ein Mann vor ihm. Vielleicht so alt wie Takkas Vater, der letztes Jahr gestorben war.

Takka schoss. Einmal. Das Gewehr wurde ihm vom Rückstoß fast aus der Hand gerissen. Der Mann schleuderte zurück. Blut spritzte. An der hinteren Wand der Hütte sah Takka jetzt Kinder und eine Frau. Sie sahen Takka verwundert an, schienen nicht zu begreifen. Takka schoss. Er zog den Hebel durch, wie er es gelernt hatte, bis sein Magazin leer war und alle am Boden lagen.

Nun war es still in der Hütte. Nur ein paar Fliegen summten. Von Ferne hörte Takka die Kämpfe in der Umgebung. Er sah sich in dem Haus, das nur aus zwei Zimmern bestand, um. Über einer Kochstelle hing ein gerahmtes Bild. Es zeigte einen alten Mann.

Neben dem Bild stand auf Englisch:

Niemand wird geboren, um einen anderen Menschen zu hassen. Menschen müssen lernen, zu hassen und wenn sie lernen können, zu hassen, dann kann man sie auch lehren, zu lieben. Denn Liebe empfindet das menschliche Herz viel natürlicher als ihr Gegenteil. Nelson Mandela

Takka wusste nicht, wer Nelson Mandela war und er konnte auch nicht lesen.

Dann zündete Okki das Haus an und Takka lief zum Nachbarhaus.

Lesen Sie auch:

DER ISEMARKT-ANSCHLAG von Klaas Kroon, erschienen im Juni 2018

Der erste Fall für Hauke Siebold.

Ein LKW rast über einen belebten Wochenmarkt in Hamburg. Es gibt Tote und Verletzte. Alles deutet auf einen islamistischen Anschlag hin. Das BKA jagt die üblichen Verdächtigen.

Doch Hauke Siebold verfolgt eine ganz andere Spur und pfuscht den Kollegen mächtig ins Handwerk. Bis er selbst in Gefahr gerät.

Als E-Book bei amazon

Als Taschenbuch im Buchhandel

ISBN: 9783752858440

BRANDOPFER von Klaas Kroon, erschienen im Februar 2018

Der zweite Fall der Lüneburger Kommissare Marie Gläser und Stephan Weide.

Unter einer Eisenbahnbrücke an der Ilmenau in Lüneburg verbrennt ein Obdachloser. Für die schockierende Tat gibt es zunächst weder Motiv noch Verdächtige. Da verbrennt am Bahnhof der nächste Obdachlose. Ist es eine Serie? Kommissarin Marie Gläser und ihr vergesslicher Chef Stephan Weide untersuchen in ihrem zweiten gemeinsamen Fall zwei Morde, die so gar nichts miteinander zu tun haben. Oder doch? Ihre Ermittlungen führen sie von obskuren Neo-Nazis bis in die feine Lüneburger Gesellschaft und werfen ständig neue Fragen auf.

Als E-Book bei amazon
Als Taschenbuch im Buchhandel
ISBN: 9783746048772

TOTENWALD von Klaas Kroon,
erschienen im Oktober 2017

Der erste Fall der Lüneburger Kommissare Marie Gläser und Stephan Weide.

In einem Wald bei Lüneburg entdecken Jugendliche die halb verwesten Leichen eines Ehepaares. Während die Polizei ermittelt, geschieht der zweite Doppelmord. Wieder ein Ehepaar. An beinahe der gleichen Stelle. Die Taten erinnern fatal an eine Mordserie in diesem Wald aus den achtziger Jahren. Ist es überhaupt eine Serie? Zufall? Ahmt jemand die Taten des legendären, 1993 verstorbenen Göhrde-Mörders nach? Hat das Organisierte Verbrechen seine Finger im Spiel?

Als E-Book bei amazon
Als Taschenbuch im Buchhandel
ISBN: 3839112834

Eine Bitte des Autors:

Liebe Leserin, lieber Leser,

vielen Dank, dass Sie ›Die Tote von der Strandperle‹ gelesen haben.

Wenn es Ihnen gefallen hat, sagen Sie es weiter. In Ihrem Freundeskreis, bei Amazon.de, bei Thalia.de, in Ihren sozialen Netzwerken. Für einen verlagsfreien Autoren, der keine nennenswerten Werbebudgets zur Verfügung hat, ist diese Form der Unterstützung ausgesprochen hilfreich.

Vielen Dank.

K.K.